O céu está em todo lugar

O céu está em todo lugar

Jandy Nelson

Tradução
Marsely De Marco Martins Dantas

Editora Novo Conceito

Publicado com a permissão de Pippin Properties, Inc.
Editora original: Penguin, USA
Título original: The sky is everywhere

1ª Impressão - 2011

Produção Editorial
Equipe Novo Conceito

Tradução: Marsely de Marco Martins Dantas
Preparação de Texto: Denise Cristina Morgado
Revisão de Texto: Valquíria Della Pozza e Teresa Maria de M. Araújo
Diagramação: Studio Spot Light
Capa: Mello & Mayer

Este livro segue as regras da Nova Ortografia da Língua Portuguesa

Dados Internacionais de Catalogação na Publicação
(CIP) (Câmara Brasileira do Livro, SP, Brasil)

Nelson, Jandy
O céu está em todo lugar / Jandy Nelson ; tradução Marsely de Marco Martins Dantas. - Ribeirão Preto, SP : Editora Novo Conceito, 2011.

Título original: The sky is everywhere. ISBN 978-85-63219-37-4

1. Ficção norte-americana I. Título.

11-04092 CDD-813

Índices para catálogo sistemático:
1. Ficção : Literatura norte-americana 813

Editora Novo Conceito

Rua Dr. Hugo Fortes, 1885 - Parque Industrial Lagoinha
14.095-260 - Ribeirão Preto - SP
www.editoranovoconceito.com.br

Para minha mãe

Parte 1

1

A vovó está preocupada comigo. Não só porque minha irmã Bailey morreu há quatro semanas, ou porque a minha mãe não tem contato comigo há dezesseis anos, ou até mesmo porque eu, subitamente, comecei a pensar em sexo. Ela está preocupada comigo porque uma das suas plantas está com manchinhas.

A vovó acredita, desde que me conheço por gente, que essa planta em particular, de espécie desconhecida, reflete o meu bem-estar emocional, espiritual e físico. E eu também cresci acreditando nisso.

Do outro lado da sala em que estou sentada, está vovó — com 1,80 metro de altura, usando o vestido de estampa floral de costume, aproximando-se das folhas com manchinhas pretas.

— Como assim? Pode ser que elas não resistam desta vez? — ela pergunta ao tio Big: floricultor, viciado em maconha e aprendiz de cientista louco. Ele sabe de tudo um pouco, mas de plantas sabe tudo mesmo.

Pode parecer estranho a qualquer um, ou até bizarro, perceber que a vovó fica me encarando enquanto faz a pergunta, mas não é estranho para o tio Big, pois ele também está me analisando.

— Desta vez a situação é muito grave — a voz de Big ecoa como se estivesse em um palco ou em um púlpito; suas palavras têm peso, até mesmo "me passe o sal" sai de sua boca como se fosse a declamação dos Dez Mandamentos.

Vovó leva as mãos ao rosto, agoniada, e eu volto a rascunhar um poema no canto de uma das páginas de *O morro dos ventos uivantes*. Estou em um canto do sofá. É inútil dizer qualquer coisa, seria melhor começar a guardar os clipes de prender papel em minha boca.

— Mas a planta sempre se recuperou antes, Big, como daquela vez em que Lennie quebrou o braço, por exemplo.

— Daquela vez a planta tinha manchas brancas.

— Ou como naquele outono em que ela fez um teste para tocar o clarinete principal, mas acabou ficando na segunda fila novamente.

— Manchas marrons.

— Ou quando...

— Desta vez é diferente.

Olho para cima. Eles continuam me encarando, os dois bem altos, cheios de tristeza e preocupação.

A vovó é a mentora das plantas. Ela tem as mais extraordinárias do nordeste da Califórnia. Suas rosas florescem com mais cores do que um ano todo com pôr do sol, e a fragrância é tão embriagante que dizem que sentir esse aroma faz com que nos apaixonemos por alguém na hora. Contudo, apesar de seus cuidados e do conhecido jeito com as plantas, essa espécie em particular parece acompanhar a trajetória da minha vida, independente de seus esforços ou de sua própria sensibilidade vegetal.

Ponho o livro e a caneta de lado. Vovó se aproxima ainda mais da planta, sussurra-lhe a importância da *joie de vivre*[1] e depois vem em direção ao sofá, senta-se ao meu lado.

Em seguida, Big junta-se a nós, jogando seu corpanzil ao lado de vovó. Nós três, todos com o mesmo tipo de cabelo encaracolado, acomodado em nossa cabeça como um bando de corvos pretos e brilhantes, ficamos assim, olhando para o nada, pelo resto da tarde.

É como estamos desde que minha irmã Bailey faleceu, há um mês, de uma arritmia fatal, durante um ensaio para uma produção local da peça *Romeu e Julieta*. É como se alguém tivesse aspirado o horizonte enquanto estávamos olhando para outro lado.

1 Alegria de viver, em francês. (N. T.)

2

Na manhã do dia em que Bailey morreu,
ela me acordou
enfiando o dedo na minha orelha.
Odiava quando ela fazia isso.
Então, ela começou a experimentar
camisetas e me perguntou:
— De qual você gosta mais? Da verde ou da azul?
— Da azul.
— Você nem olhou, Lennie.
— Já, então da verde. Sério, não estou nem
aí para qual camiseta você vai vestir...
Então, virei-me para o outro lado da cama e voltei a dormir.
Descobri mais tarde que ela vestiu a azul.
E aquelas foram as minhas últimas palavras para ela.

(Encontrado em um papel de bala, na trilha para o Rain River.)

Meu primeiro dia de volta à escola está exatamente como eu esperava: o corredor se divide como no episódio do mar Vermelho: quando eu passo, as conversas fluem, os olhares demonstram uma compaixão de me dar nos nervos, e todos me encaram como se eu estivesse segurando o cadáver de Bailey em meus braços, o que, por sinal, acho que estou. A morte dela está inteira em mim, posso senti-la e todos conseguem notar isso, assim como percebem o enorme casaco preto que estou vestindo em um lindo dia de primavera. Mas o que eu não esperava era o alarde sem precedentes por um garoto novo, Joe Fontaine, que havia chegado durante o meu longo mês de ausência. Por todo o lugar que passo é a mesma coisa:

— Você já o viu?

— Parece um cigano.

— Parece um astro do rock.

— Um pirata.

— Ouvi dizer que faz parte de uma banda chamada Dive.

— Ele é um gênio da música.

— Alguém me disse que ele morava em Paris.

— Ele tocava na rua.

— Você já o viu?

Eu já o vira, pois, ao voltar ao meu lugar na banda, o mesmo que me pertenceu durante um ano, lá está ele. Apesar da tristeza, meus olhos deslizam das botas pretas para as pernas cobertas pela calça *jeans*, o interminável torso e, finalmente, param em um rosto tão animado que sinto ter interrompido uma conversa entre ele e a partitura.

— Oi — ele diz, levantando-se. É muito alto. — Você deve ser Lennon — fala, apontando para o meu nome na cadeira. — Fiquei sabendo... sinto muito — presto atenção na forma como ele segura o clarinete, nada cuidadoso, punho cerrado ao redor do pescoço, parece uma espada.

— Obrigada — respondo, e cada centímetro do rosto dele se abre em um sorriso. Que é isso?! Foi uma rajada de vento que o trouxe de outro planeta aqui para a escola? O cara é descaradamente feliz, com um sorriso estilo Curinga, totalmente diferente do comportamento melancólico que a maioria de nós exibe com perfeição. Ele tem cabelo encaracolado, todo bagunçado, agitando-se para todos os lados, e as sobrancelhas são tão compridas e grossas que, quando ele pisca, parece que seus olhos verdes estão focados em você. O rosto dele é mais transparente que um livro aberto, como um grafite de parede. Percebo que escrevo "uau" na minha coxa com o dedo e decido que é melhor abrir a boca para nos tirar deste concurso improvisado de quem encara mais o outro.

— Todo mundo me chama de Lennie — digo. Não é muito original, mas é melhor do que um *guh*, minha outra opção, e funciona. Ele olha para baixo por um segundo e eu respiro fundo e me organizo para o segundo *round*.

— Estava mesmo pensando nisso. Lennon por causa do John? — ele pergunta, novamente me encarando. Um desmaio parece inevitável. Ou, então, um incêndio.

Concordo com a cabeça. — Minha mãe era *hippie*. Afinal de contas, estamos no nordeste da Califórnia — a última fronteira da esquisitice. No segundo ano do ensino médio há uma garota chamada Eletricidade, um garoto chamado Ônibus Mágico e uma infinidade de flores: Tulipa, Begônia e Papoula — todos nomes registrados por seus pais como constam em suas certidões de nascimento. Tulipa é o nome da caminhonete de 2 polegadas do cara que seria a estrela do time de futebol, se fôssemos o tipo de escola que tem time de futebol. Mas não somos. Somos o tipo de escola que tem meditação matutina como curso extra no ginásio.

— Pois é — diz Joe — minha mãe também, e meu pai, assim como todas as minhas tias, tios, irmãos, primos... bem-vinda à Comunidade Fontaine.

Dou uma gargalhada. — Sei o que quer dizer.

Mas o que foi isso novamente? Será que posso rir assim com tanta facilidade? E é para eu estar me sentindo tão bem assim, como se mergulhasse em um rio de águas frescas?

Viro-me de costas, imaginando se alguém está nos observando, e vejo que Sarah acaba de entrar na sala de música, apesar de parecer mais um furacão chegando. Eu quase não a vi depois do funeral; sinto uma pontada de culpa.

— Lennieeeee! — diz, vindo em nossa direção no melhor estilo um-dia-fui-gótica-hoje-sou-vaqueira: vestido preto, justo e chique, botas de vaqueira, cabelo loiro tão tingido de preto que parece azul. Tudo isso acompanhado de um enorme chapéu de boiadeiro. Percebo o ritmo perigoso da sua aproximação e penso, por um minuto, se ela vai mesmo pular nos meus braços em uma tentativa de nos fazer tropeçar no Joe, que, de alguma forma, consegue manter o equilíbrio, e assim não saímos todos voando pela janela.

— Esta é a Sarah — digo de forma submissa.

— Legal! Ótima ideia derrubar o bonitão — sussurro no ouvido dela quando me dá um abraço de urso, apesar de sua forma de passarinho. Ela ri e sinto ao mesmo tempo uma sensação de surpresa e desconcerto ao ter alguém, em meus braços, tremendo de rir e não de desgosto.

Sarah é a cínica mais entusiasmada do planeta. Ela seria a líder de torcida perfeita se não se sentisse tão enojada pelo espírito da escola. É fã de literatura, como eu, mas lê coisas mais sombrias: conheceu Sartre no primeiro ano do ensino médio, *Náusea,* e foi por isso que começou a usar preto (até mesmo na praia), a fumar (apesar de parecer a garota mais saudável que conheço) e a ficar obcecada por crises existenciais (mesmo participando de baladas até altas horas).

— Lennie, bem-vinda, querida — diz uma outra voz. Era o Sr. James, também conhecido na minha mente como Yoda, tanto por sua aparência externa, quanto por seu charme musical interno, que fica em pé ao lado do piano, olhando para mim com a mesma expressão de profunda tristeza que tanto recebi dos adultos. — Nós todos sentimos muito.

— Obrigada — digo pela centésima vez no dia. Sarah e Joe também me encaram. Sarah com uma expressão de preocupação e Joe com um sorriso do tamanho de um continente. Será que ele olha assim para todo mundo? Será que ele é maluco? Seja lá o que ele for, é contagioso. Antes que me dê conta, estou imitando seu sorriso do tamanho dos Estados Unidos, unindo-os ao Havaí e Porto Rico. Devo estar parecendo a "enlutada alegre". Psiu! Isso não é tudo, pois começo a pensar em como seria beijá-lo, beijá-lo de verdade, oh-oh. Isso é um problema, um problema totalmente novo, nada ao estilo-Lennie (que droga!) que começou no funeral. Eu estava afundando na escuridão e, subitamente, todos os rapazes do quarto estavam brilhando. Jovens, amigos de Bailey do trabalho ou da faculdade, a maioria desconhecidos, não paravam de se aproximar dizendo que sentiam muito, e eu não sabia se era porque me achavam parecida com Bailey ou porque estavam com pena de mim. Mais tarde, porém, vejo alguns deles olhando para mim de uma forma urgente, declarada, e me pego encarando-os de volta, como se eu fosse outra pessoa, imaginando coisas que raramente fantasiava antes, coisas que me deixam em pânico, pois estou pensando nelas em uma igreja, imagine, no funeral da minha irmã!

Um dos garotos brilhantes se aproxima de mim. Contudo, parece ter um estilo próprio de brilho. Talvez pertença a uma parte bem amigável da Via Láctea, penso, ao mesmo tempo que tento tirar o sorriso de maluca do rosto, mas, em vez disso, quase grito para Sarah: – Ele se parece com o Heathcliff[2] – pois acabo de perceber que sim, com exceção do sorriso. Mas então, de repente, começo a perder o fôlego, afundando-me no cimento duro e frio que é a minha vida agora, pois me lembro de que não posso correr para casa depois da escola para contar a Bails sobre o novo garoto da banda.

Minha irmã morre inúmeras vezes, o dia todo.

– Len? – Sarah toca em meu ombro. – Está tudo bem?

Faço que sim com a cabeça, desejando que o trem de fuga da dor, cada vez mais perto de mim, vá embora.

Alguém atrás de nós começa a tocar a música-tema do filme *Tubarão*. Viro-me para ver Rachel Brazile vindo de mansinho em nossa direção, resmungando "engraçadinho" para Luke Jacobus, o saxofonista responsável pelo arranjo. Ele é apenas um dos muitos integrantes da banda que Rachel deixou para trás; os garotos se iludem com o fato de toda aquela arrogância horrorosa estar presa a um corpo espetacular, e ainda se deixam enganar pelos olhos castanhos de fauno e pelo cabelo de Rapunzel. Sarah e eu temos certeza de que Deus estava com o humor meio irônico quando fez Rachel.

– Percebi que já conheceu o maestro – ela me diz, tocando as costas de Joe de forma casual ao se sentar na cadeira, clarinete de primeira fila, onde eu deveria estar sentada.

2 Heathcliff é o protagonista do romance *O morro dos ventos uivantes*. (N. T.)

Ela abre o estojo e começa a montar seu instrumento, dizendo: — Joe estudou em um conservatório na *Fronce*. Ele te contou? — É claro que ela não diz *France* daquele jeito que rima com *dance* como qualquer ser humano normal, falante de inglês americano, faria. Sinto que, atrás de mim, Sarah está cada vez mais nervosa. Tem tolerância zero com a Rachel desde que ela pegou a posição que deveria pertencer a mim, mas Sarah não sabe o que aconteceu de verdade, ninguém sabe.

Rachel aperta a ligadura do bocal como se estivesse tentando asfixiar seu clarinete — Joe foi fabuloso na sua ausência — diz, soando como se a palavra fabuloso estivesse despencando da Torre Eiffel.

Não quero perder meu fôlego com ela, por isso digo: — Que bom que tudo deu certo para você, Rachel — não digo mais nenhuma palavra, só desejo me enrolar feito uma bola para sair rolando dali. Sarah, por outro lado, parece desejar um machado por perto.

A sala torna-se um clamor de notas e escalas. — Terminem de afinar os instrumentos, quero começar pontualmente hoje — diz o Sr. James, ao piano. — E peguem seus lápis, fiz algumas mudanças nos arranjos.

— É melhor eu ir bater em algo — diz Sarah, fuzilando Rachel com o olhar.

Rachel dá de ombros e sorri para Joe. Não sorri, pisca. — Bem, é verdade — diz. — Você foi, quer dizer, é... fabuloso.

— Nem tanto — ele se abaixa para guardar o clarinete. — Só estava esquentando o lugar. Agora posso voltar ao local a que pertenço — diz, apontando o clarinete para a ala das trombetas.

— Você só está sendo modesto — diz Rachel com seu olhar de conto de fadas, de costas para a cadeira. — Sua palheta tem tantas cores!

Olho para Joe, esperando ver alguma evidência de um resmungo interno por causa da imbecilidade daquelas palavras, mas vejo outra coisa. Ele sorri para Rachel também de forma geográfica. Percebo meu pescoço queimando.

— Você sabe que vou sentir sua falta — ela diz, fazendo beicinho.

— A gente vai se ver novamente — responde Joe, acrescentando uma piscadela ao seu repertório. — Na próxima aula: história.

É como se eu não estivesse mais lá, o que na verdade é bom, pois, subitamente, não faço ideia do que fazer com o rosto ou o corpo, nem mesmo com meu coração partido. Sento-me em meu lugar, percebendo que o sorriso, a piscadela idiota da *Fronce,* não tinha nada a ver com Heathcliff. Eu havia me enganado.

Abro o estojo do meu clarinete e posiciono o bocal para umedecê-lo, mas acabo mordendo-o.

Às 16h48 de uma sexta-feira de abril,
minha irmã estava ensaiando para o papel de Julieta
e, menos de um minuto depois,
estava morta.
Para minha surpresa, o tempo não parou
com o coração dela.
As pessoas continuaram indo à escola, ao trabalho, a restaurantes;
continuaram quebrando bolachas salgadas em suas sopas,
preocupando-se com as provas,
cantando nos carros com as janelas abertas.
Por vários dias, a chuva martelou
o telhado da nossa casa —
uma prova do terrível erro
cometido por Deus.
Todas as manhãs, quando me levantava,
ouvia as incessantes batidas,
olhava pela janela para a tristeza lá fora
e me sentia aliviada,
pois pelo menos o sol tivera a decência
de ficar bem longe de nós.

(Encontrado em um pedaço de partitura, cravado em um galho baixo, no desfiladeiro Flying Man.)

3

O restante do dia foi obscuro até a hora do último sinal; saio de fininho e me escondo na mata. Não quero ir para casa pela estrada, não quero correr o risco de encontrar alguém da escola, principalmente Sarah, que havia me informado que, enquanto eu estava me escondendo, andara lendo sobre perdas e, de acordo com todos os especialistas, estava na hora de começar a falar sobre o que eu vinha passando. Mas ela, e todos os especialistas, e a vovó não entendem nada disso. Eu não entendo. Preciso de um alfabeto novo, um que seja feito de quedas, e de pratos tectônicos giratórios, e da profunda escuridão que devora.

Ao caminhar pelas sequoias, meu tênis absorve a chuva de vários dias; pergunto-me por que pessoas enlutadas se preocupam em usar roupas pretas, uma vez que a própria dor nos fornece um armário inconfundível. A única pessoa que não pareceu ter percebido como eu estava hoje, além de Rachel, que não conta, foi o garoto novo. Ele só conhecerá meu novo eu, órfã de irmã.

Vejo um pedaço de papel no chão, seco o suficiente para que eu possa escrever nele; então, sento-me em uma pedra, tiro a caneta que sempre guardo no bolso e rascunho uma conversa que lembro ter tido com Bailey. Depois, dobro o papel e o enterro na terra molhada.

Quando saio da floresta e pego a estrada que dá para minha casa, estou inundada de alívio. Quero estar em casa, onde Bailey está o mais viva possível, onde ainda posso vê-la inclinada na janela, com seus cabelos negros selvagens voando em seu rosto enquanto ela diz: — Vamos, Len, vamos agora mesmo para o rio.

— Olá — a voz de Toby me assusta. O rapaz que Bailey namorou durante dois anos é metade boiadeiro, metade skatista, completamente submisso ao amor da minha irmã e totalmente sumido ultimamente, apesar dos vários convites da vovó. — Precisamos nos aproximar dele agora — ela vive dizendo.

Ele repousa no jardim dela com os dois cachorros do vizinho, Lucy e Ethel, deitados ao seu lado. Essa é uma visão comum na primavera. Quando as bailarinas e os lilases florescem, o jardim da vovó se transforma em um sonífero natural. Basta ficar alguns minutos perto das flores que mesmo a pessoa mais energética se deita e começa a contar as nuvens.

— Eu estava arrancando ervas daninhas para a vovó — diz, obviamente envergonhado pela posição constrangedora.

— Claro, acontece com todos nós — digo.

Com seu cabelo de surfista e o rosto largo repleto de sardas, Toby é o humano que mais se aproxima do leão, sem pular espécies. Quando Bailey o viu pela primeira vez, ela e eu estávamos lendo na estrada (todos nós lemos na estrada; as poucas pessoas que moram na nossa rua sabem que minha família faz isso e passam devagar com seus carros, caso um de nós esteja passeando por lá bastante absorto). Eu estava lendo *O morro dos ventos uivantes*, como sempre, e ela estava lendo *Como água para chocolate*, seu predileto, quando um cavalo alazão marrom passou por nós a caminho da trilha. "Belo cavalo", pensei, e voltei para Cathy e Heathcliff, olhando para cima somente alguns segundos depois, quando ouvi o barulho do livro de Bailey caindo no chão.

Ela não estava mais ao meu lado. Tinha parado um pouco atrás.

— O que foi? — perguntei, tentando entender minha irmã, que parecia ter sofrido uma súbita lobotomia.

— Você viu aquele cara, Len?

— Que cara?

— Meu Deus, qual o seu problema, o cara lindo no cavalo, ele parece ter saído de um romance ou algo assim. Não acredito que você não o tenha visto, Lennie — sua irritação pelo meu desinteresse em rapazes era tão perpétua quanto a minha irritação por sua preocupação com eles. Ele se virou quando passou por nós e sorriu bem para mim. Ele era tão bonito... igual ao revolucionário do livro — ela se abaixou para pegar o livro, limpando a poeira da capa. — Sabe, aquele que arrebata Gertrudis com seu cavalo, roubando-a em um lampejo de paixão....

— Tanto faz, Bailey — viro-me de costas e volto a ler, indo em direção à varanda, afundando-me em uma cadeira e na mesma hora absorta no mundo da paixão assustadora dos dois, no meio da charneca inglesa. Gostava do amor seguro entre as capas de um romance, não no coração da minha irmã, que fazia com que ela me ignorasse por meses intermináveis. Contudo, com muita frequência, eu a via sentada em uma pedra perto da trilha do outro lado da estrada, tão obviamente fingindo estar lendo o livro que não dava para acreditar que era atriz. Ficava lá horas esperando que seu revolucionário voltasse, o que finalmente acabou acontecendo, mas do lado oposto, pois ele trocou o cavalo em algum lugar por um *skate*. No fim das contas, parecia que ele não havia saído de um livro, e sim do Clover High, como todos nós, só que ficava com os fazendeiros e os skatistas, e, porque ela era exclusivamente uma diva do drama, seus caminhos nunca tinham se cruzado até aquele dia. Mas, naquele momento, não importava de onde ele viesse ou no que estivesse montado, pois a imagem dele galopando tinha queimado a psique de Bailey e lhe roubado a capacidade de pensar de forma racional.

Nunca fui de fato um membro do fã-clube de Toby Shaw. Nem a parcela boiadeiro, muito menos a sua capacidade de transformar a manobra 180 Olie em uma Fakie Feeble Grind compensavam o fato de que ele tinha transformado Bailey em um zumbi permanente do amor. Além disso, sempre parecia me considerar tão importante quanto uma batata assada.

— Você está bem, Len? — perguntou-me de sua posição constrangedora, trazendo-me de volta ao presente.

Por alguma razão, digo a verdade. Balanço a cabeça negativamente, de um lado para o outro várias vezes, da descrença ao desespero, sem parar.

Ele se senta e diz: — Eu sei — e vejo sua expressão de abandono verdadeiro. Quero agradecer-lhe por não me fazer dizer nada, e por entender tudo simultaneamente, mas fico em silêncio ao mesmo tempo em que o sol derrama seu calor e sombra, como se fosse um jarro em nossa cabeça confusa.

Ele bate na grama com a mão, para que eu me sente ao seu lado. Até quero, mas hesito. Nunca havíamos ficado juntos antes sem a presença de Bailey.

Movo a cabeça em direção a casa. — Preciso subir.

É verdade. Quero voltar para o Refúgio cujo nome completo é: Refúgio Sagrado da Abóbora, recém-batizado por mim quando Bailey, há alguns meses, convenceu-me de que as paredes do nosso quarto tinham de ser cor de abóbora, reluzente, o que desde então tornou o uso de óculos de sol opcional. Antes de sair para a escola de manhã, fechei a porta, de propósito, querendo impedir a passagem da vovó e de suas caixas de papelão. Quero que o Refúgio fique como está, o que significa exatamente do jeito que está. A vovó parece entender que isso significa que estou fora de mim, correndo livremente pelo parque, o que no dicionário dela significa doente mental.

— Docinho — ela saiu à varanda, com um vestido roxo coberto de margaridas. Em sua mão, um pincel, pela primeira vez, desde que Bailey morreu. — Como foi o seu retorno?

Vou até ela, sinto sua fragrância familiar: patchuli, tinta, terra do jardim.

— Foi bom — respondo.

Ela examina meu rosto bem de perto, como faz quando se prepara para desenhá-lo. Entre nós, o tique--taque do silêncio, algo comum ultimamente. Posso sentir sua frustração, quanto deseja me dar um chacoalhão como se eu fosse um livro, desejando que todas as palavras simplesmente começassem a cair.

— Tem um garoto novo na banda de honra — digo espontaneamente.

— É mesmo? O que ele toca?

— Aparentemente tudo — antes de fugir para a floresta na hora do almoço, eu o vira atravessar o pátio com Rachel, com um violão balançando em suas mãos.

— Lennie, estive pensando... pode ser bom para você agora um conforto verdadeiro... — oh-oh. Sei aonde isso vai chegar. — Quer dizer, quando estudava com a Marguerite, eu não conseguia tirar o instrumento das suas mãos...

— As coisas mudam — digo, interrompendo-a. Não posso ter esta conversa agora. Não novamente. Tento sair da frente dela para entrar em casa. Tudo o que quero é ir para o armário de Bailey, abraçar seus vestidos, sentir demoradamente as fragrâncias das fogueiras à beira do rio, da loção de bronzear de coco, do perfume de rosas, dela.

— Ouça — ela diz, baixinho, esticando a mão que está livre para endireitar meu colarinho. — Convidei Toby para jantar. Ele está perdido. Vá fazer companhia a ele, ajudá-lo no jardim, ou algo assim.

Percebo que ela provavelmente deve ter dito algo similar a ele sobre mim para, finalmente, fazê-lo vir até aqui. Argh!

E então, sem se prolongar mais, ela bate com o pincel no meu nariz.

— Vovó — grito, mas ela já está de costas, entrando em casa. Tento limpar a tinta verde com a mão. Bails e eu passamos boa parte de nossa vida assim, emboscadas pela tinta verde zombeteira da vovó. É sempre verde. A pintura das paredes da casa, do chão até o teto, atrás do sofá, embaixo das mesas, nos armários, cada um desses lugares atesta sua devoção eterna à cor verde. Ela tem todos os tons, do lima ao floresta, e os usa para pintar principalmente uma só coisa: mulheres magras que parecem metade sereias, metade marcianas. — São as minhas damas — ela diz para mim e Bails. — No meio do caminho, entre aqui e ali.

Obedecendo-lhe, largo o clarinete e a mochila, e vou ficar plantada na grama quente ao lado do indiferente Toby e dos cães sonolentos para ajudá-lo no "jardim".

— Sinal tribal — digo, apontando para o meu nariz.

Ele balança a cabeça desinteressadamente em seu coma floral. Sou uma batata assada com o nariz verde. Ótimo.

Enrolo-me como tartaruga, prendendo os joelhos ao peito e descansando minha cabeça no espaço entre eles. Meus olhos se movem da glicínia caindo pela grade aos vários narcisos, sussurrando com a brisa até o fato indiscutível de que a primavera resolveu tirar o casaco para se exibir, isso me deixa enjoada. É como se o mundo já tivesse se esquecido do que aconteceu conosco.

— Não vou colocar as coisas dela em caixas de papelão — digo sem pensar. — Jamais.

Toby deita-se de lado, protege o rosto com a mão, tentando bloquear o sol para me ver e, para minha surpresa, diz: — Claro que não.

Balanço a cabeça e ele faz a mesma coisa, jogo-me na grama, cruzo os braços na frente da cabeça para que ele não possa ver que, secretamente, estou sorrindo.

Logo em seguida, o sol se esconde atrás de uma montanha, e a montanha é o tio Big parado à nossa frente. Acho que Toby e eu acabamos dormindo.

— Sinto-me como Glinda, a boa fada do norte — diz Big. — Olhando para Dorothy, o Espantalho e dois Totós no campo de papoula do lado de fora da cidade de Oz — umas poucas flores narcóticas de primavera não são páreo para a voz de barítono de Big. — Creio que, se não acordarem, vou ter de fazer nevar sobre vocês — sorrio para ele, que tem um enorme bigode, posicionado em cima de seus lábios como uma grande Declaração da Estranheza. Ele está segurando uma geladeira portátil vermelha como se fosse sua pasta de trabalho.

— Como vai a distribuição? — pergunto, batendo na geladeira com o meu pé. Estamos vivendo o momento do presunto. Depois do funeral, parecia ser primordial em Clover que todo mundo passasse pela nossa casa com um presunto. Havia presunto por toda a parte: encheram a geladeira, o *freezer*, as bancadas, o fogão, a pia, o forno. Tio Big atendia à porta para as pessoas que passavam para deixar suas condolências. Vovó e eu ouvimos sua voz grave repetidas vezes: — Ah, um presunto, quanta consideração, obrigado. Entre... — Conforme os dias iam passando, a reação de Big aos presuntos ficou mais dramática, para a nossa alegria. Cada vez que ele exclamava "um presunto!", vovó e eu olhávamos uma para a outra e tínhamos de segurar um ataque inapropriado de riso. Agora, a missão de Big é garantir que todo mundo, em um raio de 30 quilômetros, coma um sanduíche de presunto por dia.

Ele põe a geladeira no chão e estende a mão para me ajudar a levantar. — É possível que tenhamos uma casa sem presunto em poucos dias.

Quando me levanto, Big beija minha mão, depois ajuda Toby. Quando fica de pé, Big o puxa para perto de seus braços e vejo Toby, que também é grande, desaparecer no meio do abraço de montanha. — Como você está se segurando, vaqueiro?

— Não muito bem — ele admite.

Big o solta, deixando uma das mãos no ombro dele e colocando a outra no meu. Olha para Toby e para mim e diz com sua postura de Moisés: — Não há como sair disso sem enfrentar... isso vale para todos nós — e nós dois concordamos como se estivéssemos entregues à sabedoria dele. — E vamos pegar terebintina para vocês — diz, piscando para mim. Big é especialista em piscadas, cinco casamentos comprovam o fato. Depois que sua amada quinta esposa o deixou, a vovó insistiu para que viesse morar conosco, dizendo: — Seu pobre tio vai morrer de fome se ficar nessa condição de abandono por muito mais tempo. Um coração sofredor envenena as receitas.

Isso provou ser verdade, mas para a vovó. Tudo o que ela cozinha agora tem gosto de cinzas.

Toby e eu seguíamos Big até nossa casa. Ele para na frente da pintura de sua irmã, minha mãe desaparecida: Paige Walker. Antes de ela partir, há dezesseis anos, a vovó pintou seu retrato; nunca o terminou, mas pendurou-o mesmo assim. Está fixado sobre a lareira na sala de estar: metade de uma mãe, com longos cabelos verdes parecendo água, ao redor de um rosto incompleto.

A vovó sempre nos disse que nossa mãe voltaria: — Ela vai voltar — falava como se a mamãe tivesse ido ao mercado para comprar ovos, ou ido nadar no rio. Ela disse isso com tanta frequência e com tanta certeza que, por muito tempo, enquanto não entendíamos muito bem, não questionávamos, só ficávamos esperando que o telefone tocasse, ou que a campainha soasse, ou que o correio chegasse.

Bato a mão com carinho em Big, que está olhando para a minha Mãe pela Metade como que perdido no meio de uma silenciosa conversa fúnebre.

Ele suspira, coloca o braço ao meu redor e ao redor de Toby, e todos nós caminhamos penosamente até a cozinha, como se fôssemos um saco de tristeza de seis pernas e três cabeças.

O jantar, não surpreendentemente, é presunto com caçarola de cinzas, que mal tocamos.

Depois, Toby e eu acampamos na sala de estar, ouvindo as músicas de Bailey, pensando enquanto folheamos inúmeros álbuns de fotografia, basicamente explodindo nosso coração em pedaços.

Fico o tempo todo olhando de esguelha para ele. Quase consigo ver Bailey agitando-se ao redor dele, vindo por trás, abraçando-o pelo pescoço como sempre fazia. Ela diria coisas repugnantes e embaraçosas no ouvido dele, e ele a provocaria de volta, os dois agindo como se eu não estivesse lá.

— Sinto a Bailey — digo finalmente, sentindo-a incontrolavelmente em mim. — Nesta sala, conosco.

Ele olha para cima surpreso, deixando o álbum no colo, e diz: — Eu também. Não paro de pensar nisso.

— É tão bom — digo, aliviada por expor isso.

Ele sorri e cerra os olhos como se o sol estivesse em seu rosto. — É, Len — lembro-me de Bailey ter me dito uma vez que Toby não fala muito com humanos, mas é capaz de gentilmente fazer os cavalos do rancho se moverem, com poucas palavras. Como São Francisco, disse a ela, e acredito nisso. O tom calmo e lento da voz dele tranquiliza-me, como a rebentação das ondas no mar à noite.

Volto às fotos de Bailey vestida de Wendy na produção de *Peter Pan* na Escola de Ensino Fundamental de Clover. Não falamos mais nisso, mas o conforto de senti-la tão próxima permanece conosco o restante da noite.

Mais tarde, Toby e eu ficamos no jardim, despedindo-nos. A fragrância estonteante das rosas nos engole.

— Foi ótimo ficar com você, Lennie. Fez com que me sentisse melhor.

— A mim também — respondo, arrancando uma pétala de lavanda. — Muito melhor, mesmo — digo baixinho e olhando para as roseiras, sem saber se até mesmo quero ouvi-lo, mas, quando olho para ele de novo, é bom, suas características felinas não estão tão fortes, parece mais um filhotinho.

— É — ele diz, olhando para mim com os olhos brilhantes e ao mesmo tempo tristes. Ele ergue o braço e, por um segundo, acho que vai tocar meu rosto com as mãos, mas apenas desliza os dedos por seus cabelos da cor dos raios do sol.

Caminhamos pelo trecho que nos separa da estrada bem lentamente. Quando chegamos lá, Lucy e Ethel surgem do nada e começam a subir em Toby, que fica de joelhos para se despedir deles. Segura o *skate* em uma das mãos, brincando e afagando os cães com a outra ao mesmo tempo em que sussurra palavras indistintas por entre o pelo deles.

— Você é mesmo São Francisco, hein? — tenho uma coisa com santos, seus milagres, não as penitências.

— Já disseram isso — um sorriso suave vagueia pela superfície larga de seu rosto, pousando em seus olhos. — Principalmente a sua irmã — por uma fração de segundos, quero contar a ele que era eu quem pensava isso, não a Bailey.

Termina sua despedida, fica de pé, depois joga o *skate* no chão, prendendo-o com os pés. Não sobe nele e vários anos se passam.

— É melhor eu ir — ele diz, mas não vai.

— É — falo e mais vários outros anos se passam.

Antes de finalmente subir no *skate*, ele me dá um abraço de despedida e ficamos assim, tão firmes um no outro, debaixo do céu triste e sem estrelas que, por um momento, sinto o compasso do nosso coração como um só, em vez de dois.

Mas então, subitamente, sinto algo duro contra meu corpo, aquilo. Caramba! Solto-me rapidamente, digo adeus, e corro para dentro de casa.

Não sei se ele percebeu que eu o senti.

Não sei de mais nada.

Alguém da aula de teatro de Bailey
gritou "**bravo**" no fim do velório,
e todo mundo ficou de pé
e começou a aplaudir.
Lembro-me de achar que o teto ia despencar
por causa do barulho de trovão das mãos,
de que a dor era aquela sala repleta
da luz faminta do desespero.
Aplaudimos por dezenove anos
um mundo de que Bailey fazia parte,
não paramos de aplaudir.
Quando o sol se pôs, a lua surgiu,
quando todas as pessoas se enfileiraram em nossa casa
com comida e uma tristeza frenética,
não paramos de aplaudir
até o nascer do dia.
Quando fechamos a porta
para Toby,
que tinha de levar sua tristeza para casa.
Sei que já passamos daquele ponto,
tomamos banho, dormimos e comemos,
mas, na minha mente, vovó, Big e eu
ficamos assim por semanas,
apenas olhando para a porta fechada,
tendo nas mãos
nada além de ar.

(Encontrado em uma folha de caderno, voando pela rua Principal.)

4

É isso que acontece quando Joe Fontaine faz sua estreia no solo de trompete no ensaio da banda: sou a primeira, desmaiando por cima da Rachel, que cai em cima da Cassidy Rosenthal, que se joga em Zachary Quittner, que tromba em Sarah, que tropeça em Luke Jacobs — e assim por diante, até todos os membros da banda estarem no chão em uma queda impressionante. Em seguida, o teto se parte, as paredes desmoronam, e, quando olho para fora, vejo que a cerca de sequoias desarraigou e está vindo em direção a nossa sala de aula, uma gangue de homens de madeira gigantes agitando seus galhos. Por fim, o Rain River transborda e vai para a esquerda e para a direita até encontrar passagem na sala de música do Clover High, levando todos nós — ele é bom assim.

Quando o restante de nós, mortais musicais inferiores, recuperamo-nos o suficiente para concluir a peça, conseguimos terminar, mas, ao deixarmos nossos instrumentos de lado no fim do ensaio, a sala está silenciosa e tranquila como uma igreja vazia.

Finalmente, o Sr. James, que ficou olhando para Joe como se ele fosse um avestruz, recobra a capacidade da fala e diz: — Muito bem. Como vocês todos dizem, isso com certeza foi uma droga — todo mundo ri. Viro-me para ver o que Sarah achou. Só consigo ver um dos olhos debaixo do chapéu rastafári gigante. Ela balbucia; "inacreditável". Olho para Joe. Ele está limpando o trompete, corando por causa da reação ou pelo esforço de tocar. Não sei bem o porquê. Ele olha para cima, encontra meu olhar, então ergue uma das sobrancelhas, cheio de expectativas em relação a mim, quase como a tempestade que acabou de sair do seu instrumento. Mas por que ele faria isso? E por que toda hora vejo que está me olhando tocar? Não é interesse, quer dizer, aquele tipo de interesse. Observa-me clinicamente, intencionalmente, da mesma forma que Marguerite costumava fazer durante uma aula, ao tentar entender o que eu estava fazendo de errado.

— Nem pense nisso — Rachel diz quando me viro de costas. — Aquele trompetista já tem dona. De qualquer forma, ele é muita areia para o seu caminhão, Lennie. Quer dizer, qual foi a última vez que você namorou? Ah, é, nunca.

Penso em atear fogo nos cabelos dela. Penso em equipamentos de tortura medievais: A Roda, em particular. Penso em contar a ela o que realmente aconteceu no teste do outono passado.

Em vez disso, ignoro-a, como fiz o ano todo, limpo meu clarinete e desejo realmente estar mais preocupada com Joe Fontaine do que com o que aconteceu com Toby — toda vez que me lembro da sensação da pressão dele contra o meu corpo, calafrios percorrem minha pele, o que definitivamente não é a reação adequada à ereção do namorado da irmã! E, o pior é que, na intimidade da minha mente, não o reprimo, como de fato fiz, mas me envolvo em seus braços debaixo da tranquilidade do céu, e isso me faz ruborizar de vergonha.

Fecho o estojo do meu clarinete desejando fazer o mesmo com os pensamentos em relação a Toby. Olho ao redor da sala — os outros trompetistas estão em volta de Joe, como se a magia fosse contagiosa. Nenhuma palavra foi trocada entre mim e ele desde aquele primeiro dia, quando retornei. Quase nenhuma palavra foi trocada entre mim e qualquer outra pessoa da escola. Nem mesmo Sarah.

O Sr. James bate palmas para obter a atenção da sala. Em seu tom animado, começa a falar sobre os ensaios de verão, pois as aulas acabam em menos de uma semana: — Para aqueles que vão ficar por aqui, vamos ensaiar, começando em julho. Quem aparecer determinará o que tocaremos. Estou pensando em *jazz* — estala os dedos como um dançarino de flamenco. — Talvez o calor do *jazz* espanhol, mas estou aberto a sugestões.

Ergue os braços como um padre diante da comunidade: — Encontrem seu compasso e se concentrem nele, meus amigos — e assim termina todas as aulas. Mas então, depois de algum tempo, bate palmas novamente: — Quase me esqueci, levante as mãos quem planeja participar do teste para a banda estadual no ano que vem. Solto meu lápis e me abaixo para evitar qualquer tipo de colisão com o Sr. James. Quando me levanto, após examinar cuidadosamente o chão, o telefone vibra no meu bolso. Viro-me para Sarah, cujo olho visível está quase saltando para fora da cabeça. Pego meu telefone e leio sua mensagem de texto:

Ñ levantou a mão? Pensei em vc no solo — naquele dia! Pode vir hj???

Viro-me e balbucio: — Não posso.

Ela pega uma de suas baquetas e dramaticamente finge esfaquear o próprio estômago com ambas as mãos. Sei que por trás do haraquiri, há uma ferida crescente, mas não sei o que fazer com isso. Pela primeira vez em nossa vida, estou em um lugar que ela não pode encontrar, não tenho o mapa que pode mostrar-lhe o caminho.

Pego as minhas coisas rapidamente para evitá-la, o que vai ser fácil, pois Luke Jacobs já a encurralou, e, assim que o faço, o dia que ela mencionou vem correndo a minha mente. Estávamos no começo do primeiro ano e nós duas tínhamos conseguido entrar para a banda de honra. O Sr. James, particularmente frustrado com todo mundo, pulou da cadeira e disse: — Qual o problema de vocês? Pensam que são músicos? Vocês têm de grudar a bunda no vento! — Depois continuou: — Venham, sigam-me. Quem puder, leve seu instrumento.

Saímos da sala e fomos para a floresta, onde o vento soprava e zunia. Ficamos todos à beira do rio enquanto ele subia em uma pedra para falar conosco.

— Agora, escutem, aprendam e depois toquem, apenas toquem. Façam barulho. Façam qualquer coisa. Façam múúúúúúúúsica — então ele começou a conduzir o rio, o vento, os pássaros nas árvores, como um lunático perfeito. Depois, superamos a histeria e abaixamos o tom, um a um; quem tinha instrumento começou a tocar. Inacreditavelmente, fui a primeira a tentar, e, depois de um tempo, o rio, o vento e os pássaros, os clarinetes e flautas e oboés misturavam-se todos, em uma gloriosa bagunça cacofônica, e o Sr. James desviou a atenção da floresta para nós, balançando o corpo, agitando os braços e dizendo: — Isso mesmo, isso mesmo. Isso mesmo!

E foi isso mesmo.

Quando voltamos para a sala de aula, o Sr. James veio até mim e me deu o cartão de Marguerite St. Denis. — Ligue para ela — ele disse. — Imediatamente.

Penso na apresentação virtuosa de Joe hoje, posso senti-la entre os meus dedos. Prendê-la em meus punhos. Seja lá o que fosse que o Sr. James desejava que encontrássemos na floresta aquele dia, fosse abandono, fosse paixão, inovação ou simplesmente coragem, Joe encontrou.

A bunda dele está ao vento. A minha está na segunda fila.

5

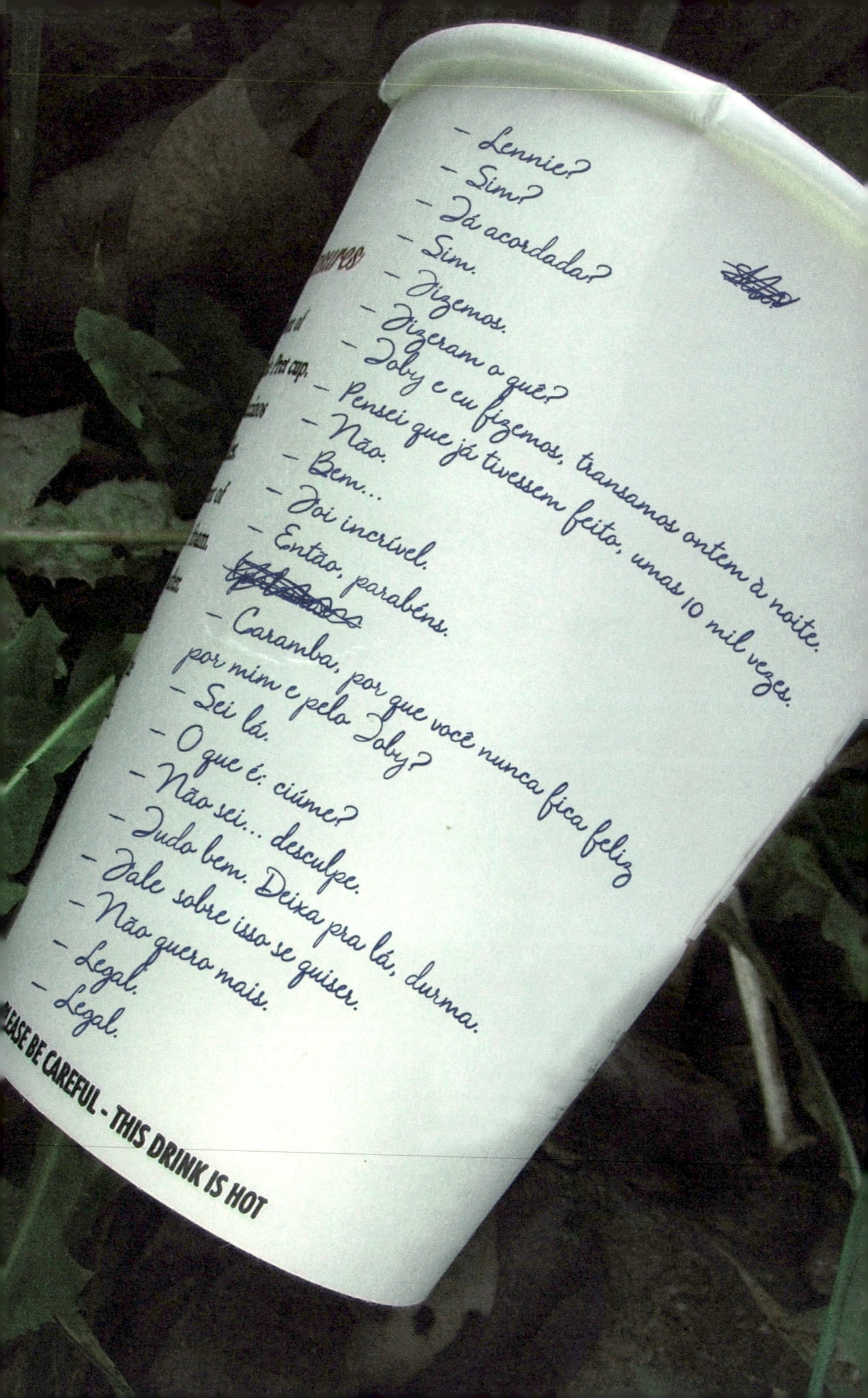
– Lennie?
– Sim?
– Já acordada?
– Sim.
– Fizemos.
– Fizeram o quê?
– Toby e eu fizemos, transamos ontem à noite.
– Pensei que já tivessem feito, umas 10 mil vezes.
– Não.
– Bem...
– Foi incrível.
– Então, parabéns.
– Caramba, por que você nunca fica feliz por mim e pelo Toby?
– Sei lá.
– O que é: ciúme?
– Não sei... desculpe.
– Tudo bem. Deixa pra lá, durma.
– Fale sobre isso se quiser.
– Não quero mais.
– Legal.
– Legal.
LEASE BE CAREFUL - THIS DRINK IS HOT

(Encontrado em um copo descartável, à beira do Rain River.)

Sei que é ele, e queria não saber. Desejaria que meu primeiro pensamento fosse sobre qualquer pessoa no mundo, menos Toby, quando ouço uma pedrinha batendo na janela. Estou sentada no armário de Bailey, escrevendo um poema na parede, tentando conter o pânico que se espalha dentro do meu corpo como um cometa preso em uma armadilha.

Tiro a camiseta de Bailey e coloco uma das minhas, seguro a maçaneta e lanço-me de volta ao Refúgio. Ao atravessar o quarto em direção à janela, meus pés descalços sentem a textura de três tapetes azuis espalhados pelo ambiente, pedaços do céu brilhante triturados por mim e Bailey, após anos de competições de dança, fazendo caretas para eliminar o outro idiota sem rir. Eu sempre perdia porque Bailey tinha, em seu arsenal, a cara de furão, que, combinada aos movimentos magistrais de macaco, certamente acabava comigo; quando tirava essa carta da manga (o que significava soltar a franga de uma forma que eu jamais conseguia), já era! Eu sempre ficava reduzida a um ataque de histeria desenfreada.

Inclino-me no parapeito, vejo Toby, como já imaginava, debaixo de uma lua quase cheia. Não consigo reprimir minha revolta interna. Respiro fundo e desço a escada para abrir a porta.

— Ei, e aí? Todo mundo está dormindo — minha voz parece mais um chiado, incapaz de sair, como se morcegos fugissem da minha boca. Olho bem para ele pela luz da varanda. Sua expressão mostra uma tristeza louca. É como se estivesse me olhando no espelho.

— Pensei que podíamos ficar juntos um pouco — ele diz isso, e o que eu escuto em minha mente é duro, duro, ereção, duro, duro, duro, duro. — Tenho uma coisa para dizer a você, Len, não sei a quem mais contar — a carência na voz dele faz com que eu sinta um calafrio certeiro. Sobre sua cabeça há uma luz vermelha que brilha intensamente, mas, mesmo assim, não consigo dizer não, não quero. — Entre, senhor.

Ele toca meu braço de uma forma amigável e fraternal ao passar, o que me deixa à vontade; talvez os rapazes tenham ereções o tempo todo, sem razão alguma — não sei absolutamente nada sobre as regras básicas do endurecimento do pênis. Só beijei três caras, então não tenho experiência alguma com rapazes da vida real, mas sou especialista nos que vivem em livros, especialmente Heathcliff, que não tem ereções. Espere, agora que pensei nisso, ele deve ter ereções o tempo todo na charneca com Cathy. Heathcliff deve ser totalmente o maníaco das ereções.

Fecho a porta e faço sinal para que ele vá silenciosamente para o Refúgio, que é à prova de som, para proteger o restante da casa das notas desafinadas que saem do meu clarinete. A vovó teria um ataque cardíaco se soubesse que ele está me visitando às 2 horas da manhã em um dia de semana. Em qualquer dia, Lennie. Definitivamente, não era isso que tinha em mente, quando queria que eu me aproximasse dele.

Quando fecho a porta do Refúgio, coloco música indiana suicida para tocar, que tenho ouvido ultimamente, e sento-me ao lado de Toby no chão. Encostamos as costas na parede e esticamos as pernas. Ficamos sentados em silêncio como duas lápides. Vários séculos se passam.

Quando não consigo mais suportar, brinco: — É bem possível que você esteja exagerando com esse jeito de silêncio extremo.

— Ah, desculpe — ele balança a cabeça, envergonhado. — Nem percebi que estou fazendo isso.

— Fazendo?

— Não falando...

— É mesmo? O que acha que está fazendo?

Ele inclina a cabeça, forçando um sorriso, adorável: —Eu imitava o carvalho do jardim.

Dou risada. — Muito bem, você faz uma ótima imitação de árvore.

— Obrigado... acho que deixava Bailey louca com meu silêncio.

— Não, ela gostava, disse-me, menos chance de desentendimentos... e, além do mais, mais tempo de protagonista para ela.

— É verdade — fica quieto por um tempo. Depois, com a voz embebida em emoção, diz: — Éramos tão diferentes.

— Sim — digo suavemente. Opostos perfeitos, Toby sempre calmo e sereno (quando não estava montado em um cavalo ou em um *skate*), enquanto Bailey fazia tudo: andava, falava, ria, festejava, na velocidade da luz, e com brilho próprio.

— Você me faz lembrar dela...

Quero gritar: O quê? Você sempre agiu como se eu fosse uma batata assada! Em vez disso, digo: — De jeito nenhum, não tenho a mesma voltagem.

— Tem o suficiente... eu é que tenho uma grave falta de voltagem — diz, surpreendentemente com uma expressão de batata.

— Não para ela — digo, e os olhos dele se iluminam com minhas palavras, isso me mata. O que vamos fazer com todo esse amor?

Ele balança a cabeça sem acreditar. — Tive sorte. Aquele livro de chocolate...

A imagem ataca minha mente: Bailey pulando da pedra naquele dia em que se conheceram quando Toby voltou em seu *skate*: — Sabia que você ia voltar — ela exclamou, jogando o livro para o ar. — Igual à história, eu intuía!

Tenho a sensação de que a mesma lembrança passa pela cabeça de Toby, pois a nossa levitação cortês parece ter dado um tempo. Todo tempo passado em nossas palavras subitamente pareceu-nos amontoado como se fosse nos esmagar.

Posso ver o desespero no rosto dele da mesma forma que deve estar no meu.

Olho ao redor do quarto, para o laranja berrante que passamos para cobrir o azul sonolento que esteve lá durante anos. Bailey disse: — Se isso não mudar a nossa vida, não sei o que vai mudar. Isso, Lennie, é a cor do extraordinário! — Lembro-me de pensar que não queria mudar nossa vida, e não entendia por que ela queria. Lembro-me de pensar que sempre gostei do azul.

Suspiro. — Estou feliz por ter vindo, Toby. Estava me escondendo no armário de Bailey, enlouquecendo há horas.

— Que bom que está feliz. Quer dizer, não sabia se deveria incomodá-la, mas também não conseguia dormir... fiz umas manobras radicais idiotas com meu *skate* que poderiam ter me matado, e acabei vindo parar aqui, sentei debaixo da ameixeira por horas tentando me decidir...

O timbre valioso de Toby me faz perceber de súbito a outra voz no quarto: o cantor retumbando nos alto-falantes que mais parece estar sendo estrangulado. Levanto-me para colocar algo mais melódico e, quando me sento de volta, confidencio: — Ninguém na escola entende, não mesmo, nem mesmo a Sarah.

Ele encosta a cabeça na parede. — Não é possível entender quando não se passa por isso, como nós estamos passando. Eu não fazia ideia...

— Nem eu — digo e, de repente, desejo abraçar Toby, pois me sinto tão aliviada por não estar mais sofrendo sozinha.

Ele está olhando para as mãos, suas sobrancelhas estão cerradas, como se estivesse em uma luta interna para conseguir dizer alguma coisa.

Espero. Espero mais. Como Bailey lidava com esse silêncio?

Quando ele olha para cima, seu rosto está tomado pela compaixão, todo filhotinho. As palavras fluem, uma atrás da outra: — Nunca vi duas irmãs tão próximas. Sinto-me tão mal por você, Lennie, sinto tanto. Não paro de pensar em você sem ela.

— Obrigada — sussurro, e realmente estou agradecida, e de repente me vejo querendo tocá-lo, querendo deslizar minha mão por cima da dele, que está em sua coxa, a apenas centímetros de distância de mim.

Olho para ele ali, tão perto de mim que posso sentir o perfume do seu xampu, e estou presa a um horrível pensamento assustador: ele é muito bonito, alarmantemente bonito. Como foi que nunca percebi antes? Vou responder como: ele é o namorado da Bailey, Lennie. Qual o seu problema? Querida mente, escrevo com o dedo em minhas calças, comporte-se.

— Sinto muito — sussurro para Bailey em minha cabeça, não quero pensar em Toby dessa forma. Garanto a ela que não vai acontecer novamente. É que ele é o único que entende, acrescento. Ah, meu Deus.

Depois de um momento sem palavras, ele tira uma garrafa de tequila do bolso da jaqueta e abre a tampa.

— Quer um pouco? — pergunta. Ótimo, isso vai ajudar.

— Claro — quase nunca bebo, mas talvez ajude, talvez arranque essa loucura de mim. Pego a garrafa e meus dedos hesitam por um bom tempo enquanto o faço. Decido que foi a minha imaginação, coloco a garrafa em meus lábios, dou um bom gole e, então, delicadamente cuspo tudo em cima da gente: — Eca, isso é nojento — limpo minha boca com a manga da camisa. — Nossa!

Ele ri, estende os braços para mostrar a sujeira que fiz nele. — Demora um tempo para se acostumar.

— Desculpe — digo. — Não fazia ideia de que era tão ruim.

Ele faz um brinde com a garrafa no ar e bebe. Estou determinada a tentar novamente, sem cuspir desta vez. Pego a garrafa, aproximo-a dos meus lábios e deixo o líquido escorrer pela minha garganta; depois, tomo outro gole, maior.

— Vá com calma — diz Toby, tirando a tequila de mim. — Preciso te contar uma coisa, Len.

— Tudo bem — respondo, curtindo o calor que me aconchega.

— Pedi Bailey em casamento... — ele diz tão rapidamente que não consigo discernir logo de cara. Ele está olhando para mim, tentando captar a minha reação. É um completo e delirante "que diabo é isso"!?

— Casar com você? Você está brincando? — não é a resposta que ele quer, tenho certeza, mas fui totalmente pega de surpresa; era o mesmo que dizer que estava planejando uma carreira de engolidor de fogo. Os dois só tinham 19 anos, e Bailey era avessa a casamentos em potencial.

— O que ela disse? — fico com medo de ouvir a resposta.

— Ela disse sim — fala isso com toda a esperança de que a desesperança possa conter a promessa ainda viva dentro dele. Ela disse sim. Pego a tequila, bebo, nem sinto o gosto, nem a queimação interna. Estou surpresa com a ideia de que Bailey quisesse isso, magoada pelo fato de ela querer, muito magoada por não ter me contado. Tenho de saber em que pensava. Não acredito que não possa perguntar-lhe. Nunca. Olho para Toby, vejo a sinceridade em seus olhos: é como um pequeno animal macio.

— Sinto muito, Toby — tento encapsular minha incredulidade e mágoa, mas sem conseguir. — Não sei por que ela não me contou.

— Nós íamos contar a vocês na semana seguinte. Tinha acabado de pedir... — a forma como usou a palavra "nós" me deixou chocada; o enorme nós sempre foi Bailey e eu, não Bailey e Toby. De repente, sinto-me excluída de um futuro que não vai acontecer.

— Mas e a carreira de atriz? — pergunto em vez de... E eu?

— Ela estava atuando...

— Sim, mas.... — digo, olhando para ele. — Você sabe o que eu quero dizer — e então percebo pela sua expressão que ele não tem a menor ideia do que quero falar. É claro que algumas garotas sonham com casamentos, mas Bailey sonhava com Juilliard[3]: a Escola Juilliard em Nova York. Uma vez li sobre a missão deles na internet: "Propiciar o mais alto calibre de educação artística para músicos, dançarinos e atores talentosos de todo o mundo, a fim de que atinjam seu potencial completo como artistas, líderes e cidadãos globais". É verdade que, depois de ser recusada, inscreveu-se no outono passado na Faculdade Estadual de Clover, a única outra faculdade a que se candidatou, mas tenho certeza de que ia tentar novamente. Quer dizer, por que não iria? Era o sonho dela.

Não falamos mais nisso. O vento está mais forte e começa a mostrar sua presença em nossa casa. Sinto um frio percorrer meu corpo, pego uma coberta na cadeira de balanço e cubro minhas pernas. A tequila faz com que eu me sinta derretendo por dentro. Quero desaparecer. Tenho um impulso de escrever nas paredes cor de laranja, preciso de um alfabeto formado por finais arrancados de livros, de ponteiros retirados de relógios, de pedras frias, de sapatos cheios de nada além do vento. Descanso minha cabeça no ombro de Toby. — Somos as pessoas mais tristes do mundo.

3 A Juilliard School, popularmente identificada somente como Juilliard, é uma conhecida escola de música e artes cênicas localizada em Nova York, nos Estados Unidos, famosa por seus alunos graduados em música. (N. T.)

— Sim — diz, apertando meu joelho. Ignoro os arrepios que meu corpo sente com o seu toque. Eles iam se casar.

— Como vamos conseguir? — digo baixinho. — Dia após dia sem ela...

— Ah, Len — vira-se para mim e tira o cabelo do meu rosto com as mãos.

Fico esperando que ele tire a mão e se vire, mas não faz isso, nem desvia o olhar de mim. Algo se move no quarto, entre nós. Olho em seus olhos tristes e ele nos meus, e penso: ele sente tanto a falta dela quanto eu, e é nesse momento que me beija. Sua boca: macia, quente, tão viva que me faz gemer. Queria poder afastá-lo, mas não é o que eu faço. Retribuo o beijo e não quero parar porque, naquele momento, sinto que de alguma forma Toby e eu, juntos, atravessamos o tempo e trouxemos Bailey de volta.

Ele interrompe, levanta-se e diz: — Não entendo — anda pelo quarto em um instante-de-pânico-de--balde-de-água-fria.

— Deus, é melhor ir embora. É melhor mesmo que eu vá embora.

Mas ele não vai. Senta-se na cama de Bailey, olha para mim e suspira como que se entregando a uma força invisível. Diz meu nome e sua voz é tão rouca e hipnótica que me faz levantar, arrastando-me por quilômetros de vergonha e culpa. Não quero ir para perto dele, mas ao mesmo tempo quero. Não faço ideia do que fazer, mas atravesso o quarto, distanciando-me um pouco da tequila, indo para perto dele, ele pega a minha mão e a puxa delicadamente.

— Só quero ficar perto de você — sussurra. — É o único momento em que não morro pela falta que ela me faz.

— Eu também — digo, deslizando os dedos pelas sardas em suas faces. As lágrimas começam a correr em seu rosto e no meu também. Sento-me ao lado dele e então nos deitamos na cama de Bailey, abraçados. Meu último pensamento antes de adormecer em seus braços fortes e seguros foi esperar que os últimos resquícios do cheiro de Bailey ainda infundido em sua cama não fossem substituídos pelos nossos.

Quando acordo novamente, estou olhando para ele, nossos corpos juntos, nossa respiração se embaralha. Ele olha para mim. — Você é linda, Len.

— Não — então digo uma única palavra. — Bailey.

— Eu sei — responde. Mas me beija mesmo assim. — Não consigo evitar — sussurra dentro da minha boca.

Também não consigo evitar.

Queria
que
minha
sombra
se
levantasse
e
saísse
de
mim.

(Encontrado no verso de uma prova de francês, em uma floreira do Clover High.)

6

Havia duas irmãs que dividiam o mesmo quarto,
as mesmas roupas,
os mesmos pensamentos, na mesma hora.
Essas duas irmãs não tinham mãe,
mas tinham uma à outra.
A mais velha caminhava na frente da mais nova,
assim a mais nova sempre sabia aonde ir.
A mais velha levou a mais nova ao rio,
e lá elas boiaram de costas
como corpos mortos.
A mais velha falava:
— Abaixe um pouco a cabeça e abra os olhos para olhar para o sol.
A mais nova respondia:
— Vai entrar água no meu nariz.
A mais velha:
— Vai, faz.
E a mais nova fez,
e seu mundo todo ficou cheio de luz.

(Encontrado em uma folha de caderno presa a uma cerca na montanha.)

Judas, Brutus, Benedict Arnold[4] e eu.

E, a pior parte é que, cada vez que fecho meus olhos, vejo o rosto de leão de Toby novamente, seus lábios bem na minha frente, e isso me deixa arrepiada da cabeça aos pés, não com culpa, como deveria ser, mas com desejo, e então, assim que permito que minha mente forneça a imagem de nós dois nos beijando, vejo o rosto de Bailey se contorcendo pelo choque da traição, ao nos observar lá de cima: seu namorado, seu noivo, beijando sua irmã mais nova traidora em sua própria cama. Eca. A vergonha me espreita como um cão.

Estou em um exílio autoimposto, engatinhando no meio de galhos rachados, na minha árvore predileta, no bosque atrás da escola. Venho aqui todos os dias na hora do almoço, escondo-me até a hora do sinal, entalhando palavras com minha caneta, permitindo que meu coração se parta. Não posso esconder uma coisa: todo mundo na escola enxerga dentro de mim.

Ao pegar o saco de papel em que a vovó colocou meu almoço, ouço as folhas secas estalando lá embaixo. Oh-oh! Olho para baixo e vejo Joe Fontaine. Congelo. Não quero que ele me veja, Lennie Walker: maluca, almoçando em cima da árvore (decididamente fora de si para se esconder em um lugar desses). Ele anda em círculos confusos como se estivesse procurando alguém. Mal consigo respirar, mas ele não sai do lugar, fica bem embaixo da minha árvore. Então, descuidadamente, amasso o saco e ele olha para cima e me vê.

— Oi — digo, como se estivesse almoçando no lugar mais normal do mundo.

— Ei, aí está você — ele para, tenta disfarçar. — Estava imaginando o que devia haver por aqui... — olha

4 Judas foi o apóstolo que traiu Jesus. Brutus traiu seu pai, Júlio César, e Benedict Arnold foi o general estadunidense que lutou na Revolução Americana e ficou famoso por sua traição, tornando-se colaborador dos britânicos. (N. T.)

ao redor e diz: — Lugar perfeito para uma casa de pão de mel ou talvez uma cabana de ópio.

— Você já se entregou — digo, surpresa com a minha própria coragem.

— Tudo bem, culpado. Eu te segui — ele sorri para mim o mesmo sorriso. — Uau!, por isso é que imaginei que...

Ele continua: — ...acho que quer ficar sozinha. Provavelmente não veio até aqui e subiu em uma árvore porque está morrendo de vontade de conversar — sorri de forma esperançosa. Está me enfeitiçando, mesmo no meu estado emocional de dar pena, minha confusão com Toby, mesmo destinada a identificar-me com Cruela de Vil[5].

— Quer subir? — digo, oferecendo-lhe um galho, e ele sobe na árvore em três segundos, encontrando um lugar confortável para se sentar ao meu lado, então pisca para mim. Tinha me esquecido dos cílios. Que alinhados!

— O que tem para comer? — aponta para o saco de papel.

— Você tá brincando? Primeiro, invade a minha solidão, agora quer urubuzar meu almoço. De onde você é?

— De Paris — ele diz. — O que faz de mim um urubu *raffiné*.

Ah, que bom que *j'étudié le français*. E, nossa, não é de estranhar o auê que estão fazendo por causa dele, não é de estranhar querer beijá-lo. Momentaneamente, até perdoo Rachel pela baguete idiota que saía de sua mochila hoje de manhã. Ele continua falando: — Mas nasci na Califórnia, morei em São Francisco até os 9 anos. Voltamos para a cidade há um ano e agora estamos por aqui. Mas ainda quero saber o que tem no saco.

— Você nunca vai adivinhar. Na verdade, nem eu. Minha avó acha engraçado colocar todas as coisas no

5 Cruella de Vil é a vilã do filme *101 dálmatas*. Aqui, Lennie faz uma apologia a Rachel. (N. T.)

nosso... no meu almoço. Nunca sei o que tem dentro: e. e. cummings[6], pétalas, uma porção de botões. Ela parece ter se desviado do propósito original do saco de papel.

— Ou talvez ela pense que outras formas de nutrição sejam mais importantes.

— É exatamente isso que pensa — digo, surpresa. — Tudo bem, faça as honras — falo e passo-lhe o saco.

De repente, fico com medo, será que tem alguma coisa viva lá dentro? Pisca. Pisca. Pisca. Tudo bem, vou levar algum tempo para ficar imune ao pisca-pisca dos cílios.

— Nunca se sabe... — digo, tentando não parecer tão entorpecida quanto estou. Vou fingir que o verso da canção "sentados na árvore bei-jan-do"[7] não está passando pela minha cabeça.

Ele pega o saco, depois enfia a mão dentro dele exagerando no gestual e tira... uma maçã.

— Uma maçã? Quebrou o clima! — diz, jogando-a em mim. — Todo mundo traz maçã.

Encorajo-o a continuar. Ele afunda a mão novamente, tirando um exemplar de *O morro dos ventos uivantes.*

— É o meu livro favorito. Funciona como um calmante. Já li 23 vezes. Ela sempre o coloca no saco.

— *O morro dos ventos uivantes,* 23 vezes! O livro mais triste de todos, como é que consegue viver?

— Tenho de refrescar sua mente? Estou sentada em uma árvore na hora do almoço.

— É verdade — responde, enquanto pega algo no saco novamente, uma peônia roxa. Sua fragrância

---

6 Edward Estlin Cummings, tipicamente abreviado como E. E. Cummings, (Cambridge, Massachusetts, 14 de outubro de 1894 — North Conway, Nova Hampshire, 3 de setembro de 1962) foi poeta, pintor, ensaísta e dramaturgo estadunidense. Mesmo não sendo uma representação endossada por ele, seus editores frequentemente refletem sua sintaxe atípica ao escrever seu nome em letras minúsculas: e. e. cummings. (N. T.)

7 "K.I.S.S.I.N.G." é o nome de uma canção de playground ou provocação. Realmente só atinge seu desejado efeito de constrangimento quando cantado entre as crianças a um casal que está em clima romântico. (N. T.)

encorpada logo domina o ambiente. – Uau! – diz, sentindo o odor. – Faz com que eu sinta que posso levitar – ele a segura embaixo do meu nariz. Fecho os olhos, imagino a fragrância fazendo com que eu também sinta meus pés se soltando do chão. Não consigo. Mas lembro-me de uma coisa.

– Meu santo favorito é um Joe – digo. – José de Cupertino. Sempre que pensava em Deus, flutuava pelo ar em um ataque de êxtase.

Ele inclina a cabeça, lança-me um olhar cético, erguendo as sobrancelhas. – Não creio nisso.

Balanço a cabeça afirmativamente. – Milhares de testemunhas. Acontecia o tempo todo. Bem no meio da missa.

– Tá bom, tô morrendo de ciúme. Acho que sou só um aspirante à levitação.

– Que pena! Ia gostar de vê-lo voando por cima de Clover, tocando trompete.

– Demais! – ele exclama. – Você podia vir comigo, segurando no meu pé, ou algo assim.

Trocamos rápidos olhares investigativos, cada um de nós imaginando como seria o outro, surpresos diante da facilidade da fluência da conversa – é apenas um momento, quase imperceptível, como uma joaninha pousando em seu braço.

Põe a flor na minha perna e sinto seus dedos tocarem minha calça *jeans*. O saco de papel ficou vazio. Entrega-o a mim, e então ficamos em silêncio, apenas ouvindo o sussurro do vento ao redor, observando o sol despejar nos arbustos raios espessos e indistintos como se fossem desenhos de criança.

Quem é esse cara? Conversei mais com ele nessa árvore do que com qualquer outra pessoa na escola desde que voltei. Mas como pode ter lido *O morro dos ventos uivantes* e assim mesmo se apaixonar pela moreia da Rachel? Talvez porque tenha ido para *Fronce*.

Ou porque finge gostar de música que ninguém nunca ouviu, como os loucamente populares Throat Singers de Tuva.

— Eu vi você outro dia — diz, pegando a maçã. Ele a joga com uma das mãos e pega com a outra. — Perto da Grande Campica. Estava tocando meu violão no campo. Você passava por lá. Parecia escrever um bilhete ou algo assim em cima de um carro, mas então jogou fora o pedaço de papel...

— Está me seguindo? — pergunto, tentando não deixar transparecer em minha voz o prazer súbito que sinto.

— Talvez um pouco — para de jogar a maçã. — E talvez esteja curioso em relação a uma coisa.

— Curioso? Em relação a quê?

Não responde e começa a tirar o limo de um dos galhos. Examino suas mãos, seus longos dedos cheios de calos formados pelas cordas do violão.

— Em relação a quê? — pergunto novamente, morrendo de vontade de saber o que o deixou tão curioso a ponto de me seguir até o alto da árvore.

— Em relação à forma como toca o clarinete...

O prazer desaparece por completo. — E?

— Na verdade, a forma como não o toca.

— O que quer dizer? — pergunto, sabendo exatamente o que quer dizer.

— Quer dizer, você tem muita técnica. Seu dedilhado é rápido, os movimentos da boca também, tem uma variedade boa de tons, cara.... mas tudo para por aí. Não entendo — ri, parecendo não se dar conta da bomba que acabou de detonar. — É como se você dormisse ao tocar, ou algo assim.

O sangue sobe pelo meu rosto. Dormindo ao tocar! Sinto-me presa, um peixe em uma rede. Queria ter largado a banda de uma vez como desejara ter feito. Olho para os arbustos, todos eles tocando o céu, cercado apenas por sua própria solidão. Ele olha para mim, posso sentir, enquanto espera uma resposta, mas não elaboro nenhuma. Não vai entrar na minha zona proibida.

— Veja — diz com cautela, finalmente percebendo que seu encanto foi por água abaixo. — Segui-a até aqui porque queria ver se poderíamos tocar juntos.

— Por quê? — minha voz sai alta e em um tom mais chateado do que eu desejava. Um pânico lento e familiar começa a tomar conta do meu corpo.

— Quero ouvir John Lennon tocar de verdade, quer dizer, quem não quer, certo?

Sua piada tomba e se incendeia entre nós.

— Acho que não — digo ao som do sinal.

— Veja... — ele começa, mas não o deixo terminar.

— Não quero tocar com você, está bem?

— Tá bom — ele joga a maçã para o ar. Antes de ela cair no chão e antes de ele pular da árvore, diz: — Nem foi mesmo ideia minha.

7

Acordo com o Ennui, o jipe de Sarah, que vem roncando pela estrada. É uma emboscada. Viro para o outro lado, olho pela janela, vejo-a saindo do carro com seu maravilhoso vestido preto favorito e botas de salto plataforma, de-volta-ao-cabelo-loiro despenteado, um cigarro pendurado nos lábios vermelhos cor de sangue e um *pancake* branco repulsivo. Olho para o relógio: 7h05. Ela me vê na janela, acena como um moinho de vento no meio de um furacão.

Puxo a coberta até a cabeça, espero pelo inevitável.

— Vim sugar seu sangue — ela diz alguns minutos depois.

Dou uma espiada pelas cobertas e falo: — Você está uma vampira impressionante.

— Eu sei — inclina-se para o espelho da minha cômoda, limpa um pouco de batom dos dentes com seu dedo pintado de esmalte preto. — É um *look* legal para mim... estilo gótico — sem os acessórios, Sarah podia fazer o papel de Cachinhos Dourados. É uma garota de praia beijada pelo sol que usa gótico-grunge-punk-hippie-rock-emo-metal-hardcore-louca-por-moda-maluca-cerebral-doida-pela-rádio-rock-hip-hop-garota-rastafári para esconder quem realmente é. Atravessa o quarto, fica em pé na minha frente, e então puxa um pouco a minha coberta e se deita na cama comigo, de bota e tudo.

— Sinto sua falta, Len — seus olhos azuis enormes estão brilhando para mim, tão sinceros e incongruentes quanto ela na minha cama. — Vamos tomar café antes de ir para a escola. Último dia letivo do ano e tudo o mais. É uma tradição.

— Tá bom — respondo e acrescento: — Sinto muito por ser tão horrorosa.

— Não diga isso. Só não sei o que fazer por você. Não consigo imaginar... — ela não termina a frase e olha ao redor do Refúgio. Vejo o medo tomar conta dela. — É tão insuportável... — ela olha para a cama de Bailey. — Tudo está exatamente como ela deixou. Deus, Len.

— Sim — minha vida fica presa na garganta. — Vou me vestir.

Ela morde os lábios, tentando não chorar. — Vou esperar lá embaixo, prometi a vovó que ia conversar com ela — diz, saindo da cama e andando até a porta. Puxo as cobertas de volta. Sei que o quarto é um mausoléu. Sei que deixa todos chateados (menos Toby, que nem parece perceber), mas é assim que quero. Faz com que sinta que Bailey ainda está aqui ou que talvez ainda volte.

No caminho para a cidade, Sarah me conta sobre sua mais nova estratégia para conquistar um garoto que consegue falar com ela sobre seu autor existencialista predileto, Jean-Paul Sartre. O problema é a sua atração desenfreada por sofredores com deficiência mental que (sem ser preconceituosa) não estão acostumados à mais bem versada literatura e filosofia francesa e, portanto, são constantemente dispensados pelo critério deve-saber-quem-é-Sartre-ou-pelo-menos--ter-lido-alguma-coisa-do-D.H.Lawrence-ou-pelo-menos-algo-das-irmãs-Brontë-de-preferência-Emily que Sarah elaborou para alguém que queira sair com ela.

— Há um simpósio durante as tardes de verão acontecendo no Departamento de Feminismo Francês da faculdade. Eu vou. Quer ir comigo?

Dou risada. — Parece o lugar perfeito para conhecer um garoto.

— Vai ver. Os caras mais legais não têm medo de ser feministas, Lennie.

Olho para ela que está tentando fazer bolinhas de fumaça, mas só consegue soprar borrões.

Morro de medo de lhe contar sobre o Toby, mas tenho de contar, não tenho? Só que sou covarde demais, então começo com notícias menos incriminadoras.

— Fiquei conversando com Joe Fontaine na hora do almoço outro dia.

— Não me diga!

— É verdade.

— Impossível.

— Possível.

— Não, não.

— Sim, sim.

— Não pode ser.

— Pode ser.

Temos uma tolerância incrível para usar opostos.

— Sua pata choca! Sua incrível pata choca! E levou esse tempo todo para me contar?! — quando Sarah fica animada, insere animais em seu discurso, como se tivesse uma síndrome de Tourette[8] do tipo Seu Lobato tinha um sítio. — Então, como ele é?

— Normal — respondo, distraidamente, olhando pela janela. Não consigo imaginar de quem possa ter sido a ideia de tocarmos juntos. Talvez do Sr. James? Mas por quê? E, argh, que sensação horrível!

— Terra chamando Lennie. Acabou de dizer que Joe Fontaine é normal? Santo Deus, o cara é totalmente, absolutamente inacreditável! E ouvi dizer que tem dois irmãos mais velhos: Santo Deus ao triplo, não acha?

— Santo Deus, Batgirl — complemento, e Sarah ri, um som que não combina muito com o seu estilo de vampira gótica. Dá um último trago no cigarro e o atira em uma lata de refrigerante — e eu continuo falando: — Ele gosta da Rachel. O que isso diz sobre ele?

— Que ele tem um cromossomo Y — diz Sarah, mostrando um pedaço da gengiva. — Mas sabe, não

8 É uma desordem neurológica ou neuroquímica caracterizada por tiques involuntários, reações rápidas, movimentos repentinos (espasmos) ou vocalizações que ocorrem repetidamente da mesma maneira. (N. T.)

acho, não. Ouvi dizer que ele só liga para música, e ela toca como um gato berrando. Talvez seja o estúpido Throat Singers de que ela está sempre falando e ele acha que ela entende de música ou algo assim... — mandou bem... mas subitamente Sarah começa a pular freneticamente no assento do carro. — Ah, Lennie, vamos! Desafie-a para a primeira fila. Hoje! Vamos. Vai ser tão emocionante — provavelmente será algo inédito na história da banda de honra, uma posição desafiada no último dia de aula!

Balanço a cabeça negativamente: — Não vai acontecer.

— Mas por quê?

Não respondo, não sei como replicar.

Uma tarde do verão passado surge em minha mente. Tinha parado de fazer aula com Marguerite e passeava com Bailey e Toby no desfiladeiro Flying Man. Ele estava contando que cavalos de corrida puro-sangue têm pôneis acompanhantes, no caso, eu. Sou um pônei acompanhante, e pôneis acompanhantes não fazem solos. Não tocam na primeira fila nem fazem teste para a banda estadual, muito menos competem nacionalmente ou pensam seriamente em frequentar um certo conservatório em Nova York, como Marguerite insistiu para que eu fizesse.

Simplesmente não fazem nada disso.

Sarah suspira e desvia para estacionar. — Então tá, acho que vou ter de arrumar outro tipo de entretenimento para o último dia de aula.

— Acho que sim.

Saímos do Ennui e vamos em direção à padaria da Cecília. Nosso pedido inclui uma quantidade obscena de massa folhada que Cecília insiste em nos dar com o mesmo olhar de pesar que agora me segue por toda parte. Acho que ela me daria toda a massa folhada da loja se eu pedisse.

Nós nos sentamos em nosso banco de sempre, ao lado do restaurante italiano da Maria, onde sou a principal montadora de lasanha desde os 14 anos. Amanhã começo novamente. O sol se parte em milhões de fragmentos e todos eles se dividem pela rua Principal. Tudo está brilhando, menos o meu coração culpado.

— Sarah, preciso te contar uma coisa.

Um olhar preocupado aparece em seu rosto. — Claro.

— Aconteceu uma coisa entre mim e Toby outro dia — sua expressão preocupada mudou, o que me deixou com medo. Sarah tem um rígido código de conduta de amizade em relação a rapazes. A regra principal é a irmandade acima de tudo.

— Uma coisa qualquer? Ou uma coisa parecida com aquilo?

Sinto meu estômago se embrulhar. — Como aquilo... nos beijamos — seus olhos se arregalam tanto e seu rosto se contorce de descrença, ou talvez de horror. Essa é a cara da minha vergonha, acho, olhando para ela. Como eu pude ter beijado Toby? Pergunto a mim mesma pela milésima vez.

— Uau! — diz, e o peso da sua palavra cai como uma pedra no chão. Não faz esforço algum para esconder o desdém. Enterro o rosto entre as mãos, assumindo a posição de colapso. Não devia ter contado a ela.

— Na hora pareceu a coisa certa a fazer, nós dois sentimos tanto a falta de Bailey, ele entende tudo, me entende, é o único que entende... e eu estava bêbada — falo tudo isso enquanto olho para a minha calça *jeans*.

— Bêbada? — não consegue conter a surpresa. Quase nunca sou vista com uma cerveja nas festas em que me arrasta com ela. Então, em um tom de voz mais suave, ouço: — Toby é o único que te entende?

Oh-oh!

— Não foi isso que quis dizer — digo, erguendo a cabeça para olhar para ela, mas não é verdade. Quis dizer isso sim, e, pela expressão dela, sei que sabe disso. — Sarah...

Engole seco, desvia o olhar e então rapidamente volta a falar sobre a minha desgraça. — Acho que essas coisas acontecem. Sofrimento e sexo são de algum modo uma coisa só. Li isso em algum livro — seu tom de voz ainda está carregado de julgamento, e também de mais alguma coisa.

— Nós não transamos. Ainda sou a última das virgens.

Suspira e então me abraça, estranhamente, como se tivesse de fazer isso. Sinto-me imobilizada. Nenhuma de nós tem a menor ideia de como lidar com o que não está sendo dito, ou com o que está.

— Tudo bem, Len. A Bailey entenderia — sua voz não é nada convincente. — E é claro que isso não vai acontecer de novo, certo?

— Claro que não — respondo, esperando não mentir.

E espero dissimular a verdade.

Todo mundo sempre disse que me assemelho com Bailey,
mas não pareço com ela.
Tenho olhos acinzentados, e ela, verdes.
Um rosto ovalado, e o dela tem forma de coração.
Sou mais baixa, mais magra, mais pálida,
mais insossa, mais básica, mais domesticada.
Tudo o que temos em comum são os cachos rebeldes
que eu reprimo com um rabo de cavalo,
enquanto os dela estão livres
como a loucura
que envolve sua cabeça.
Não canto dormindo
ou como pétalas de flores,
nem corro em direção à chuva em vez de correr dela.
Sou a desconectada,
a irmã a tiracolo,
deixada em um canto qualquer da sua sombra.
Os garotos a seguiam por toda parte;
os restaurantes em que ela trabalhava como garçonete
eram cheios de rapazes,
eles se aglomeravam ao seu lado no rio.
Um dia, um garoto veio por trás dela
e puxou seus cabelos longos.
Eu entendi o que ele fez...
Sinto-me da mesma forma.
Nas fotografias em que estamos juntas,
ela está sempre olhando para a câmera,
e eu estou sempre olhando para ela.

(Encontrado em um pedaço de papel dobrado, enterrado até a metade, perto dos pinheiros da trilha do Rain River.)

8

Estou sentada na cama de Bailey com uma imagem de Santo Antônio: o padroeiro das coisas perdidas. Esse não é o lugar dele. O lugar dele é no parapeito da lareira, na frente do quadro da minha Mãe pela Metade, onde eu sempre o deixei, mas Bailey deve tê-lo mudado de lugar, e não sei o porquê. Eu o encontrei preso atrás do computador, em frente a um velho desenho dela, que está pendurado na parede – aquele que ela fez no dia em que a vovó nos disse que a mamãe era uma exploradora (à moda de Cristóvão Colombo).

Abro a cortina e, embora queira, não vou me permitir olhar pela janela para ver se Toby está debaixo da ameixeira. Não vou me permitir imaginar os lábios dele, enlouquecidos, nos meus. Não. Permito-me imaginar iglus, bons, frígidos e árticos iglus. Prometi a Bailey que o que aconteceu naquela noite nunca mais aconteceria.

É o primeiro dia das férias de verão e todo mundo da escola está no rio. Acabo de receber um telefonema embriagado de Sarah me informando que não um, nem dois, mas três inacreditáveis membros da família Fontaine devem chegar a qualquer momento ao Flying Man, que eles vão tocar lá fora e ela acabou de descobrir que os dois Fontaines mais velhos fazem parte de uma banda incrível em Los Angeles, onde fazem faculdade, e que é melhor levantar a bunda e ir até lá para testemunhar a glória. Digo-lhe que vou ficar em casa e que pode se regozijar com a glória dos irmãos Fontaine em meu lugar, o que traz de volta a fúria de ontem à noite com a pergunta: – Você não está com Toby, está, Lennie?

Argh.

Olho para o meu clarinete abandonado no estojo sobre a cadeira em que o toco. Está em um caixão, penso, e imediatamente tento apagar essa ideia. Supero o instante, fecho a tampa. Nunca houve dúvida quanto ao instrumento que eu iria tocar. Quando todas as outras garotas corriam para as flautas, na aula de música do sexto ano, fui direto para o clarinete. Ele lembrava a mim mesma.

Levo a mão ao bolso em que deixo meu pano e a palheta e sinto um pedaço de papel dobrado. Não sei por que fiquei com ele (por quase um ano!), por que o peguei de volta do lixo naquela tarde, depois que Bailey o tinha jogado fora, para ficar com o cavaleiro. — Ah, bem, acho que vocês terão de me aguentar — disse antes de se atirar aos braços de Toby, como se aquilo não significasse nada para ela. Mas eu sabia o que significava. Como não significaria? Era Juilliard.

Sem ler mais uma vez, transformo a carta de rejeição de Bailey em uma bola, jogo-a na lata de lixo e me sento novamente em sua escrivaninha.

Estou no mesmo lugar em que estava quando o telefone tocou naquela noite, ecoando pela casa, ecoando por um mundo acima de qualquer suspeita. Fazia a lição de química, odiando cada minuto, como sempre. O forte aroma de orégano do *fricassé* de frango da vovó pairava pelo quarto e tudo o que eu queria era que Bailey viesse logo para casa a fim de comermos, pois estava com fome e odiava isótopos. Como isso podia estar acontecendo? Como podia pensar em *fricassé* e moléculas de carbono quando, do outro lado da cidade, minha irmã estava dando o último suspiro? Que tipo de mundo é este? O que fazer diante disso? O que fazer quando a pior coisa que pode ocorrer realmente acontece? Quando se recebe o telefonema? Quando se sente tanta falta da voz da irmã que o desejo é rasgar a casa ao meio, com as próprias unhas?

Isto é o que eu faço: pego o telefone e disco um número. Em um lampejo de segundo, outro dia, liguei para ver quando ela voltaria para casa e descobri que a sua conta ainda não tinha sido cancelada.

"Ei, aqui é a Bailey, a Julieta do mês, então, pessoal, o que lhes dizer? Não há palavra de alegria? Conforta-me..."

Desligo ao som do bipe, depois ligo de volta, e ligo novamente, e de novo, de novo, de novo, esperando poder arrancá-la do telefone. Então, em uma das vezes, não desligo.

— Por que não me contou que iam se casar? — sussurro, antes de desligar o telefone, deixando-o na escrivaninha. Não entendo. Não contávamos tudo uma à outra? — Se isso não mudar nossa vida, Len, não sei o que pode mudar, — foi o que ela disse quando pintou as paredes. Era essa a mudança que queria, então? Pego o Santo Antônio de plástico. E ele? Por que ela o trouxe aqui? Olho mais de perto para o desenho que estava na frente dele. Está lá há tanto tempo que o papel amarelou e se dobrou nas pontas, há tanto tempo, que parei de prestar atenção nele. Bailey o fez quando tinha 11 anos, na época em que começou a questionar vovó sobre a mamãe com ávida ferocidade.

Ela ficou assim por semanas.

— Como você sabe que ela vai voltar? — Bailey perguntou pela milésima vez. Estávamos no ateliê da vovó, Bailey e eu, esparramadas no chão desenhando com lápis de cor enquanto a vovó pintava uma de suas damas em um canto, de costas para mim. Ela evitou as perguntas de Bailey o dia todo, mudando o assunto de forma astuta, mas dessa vez não estava dando certo. Observei o braço da vovó cair para o lado, o pincel derramar gotas de um verde-esperança no chão sujo de tinta. Ela suspirou, um enorme suspiro solitário, então virou-se de frente para nós.

— Acho que vocês já são grandes o suficiente, meninas — disse, e nós nos interessamos, deixando imediatamente os lápis de cor de lado, dispensando a ela nossa total atenção. — A mãe de vocês é... bem... acho que a melhor maneira de descrever é... hmmm... deixe-me pensar... — Bailey olhou para mim chocada — nunca tínhamos visto a vovó sem palavras.

— O que, vovó? O que ela é? — Bailey perguntou.

— Hmmm... — a vovó mordeu os lábios e então, finalmente, hesitante, ela disse: — Acho que a melhor maneira de dizer isso é... vocês sabem que algumas pessoas têm tendências naturais, como eu com a pintura e a jardinagem, Big com arborismo, como você, Bailey, que quer crescer para se tornar uma atriz...

— Eu vou para Juilliard — ela nos disse.

A vovó sorriu. — Sim, nós sabemos, Srta. Hollywood. Ou devo dizer Srta. Broadway?

— Nossa mãe? — eu as lembrei, antes que começassem a falar mais sobre a escola idiota. Tudo o que eu esperava era que desse para ir a pé até lá, se Bailey fosse mesmo para lá. Ou, pelo menos, perto o suficiente para que pudesse ir de bicicleta a fim de vê-la todos os dias. Tinha medo demais de perguntar.

A vovó cerrou os lábios por um tempo e disse: — Tudo bem. Então, a mãe de vocês... ela é meio diferente... ela é um tipo de... bem, de exploradora.

— Como Colombo, você quer dizer? — Bailey perguntou.

— Sim, como ele, exceto que sem Santa Maria, Pinta e Nina. Só uma mulher, um mapa e o mundo. Uma artista — e assim ela saiu do quarto, sua maneira favorita e mais eficaz de terminar uma conversa.

Bailey e eu olhamos uma para a outra. Em nossas persistentes reflexões sobre onde mamãe estava e sobre o motivo de ela ter partido, nunca imaginamos, nem de longe, algo tão bom assim. Segui a vovó para descobrir mais, mas Bailey ficou no chão e fez este desenho.

Nele há uma mulher no alto de uma montanha olhando para o longe, de costas para nós. Vovó, Big e eu, com nossos nomes embaixo dos pés, estamos acenando da base da montanha para a figura solitária. Debaixo do desenho inteiro há a palavra exploradora em verde. Por alguma razão, Bailey não se colocou no desenho.

Aproximo Santo Antônio do meu peito, seguro-o com força. Preciso dele agora. Mas por que Bailey fez isso? O que ela tinha perdido? O que será que precisava encontrar?

Visto as roupas dela,
abotoo uma das suas camisas de babados
por cima da minha própria camisa,
ou abraço uma delas, às vezes, duas,
às vezes, enrolo todos os seus cachecóis de diva em meu pescoço.
Ou tiro a roupa e ponho um de seus vestidos justos,
deixando o tecido
cair sobre a minha pele como água.
Sempre me sinto melhor depois disso,
como se ela estivesse me abraçando.
Então, toco todas as coisas
que estão no mesmo lugar desde a morte:
dólares amassados
retirados de um bolso suado,
os três frascos de perfume,
agora sempre com a mesma quantidade de líquido
em cada um deles,
a peça de Sam Sheperd,
Louco de amor,
com o marcador de livro sempre na mesma página.
Já li o texto duas vezes por ela até agora,
sempre deixo o marcador no mesmo lugar
em que estava, quando acabo.
Isso me mata!
Ela nunca vai saber
o que acontece
no fim.

(Encontrado na contracapa de O morro dos ventos uivantes, *na biblioteca do Clover High.)*

9

A vovó passa a noite
diante da Mãe pela Metade.
Ouço-a chorar...
Triste
eterna
chuva.
Sento-me no alto da escada,
sei que ela está tocando
o rosto plano e frio de mamãe,
enquanto diz: "**Sinto muito,**
sinto muito mesmo".
Penso uma coisa horrível.
Penso: "**Sinta mesmo**".
Penso: "**Como você deixou**
isso acontecer?
Como você permitiu que as duas
me abandonassem?"

(Encontrado na parede de um banheiro, na padaria da Cecília.)

Estou de férias há duas semanas. A vovó, Big e eu com certeza estamos totalmente loucos, correndo livremente pelo parque – todos em direções opostas.

Prova A: a vovó segue-me pela casa com uma chaleira. Ela está cheia. Posso ver o vapor que sai do bico. Na outra mão, há duas canecas. Chá é algo que costumávamos fazer juntas antes. Sentávamos à mesa da cozinha, nos fins de tarde, e tomávamos chá conversando antes de os outros virem para casa. Mas não quero mais tomar chá com a vovó porque não tenho vontade de conversar, e ela sabe disso, mas não aceita. Então, seguiu-me até a escada e agora está em pé na porta do Refúgio, com a chaleira na mão.

Pulo na cama, pego meu livro e finjo ler.

– Não quero chá, vovó – digo, olhando para *O morro dos ventos uivantes*, que, por sinal, está de cabeça para baixo, mas espero que ela não perceba.

Seu queixo cai. Heroicamente.

– Tudo bem – ela põe uma caneca no chão, enche a outra de chá, toma um gole. Dá para ver que queimou a língua, mas finge que não. – Tudo bem, tudo bem, tudo bem – repete, tomando outro gole.

Ela me segue dessa forma desde que as férias começaram. Normalmente, o verão é a época em que fica mais ocupada como guru do jardim, mas disse a todos os seus clientes que fará uma pausa até o outono. Então, em vez de bancar a mentora, aparece no restaurante da Maria no meu horário de trabalho, ou na biblioteca quando estou de folga, ou me segue até o Flying Man e vai atrás de mim, quando boio de costas e deixo todas as minhas lágrimas rolarem na água.

Mas a hora do chá é a pior de todas.

– Docinho, não é saudável... – sua voz escorre por um rio familiar de preocupação. Acho que fala do meu isolamento, mas, quando olho para ela, percebo que se trata de outra coisa. Olha para a cômoda de Bailey, para as embalagens de chiclete espalhadas sobre ela, a escova de cabelo com seus fios negros emaranhados nas hastes. Observo seu olhar vagando pelo quarto. Fixa os vestidos de Bailey jogados em cima da cadeira da escrivaninha, a toalha pendurada no mancebo. O cesto de roupa suja de Bailey ainda cheio de roupas sujas... — Vamos guardar só algumas coisas.

— Eu já falei. Eu vou fazer isso — sussurro para não berrar até perder o fôlego. — Eu vou fazer, vovó, se parar de me seguir e me deixar em paz.

— Tudo bem, Lennie — responde, e não preciso olhar para cima para saber que a magoei.

Quando resolvo olhar para cima, ela já foi embora. Na mesma hora, quero correr atrás dela, pegar a chaleira de sua mão, servir-me de uma caneca de chá e me juntar a ela, despejando todos os pensamentos e sentimentos que me afligem.

Mas não faço isso.

Ouço o chuveiro ligar. Vovó passa um tempo exagerado sob o chuveiro, e eu sei que é porque acha que pode chorar debaixo da água sem que Big e eu ouçamos. Mas ouvimos.

Prova B: viro de costas e logo em seguida estou abraçando meu travesseiro e beijo o ar com uma parcela vergonhosa de paixão. De novo não, penso. O que há de errado comigo? Que tipo de garota quer beijar todos os rapazes no meio de um funeral? Que tipo de garota quer agarrar um cara em uma árvore, depois de dar uns beijos no namorado da irmã (morta) na noite anterior? E, por falar nisso, que tipo de garota quer beijar o namorado da irmã?

É melhor desligar a minha própria mente, pois não entendo mais nada do que se passa com ela. Eu quase nem pensava em sexo antes, muito menos fazia alguma coisa relacionada a ele. Três garotos em três festas em quatro anos: Casey Miller, que tinha gosto de cachorro-quente. Dance Rosencrantz, que enfiou a mão na minha camisa como se estivesse pegando um pacote de pipoca no cinema. E Jasper Stolz, na oitava série, porque Sarah me arrastou para um jogo de girar a garrafa. Não senti nada em nenhuma das vezes. Nada como Heathcliff e Cathy, como Lady Chaterley e Oliver Mellors, como Sr. Darcy e Elizabeth Bennet[9]! Claro, sempre acreditei que a teoria da paixão fosse como a do *Big Bang*, mas de forma teórica, como algo que acontece nos livros que você pode fechar e devolver à prateleira, como algo que posso desejar secretamente, mas jamais imaginar que aconteceria comigo. Algo que acontece com heroínas como Bailey, com as garotas que promovem a comoção dos papéis principais. Mas agora fiquei maluca, beijando tudo que consigo pressionar contra meus lábios: meu travesseiro, poltronas, batentes de portas, espelhos, fantasiando a única pessoa que não podia imaginar, a que prometi jamais beijar novamente. A única que faz com que eu me sinta menos assustada.

A porta da frente se abre, arrancando-me dos braços proibidos de Toby.

É o Big. Prova C: ouço-o ir direto para a sala de jantar, local em que há dois dias ele tirou a capa das pirâmides. Isso é sempre um mau sinal. Ele as construiu anos atrás, baseando-se em algum tipo de geometria das pirâmides egípcias. (Vai saber? O cara também fala com árvores.) De acordo com Big, suas pirâmides, assim como as do Oriente Médio, têm propriedades extraordinárias. Sempre acreditou que suas réplicas poderiam prolongar a vida de flores cortadas e das

9 Respectivamente citando os protagonistas dos romances *O morro dos ventos uivantes*, *O amante de Lady Chaterley* e *Orgulho e preconceito*. (N. T.)

frutas, até mesmo ressuscitar insetos, todos os que ele colocava debaixo delas para um estudo em andamento. Durante o período de encantamento com as pirâmides, Big, Bails e eu passávamos horas vasculhando a casa à procura de aranhas mortas ou moscas, e então, toda manhã, corríamos até elas, na esperança de testemunharmos a ressurreição. Isso nunca aconteceu. Mas, sempre que Big ficava muito chateado, o feiticeiro dentro dele se apresentava, e com ele vinham as pirâmides. Dessa vez, está a todo o vapor, com a certeza de que vai funcionar, convicto de que só não deu certo antes porque ele se esqueceu de um elemento-chave: a mola com carga elétrica, que agora foi colocada embaixo de cada uma das pirâmides.

Um pouco depois, um Big chapado passa pela minha porta aberta. Tem fumado tanta maconha que, quando está em casa, parece flutuar em cima da vovó e de mim, como se fosse um balão enorme. Toda vez que o encontro, quero amarrá-lo a uma cadeira.

Ele volta, para um pouco na minha porta.

— Amanhã vou colocar umas traças mortas — diz, como se desse continuidade a uma conversa em andamento.

Concordo: — Boa ideia.

Ele também concorda, e então flutua para o seu quarto, muito provavelmente, sai pela janela.

Esses somos nós. Dois meses e assim por diante. Manicômio Central.

Na manhã seguinte, uma vovó banhada e enxuta prepara as cinzas do café da manhã, Big varre o abrigo das traças mortas para colocá-las sob as pirâmides, e eu tento beijar minha colher, quando ouço uma batida na porta. Congelamos, todos subitamente tomados pelo pânico de que alguém possa testemunhar a apresentação silenciosa da nossa tristeza. Vou até a porta da frente, na ponta dos pés, para não entregar que de fato estamos em casa, e olho pelo olho mágico. É Joe Fontaine, parecendo animado como sempre, como se a porta de entrada lhe contasse umas piadas. Segura um violão.

– Escondam-se – sussurro. Prefiro todos os rapazes sãos e salvos na minha mente louca por sexo, não parados na porta da frente da nossa casa de ponta-cabeça. Especialmente esse menestrel. Nem tirei meu clarinete do estojo, desde que as aulas terminaram. Não tenho intenção alguma de ir ao ensaio de verão da banda.

– Que bobagem! – diz a vovó, vindo em direção à porta da frente, com seu vestido havaiano roxo e o turbante atoalhado cor-de-rosa combinando. – Quem é? – ela pergunta em um sussurro centenas de decibéis mais altos do que o seu tom normal de voz.

– É aquele garoto novo da banda, vovó. Não posso lidar com isso – balanço os braços pra lá e pra cá tentando espantá-la para a cozinha.

Esqueci-me de como fazer qualquer outra coisa com meus lábios, além de beijar a mobília. Não há conversa dentro de mim. Não encontrei ninguém da escola, não quero, não liguei de volta para Sarah, que tem escrito longos *e-mails* (ensaios) sobre como ela não está me julgando pelo que aconteceu com Toby, o que apenas faz com que eu pense o contrário. Abaixo-me em um canto da cozinha, rezando pela invisibilidade.

– Ora, ora, um trovador – diz a vovó, abrindo a porta. É óbvio que notou o rosto fascinante de Joe e já começou o flerte. – E eu que pensei que estávamos no século 21... – ela murmurou. Tenho de salvá-lo.

Relutantemente saio do esconderijo e junto-me à sedutora vovó *swami*[10]. Dou uma boa olhada nele.

10 Título dado a mestres da religião hindu. (N. T.)

Tinha me esquecido de como é reluzente, tal qual todas as outras espécies humanas que não têm sangue, mas luz correndo em suas veias. Gira a capa do violão enquanto fala com vovó. Não parece precisar ser salvo, parece se divertir.

— Oi, John Lennon — ele sorri para mim como se a nossa briga na árvore nunca tivesse acontecido.

O que você está fazendo aqui?, penso tão alto que minha cabeça parece explodir.

— Não tenho visto você — diz. A timidez toma conta do rosto dele por um rápido momento, o que me dá um nó no estômago. Ah, acho que tenho de obter uma medida cautelar de todos os rapazes, até conseguir lidar com essa excitação corporal recém-descoberta.

— Entre — diz a vovó, como se estivesse falando com um cavaleiro. — Acabava de preparar o café da manhã — ele olha para mim, perguntando com os olhos se pode entrar. A vovó continua falando enquanto caminha até a cozinha: — Você pode tocar uma música, nos animar um pouco — sorrio para ele, é impossível não sorrir, e faço um movimento de boas-vindas com meu braço. Ao entrarmos na cozinha, ouço a vovó sussurrar para o tio Big, ainda com a conversa de cavalaria: — Ouso dizer que o jovem rapaz piscou seus cílios de forma extraordinária para mim.

Não tivemos uma visita de verdade desde as semanas que se seguiram ao funeral e, então, não sabemos como nos comportar. O tio Big continua flutuando e apoia-se na vassoura que usou para varrer os mortos. A vovó fica de pé, com a espátula na mão, no meio da cozinha, com um enorme sorriso no rosto. Tenho certeza que se esqueceu do que está vestindo. E eu me sento direito na minha cadeira à mesa. Ninguém diz nada e todos nós olhamos para Joe como se fosse uma televisão e temos esperança de que vai simplesmente ligar-se sozinho.

E ele se liga.

— Esse jardim é demais, nunca vi flores assim, achei que algumas das rosas iam arrancar a minha cabeça e me colocar em um vaso — diz, balançando a cabeça espantado, e seu cabelo cai sobre seus olhos adoráveis. — É como o Éden ou algo assim.

— Melhor tomar cuidado com o Éden, toda aquela tentação — o trovão na voz de Deus de Big me pega de surpresa. Ultimamente ele tem sido meu companheiro de mutismo, para a tristeza da vovó. — Dizem que sentir a fragrância das flores da vovó pode causar todo tipo de mazelas do coração.

— É mesmo? Como o quê? — Joe pergunta.

— Muitas coisas. Por exemplo, a fragrância das rosas faz com que um louco amor floresça — diante disso, o olhar de Joe desvia-se sutilmente para mim. Uau! Ou será que foi a minha imaginação? Porque agora seus olhos estão voltados para Big, que ainda fala: — Acredito que isso acontece por experiência própria e cinco casamentos — sorri para Joe. — Meu nome é Big, a propósito. Sou tio da Lennie. Acho que é novo por aqui, senão já saberia disso.

O que saberia é que o Big é o maluco da cidade. Há rumores de que, na hora da almoço, mulheres de toda parte preparam uma cesta de piquenique e saem para procurar em que árvore está o arborista, esperando um convite para almoçar com ele em seu barril no alto das copas. As histórias dizem que, logo depois do almoço, suas roupas flutuam como folhas.

Observo Joe assimilar o gigantismo do meu tio, seu bigode exagerado. Ele deve gostar do que vê, pois seu sorriso imediatamente ilumina um pouco mais o ambiente.

— Pois é, viemos da cidade para cá há alguns meses, antes disso estávamos em Paris — hmmm...

Ele não deve ter visto o aviso na porta sobre dizer a palavra Paris no mínimo a um raio de 1,5 quilômetro de distância. É tarde demais. Ela já iniciou sua rapsódia francofílica, mas Joe parece compartilhar desse fanatismo.

Ele lamenta. – Nossa, ah, se nós ainda morássemos...

– Ora, ora – ela interrompe, balançando o dedo como se estivesse dando uma bronca nele. Ah, não. Colocou as mãos na cintura. Ela canta: – Ah, se eu tivesse rodas no traseiro, seria um carrinho de passeio – a posição padrão da vovó para começar a rebolar. Estou horrorizada, mas Joe morre de rir.

Vovó está apaixonada. Não posso culpá-la. Pega Joe pela mão e o leva para um passeio pela casa, exibindo suas mulheres esbeltas, com as quais ele parece inteira e verdadeiramente impressionado, pelas exclamações que faz, em francês, devo acrescentar. Isso faz com que Big retome a limpeza dos insetos e eu substitua as fantasias da minha colher pela boca de Joe Fontaine. Dá para ouvi-los na sala, sei que estão em frente à Mãe pela Metade, pois todos que vêm à nossa casa têm a mesma reação ao vê-la.

– É tão assustador – diz Joe.

– Hmmm, é... essa é minha filha, Paige. Mãe da Lennie e da Bailey, está distante há muito, muito tempo... – estou chocada. Vovó quase nunca fala da mamãe espontaneamente. – Um dia vou terminar esse quadro, não está acabado... – sempre disse que o terminaria quando a mamãe voltasse para casa para posar para ela.

– Venha! Vamos comer – dá para sentir a dor da voz da vovó atravessar três paredes. A ausência da mamãe ficou muito mais evidente desde a morte de Bailey. Percebo que ela e Big ficam o tempo todo olhando para a Mãe pela Metade com uma nova, quase desesperadora saudade. Ficou mais evidente para mim também.

A mamãe era assunto para mim e para Bailey na hora de dormir, lá imaginávamos onde ela estaria e o que estaria fazendo. Não sei o que pensar sobre a mamãe sem ela.

Estou anotando um poema na sola do sapato quando eles voltam.

— Acabou o papel? — Joe pergunta.

Abaixo o pé. Argh. Qual a sua especialidade, Lennie? Ah, é: idiotologia.

Joe senta-se com todos os seus membros em graciosos movimentos, um perfeito polvo.

Estamos olhando para ele novamente, ainda incertos sobre o que fazer com o estranho no meio de nós. Contudo, o estranho parece estar bem confortável conosco.

— Qual é o problema da planta? — pergunta, enquanto aponta para a desesperadora planta Lennie no meio da mesa. Ela parece ter lepra. Todos nós ficamos em silêncio, pois o que podemos dizer sobre a minha planta *dopplegänger*[11]?

— É a Lennie, está morrendo e, francamente, não sabemos o que fazer com ela — Big explode a bomba com objetivo. É como se a cozinha desse um longo e estranho suspiro, e então ao mesmo tempo vovó, Big e eu enlouquecemos. Big bate na mesa e dá sua risada rouca de foca embriagada, a vovó encostada na bancada arqueja e tenta recuperar o fôlego, e eu duplamente procuro respirar em meio ao meu próprio ritmo descontrolado e ofegante, todos nós em um ataque de histeria do tipo que não temos há meses.

11 Doppelgänger, segundo as lendas germânicas de onde provém, é um monstro ou ser fantástico que tem o dom de representar uma cópia idêntica de uma pessoa que ele escolhe ou que passa a acompanhar (dando uma ideia de que cada pessoa tem o seu próprio dopplegänger). Ele imita em tudo a pessoa copiada, até mesmo suas características internas mais profundas. O nome doppelgänger originou-se da fusão das palavras alemãs *doppel* (duplo, réplica ou duplicata) e *gänger* (andante, ambulante ou aquele que vaga). (N. T.)

— Tia Gooch! Tia Gooch! — vovó está berrando em meio aos ataques de riso. Tia Gooch é o nome que Bailey e eu dávamos à risada da vovó, pois ela vinha sem avisar, como um parente louco que aparece na porta de cabelos cor-de-rosa, uma maleta cheia de balões e nenhuma intenção de ir embora.

A vovó se controla e diz: — Minha nossa, minha nossa, pensei que ela tivesse partido para sempre.

Joe parece aceitar o ataque muito bem. Ele está recostado na cadeira, equilibrando-se nas duas pernas traseiras dela, com cara de quem se diverte, como se fosse um espectador. Bem, ele está assistindo a três pessoas sofredoras perdendo a razão. Finalmente, controlo-me o suficiente e explico a Joe, em meio a lágrimas e risadas remanescentes, a história da planta. Se até o momento ele não achava que tinha acabado de entrar no hospício local, agora tinha certeza de que sim. Para minha surpresa, não inventa uma desculpa e sai voando pela porta, mas leva a situação bem a sério, como se realmente se importasse com o destino da planta simples e doente que não vai reviver.

Depois do café da manhã, Joe e eu vamos para a varanda, ainda estranhamente encoberta pela cerração matutina. Assim que a porta de tela se fecha atrás de nós, ele diz: — Uma música — como se nenhum tempo tivesse se passado desde o nosso encontro na árvore.

Vou até a grade, recosto-me nela e cruzo os braços na frente do peito. — Você toca. Eu ouço.

— Não entendo. — ele diz. — Qual é o problema?

— O problema é que eu não quero.

— Mas por quê? Você escolhe, eu não me importo.

— Já falei, não...

Ele começa a rir. — Deus, sinto como se pressionasse você para fazer sexo ou algo assim — cada centímetro de sangue em um raio de 15 quilômetros me faz corar. – Vamos, sei que você quer... – brinca, erguendo a sobrancelha como um perfeito idiota. O que eu quero é me esconder debaixo da varanda, mas o gigantesco sorriso maluco dele me faz rir. – Aposto que você gosta de Mozart – diz, agachando para abrir a capa do violão. – Todos os clarinetistas gostam. Ou talvez uma devota da música sacra de Bach? – aperta os olhos em minha direção. – Não, acho que você não é dessas – tira o violão e senta-se na beirada da mesa de centro, balançando o instrumento com o joelho. – Já sei. Nenhum clarinetista com sangue nas veias consegue resistir ao *jazz* cigano – toca alguns acordes. – Estou certo? Ou... Já sei! – começa a batucar um ritmo com a mão no violão, batendo os pés no chão. – *Dixieland*!

O cara é cheio de vida, faz com que *Cândido*[12] pareça mal-humorado. Será que ele sabe que a morte existe?

– Então, de quem foi a ideia? – pergunto-lhe.

Ele para de batucar. – Que ideia?

– De tocarmos juntos. Você disse...

– Ah, aquilo. Marguerite St. Denis é uma velha amiga da família, a quem, na verdade, culpo por meu exílio aqui. Acho que ela disse algo sobre como Lennie Walker *joue de la clarinette comme um rêve* – falou, girando a mão no ar como Marguerite. – *Elle joue à ravir, de merveille.*

Sinto a onda de alguma coisa, de todas as coisas, de pânico, orgulho, culpa, náusea. É tão forte que tenho de me segurar no gradil. Imagino o que mais ela pode ter dito a ele.

– *Quelle catastrophe* – continua. – Viu, pensei que fosse o único aluno dela que tocasse como um sonho – devo ter feito cara de confusa porque ele

12 *Cândido*, ou *O otimismo*, (Candide, ou l'Optimisme) (1758) é um romance filosófico de autoria do pensador iluminista Voltaire, que jamais admitiu abertamente ter escrito o controverso *Cândido*. (N. T.)

explica: — Na França, dava aulas no conservatório em quase todos os verões.

Enquanto entendo o fato de que a minha Marguerite é a Marguerite de Joe, vejo Big bloqueando a porta, de costas para ele, com a vassoura na mão, procurando criaturas para ressuscitar. Acrescenta: — Estou brincando, quanto a mim, o clarinete nunca foi o meu forte.

— Não foi o que me disseram — digo. — Ouvi a palavra fabuloso.

— Rachel não tem muito ouvido — responde casualmente, sem insultar. O nome dela sai com tanta facilidade de seus lábios, como se o dissesse o tempo todo, provavelmente na hora em que a beija. Sinto meu rosto enrubescer novamente. Olho para baixo, começo a examinar meus sapatos. Qual é o meu problema? Sério, qual? Ele só quer tocar junto comigo, como os músicos normais fazem.

Então, escuto: — Pensei em você...

Nem ouso olhar para cima por medo de ter imaginado as palavras, o doce tom indeciso. Mas, se imaginei, então ouvi mais coisas: — Pensei em como está loucamente triste e...

Ele parou de falar. E o quê? Ergo a cabeça para ver que ele também examina os meus sapatos. — Tudo bem — diz, olhando para mim. — Visualizei nós dois, de mãos dadas, na Grande Campina ou em algum lugar do tipo, e então saímos do chão e pairamos no ar.

Nossa, por essa eu não esperava, mas gostei. — Como São José?

Concorda com a cabeça. — Você pegou o espírito da coisa.

— Que tipo de lançamento? Como um foguete?

— De jeito nenhum, é uma decolagem sem esforço algum, estilo Superman — ele levanta um braço e põe o violão na frente com o outro para demonstrar. — Você sabe.

Sei mesmo. Sei que sorrio só de olhar para ele. Sei que o que ele acabou de dizer desencadeia algo dentro de mim. Sei que ao redor de toda a varanda há uma espessa cortina feita de névoa que nos esconde do mundo.

Quero dizer isso a ele.

— Não é que não queira tocar com você — digo rapidamente para não perder a coragem. — É que, sei lá, é diferente, tocar é... — forço-me a terminar. — Não quis tocar na primeira fila, não quis fazer os solos, não queria fazer nada daquilo. Estraguei tudo, o teste para a primeira fila... de propósito — é a primeira vez que falo isso em voz alta, para alguém, e o alívio é do tamanho do planeta. Continuo: — Odeio solar, não que você vá entender. É que... — estou balançando o braço, incapaz de encontrar as palavras. E então, aponto minha cabeça em direção ao Flying Man. — É como pular de pedra em pedra no rio, mas no meio dessa névoa espessa, é estar totalmente só e cada passo é...

— É o quê?

Subitamente percebo como pareço ridícula. Não faço ideia do que estou falando, não faço ideia. — Não importa — digo.

Dá de ombros. — Milhares de músicos têm medo de cair de frente.

Ouço o barulho estável do rio como se a névoa tivesse aberto uma brecha para deixar o som passar.

Entretanto, não é apenas a ansiedade da apresentação. Era isso o que Marguerite pensava também. Ela acha que desisti por causa disso. — Você deve controlar o nervosismo, Lennie, o nervosismo —, mas é mais que isso, muito mais. Quando toco, é como se estivesse toda apertada e comprimida, e o pavor está dentro de mim, como aqueles brinquedos nas caixas-surpresa, porém sem a mola. E já faz mais de um ano que me sinto assim.

Joe se inclina e folheia partituras; há muitas escritas à mão. Diz: — Só vamos tentar. Violão e clarinete são um dueto legal, pouco aproveitado.

Com certeza não levou a minha enorme confissão muito a sério. É como se finalmente decidisse me confessar na igreja apenas para descobrir que o padre usa protetores auriculares.

Digo-lhe: — Talvez algum dia — para que ele deixe pra lá.

— Uau! — sorri. — Encorajador.

E então é como se eu tivesse desaparecido. Ele está sobre as cordas, afina o violão com uma atenção tão apaixonada que quase sinto que deveria desviar o olhar, mas não consigo. De fato, estou toda tola, imaginando como seria legal e casual e destemido e apaixonado e tão insanamente vivo, ser como ele é, e, por uma fração de segundos, desejo tocar com ele. Desejo perturbar os pássaros.

Mais tarde, enquanto toca sem cessar, toda a névoa desaparece. Ele tem razão. É exatamente isso, sou loucamente triste e, em algum lugar lá no fundo, tudo o que quero é voar.

10

A tristeza é uma casa
em que as cadeiras
se esqueceram de como nos segurar,
os espelhos de como nos refletir,
as paredes de como nos conter.
A tristeza é uma casa que desaparece
cada vez que alguém bate à porta,
uma casa que se vai com o vento
à menor rajada,
que se enterra no solo
enquanto todos estão dormindo.
A tristeza é uma casa em que ninguém pode
proteger você,
em que a irmã caçula ~~mais~~
vai envelhecer mais que a mais velha,
em que as portas
não deixam mais você entrar
nem sair.

(Encontrado debaixo de uma pedra, no jardim da vovó.)

Como sempre, não consigo dormir e estou na escrivaninha de Bailey, segurando o Santo Antônio, apavorada com a ideia de guardar as coisas dela. Hoje, quando voltei para casa depois de fazer lasanhas no restaurante, havia caixas de papelão abertas, ao lado da escrivaninha dela. Começo a abrir uma gaveta. Não consigo. Cada vez que toco os puxadores de madeira, penso que ela jamais vai mexer em sua escrivaninha para procurar um caderno, um endereço, uma caneta, e todo o fôlego sai do meu corpo com um só pensamento: Bailey está naquela caixa sem ar.

Não. Escondo a imagem dentro de um armário da minha mente, chuto a porta para fechá-la. Cerro os olhos, respiro uma, duas, três vezes, e, quando os abro, vejo-me olhando novamente para o desenho da Mamãe Exploradora. Toco o delicado papel, sinto a cera do giz, ao deslizar meu dedo pela pálida figura. Será que a sua sósia humana faz alguma ideia de que uma das suas filhas morreu aos 19 anos de idade? Será que ela sentiu um vento frio ou uma queimação, ou será que estava tomando café da manhã ou amarrando o sapato como se fosse qualquer outro momento ordinário da sua vida itinerante extraordinária?

A vovó nos disse que nossa mãe era uma exploradora porque não sabia como explicar que ela tinha o que gerações passadas da família Walker chamavam de "gene impaciente". De acordo com vovó, essa impaciência foi sempre uma praga para nossa família, principalmente para as mulheres. As acometidas por ela não ficam em um só lugar, mudam de cidade em cidade, de continente em continente, de amor em amor — é por isso, explicou a vovó, que a mamãe não fazia ideia de quem eram os nossos pais, portanto muito menos nós — até se cansarem e voltarem para casa. A vovó nos disse que a tia Sílvia e uma prima distante,

Virgínia, também sofriam disso, e, depois de muitos anos aventurando-se pelo planeta, elas, assim como todas as outras antes delas, encontraram o caminho de volta. Ir embora é o destino delas, disse-nos vovó, assim como voltar também é.

— Os garotos não têm isso? — perguntei à vovó quando tinha 10 anos e a situação estava ficando mais compreensível para mim. Estávamos andando até o rio, para nadar.

— Claro que sim, docinho — mas, então, parou de andar, segurou minhas mãos nas suas e falou em um raro tom solene: — Não sei se na sua idade você tem maturidade suficiente para entender isso, Len, mas é assim que é: quando os homens têm, parece que ninguém percebe, ele se tornam astronautas ou pilotos ou cartógrafos ou criminosos ou poetas. Não ficam muito tempo por perto para saber se seus filhos nasceram ou não. Quando as mulheres têm isso, bem, é complicado, é apenas diferente.

— Como? Como é diferente?

— Bem, por exemplo, não é comum a mãe não ver suas filhas há tantos anos, é?

Ela tinha razão.

— Sua mãe nasceu assim, praticamente voou para fora do meu útero em direção ao mundo. Desde o primeiro dia já estava correndo, correndo.

— Como em uma fuga?

— Não, docinho, nunca fugindo, saiba disso — disse, apertando a minha mão. — Ela está sempre buscando.

Buscando o quê? Penso, enquanto me levanto da escrivaninha de Bailey. O que minha mãe buscava? O que queria? O que Bailey significava para ela? O que eu significava?

Ando até a janela, abro a cortina e vejo Toby, sentando debaixo da ameixeira, sob o brilho das estrelas, na grama verde, no mundo. Lucy e Ethel enrolados em suas pernas – é surpreendente como aqueles cães só se aproximam quando ele está por aqui.

Sei que devia apagar a luz, deitar-me e sonhar com Joe Fontaine, mas não é isso que faço.

Encontro Toby embaixo de uma árvore e vamos para a mata em direção ao rio, sem palavras, como se tivéssemos planejado isso há dias. Lucy e Ethel vêm logo atrás de nós, dão meia-volta e retornam depois que Toby tem uma conversa indecifrável com eles.

Tenho uma vida dupla: Lennie Walker durante o dia, Hester Prynne de *A letra escarlate*[13] durante a noite.

Digo a mim mesma que não vou beijá-lo, haja o que houver.

É uma noite quente e sem brisa, e a floresta está calma e solitária. Caminhamos lado a lado em silêncio, ouvindo a canção melodiosa dos pássaros. Mesmo sob o silêncio da luz da lua, Toby parece repleto da luz do sol e exposto ao vento, como se estivesse em um barco a vela.

– Sei que não deveria ter vindo, Len.

– Provavelmente não.

– Estava preocupado com você – diz baixinho.

– Obrigada – digo, e a máscara que uso com todos, para mostrar que está tudo bem, cai da frente do meu rosto.

A tristeza pulsa em nós conforme caminhamos. Espero que as árvores abaixem seus galhos quando passarmos, que as estrelas emprestem sua luz. Experimento a forte fragrância de eucalipto, o aroma encorpado e doce dos pinheiros, a cada respiração sinto-me consciente de todos eles, de como cada um me mantém no mundo por mais alguns segundos. Sinto a doçura da atmosfera do verão em minha língua e tudo

13 Hester Prynne é a protagonista do filme *A letra escarlate*, condenada a usar uma letra "A" da cor escarlate no peito como prova de um suposto adultério cometido contra o marido que ela acreditava estar morto. (N. T.)

o que quero é engolir, engolir e engolir para dentro do meu corpo, este corpo meu que vive, respira e tem um coração que bate.

– Toby?

– Hmmm?

– Você se sente mais vivo depois... – tenho medo de perguntar, como se estivesse revelando algo vergonhoso, mas quero saber se ele tem a mesma sensação que eu.

Ele não hesita: – Eu sinto tudo com mais intensidade desde então.

É, tudo. Como se alguém tivesse mexido no interruptor do mundo e tudo ficasse ligado agora, incluindo a mim, e tudo em mim, de bom e de mau, funcionando na potência máxima.

Ele arranca um ramo de um dos galhos, quebra-o por entre os dedos. – Continuo fazendo as manobras estúpidas com o meu *skate* toda as noites – diz. – Truques que entortam a bunda e outras merdas para me exibir também, e faço isso sozinho... e algumas vezes totalmente chapado.

Toby é um dos poucos skatistas da cidade que, com frequência e de forma espetacular, desafia a gravidade. Se ele acha que está se colocando em perigo, deve estar agindo de forma totalmente *kamikaze*.

– Ela não iria querer isso, Toby – não consigo me livrar do tom apelativo.

Ele suspira, frustrado. – Sei disso. Eu sei – ele acelera o passo como se quisesse deixar para trás o que tinha acabado de me dizer.

– Ela me mataria – diz de forma tão definitiva e tão apaixonada que me pergunto se está mesmo falando do *skate* ou do que aconteceu entre nós.

– Não vou mais fazer isso – insiste.

– Que bom! – digo, ainda não totalmente certa em relação a que ele se refere, mas, se for a nós, não tem com que se preocupar, certo? Deixei as cortinas abertas, prometi a Bailey que nada ia acontecer novamente.

Apesar de que, no momento em que penso nisso, meus olhos se embriagam de sua presença, de seu peito largo, de seus braços fortes, de suas sardas. Lembro-me da boca faminta na minha, de suas mãos enormes na minha, do calor me invadindo, de como ele fez eu me sentir...

— É tão impulsivo... — diz.

— É — respondo um pouco ofegante.

— Len?

Preciso recuperar a consciência.

Olha para mim de um jeito engraçado, mas acho que lê nos olhos o que se passa na minha mente, porque seus olhos se ampliam e brilham, antes de desviar o olhar.

Controle-se, Lennie.

Caminhamos em silêncio pela mata e isso me faz perceber a realidade. A maior parte das estrelas e a lua está encoberta pelas espessas copas das árvores, e sinto como se nadasse na escuridão, meu corpo rompendo o ar como se fosse a água. Posso ouvir o barulho do rio a cada passo mais alto, e isso me faz lembrar de Bailey, dia após dia, ano após ano, nós duas nesse caminho, perdidas no meio da conversa, o mergulho no rio, e então as eternas espreguiçadas nas pedras debaixo do sol...

Sussurro: — Fiquei para trás.

— Eu também... — a voz dele me acompanha. Ele não diz mais nada, não olha para mim; só pega em minha mão e a segura, e não a solta enquanto a cobertura acima de nós se torna cada vez mais espessa e seguimos em frente para a profunda escuridão.

Digo suavemente: — Sinto-me tão culpada — quase que esperando que a noite sugue minhas palavras antes de Toby ouvi-las.

— Eu também — ele sussurra em retorno.

— Mas sobre outra coisa também, Toby...

— O quê?

Com toda a escuridão ao meu redor, com a minha mão presa à de Toby, sinto que posso dizer: — Sinto-me culpada por ainda estar aqui...

— Não se sinta. Por favor, Len.

— Mas ela sempre foi tão... mais...

— Não — ele não me deixa terminar. — Ela iria odiar que se sentisse assim.

— Eu sei.

E então deixo escapar o que o meu eu proibido pensa, mas nunca diz: — Ela está em um caixão, Toby — falo tão alto, praticamente grito. As palavras me deixam tonta, claustrofóbica, como se precisasse sair do meu corpo.

Ouço-o procurar por ar. Quando fala, sua voz é tão fraca que mal consigo ouvir em meio aos nossos passos: — Não, ela não está.

Também tenho a certeza disso. Sei as duas coisas de uma vez só.

Toby aperta a minha mão.

Quando chegamos ao Flying Man, o céu se espalha pela clareira. Nós nos sentamos em uma pedra plana, e a lua cheia brilha bem forte no rio, a água parece uma pura luz apressada.

— Como o mundo pode continuar a brilhar assim? — pergunto ao me sentar sob o céu repleto de estrelas.

Toby não responde, apenas balança a cabeça e deita-se ao meu lado, perto o suficiente para colocar seus braços ao redor de mim, perto o suficiente para colocar minha cabeça em seu peito se quisesse. Mas não faz nada disso, nem eu.

Começa a falar então, suas palavras suaves se dissipam pela fumaça norturna. Conta como Bailey queria que a cerimônia de casamento fosse ali, no

Flying Man, para que eles pudessem pular no rio depois de dizerem os votos. Apoio-me nos cotovelos e posso imaginar a cena tão clara quanto a luz da lua, como se estivéssemos assistindo a um filme: posso ver Bailey em um vestido laranja e justo de casamento caminhar na frente, liderando todos de volta para casa, com sua beleza descuidada. Vejo no filme das palavras de Toby como ela teria ficado feliz e, subitamente, simplesmente não sei para onde iria toda aquela alegria, a alegria dela e a nossa agora, e começo a chorar, e então o rosto de Toby está em cima do meu e as lágrimas dele caem sobre as minhas até não sabermos mais de quem são. Bem agora que toda a alegria se foi beijamo-nos novamente.

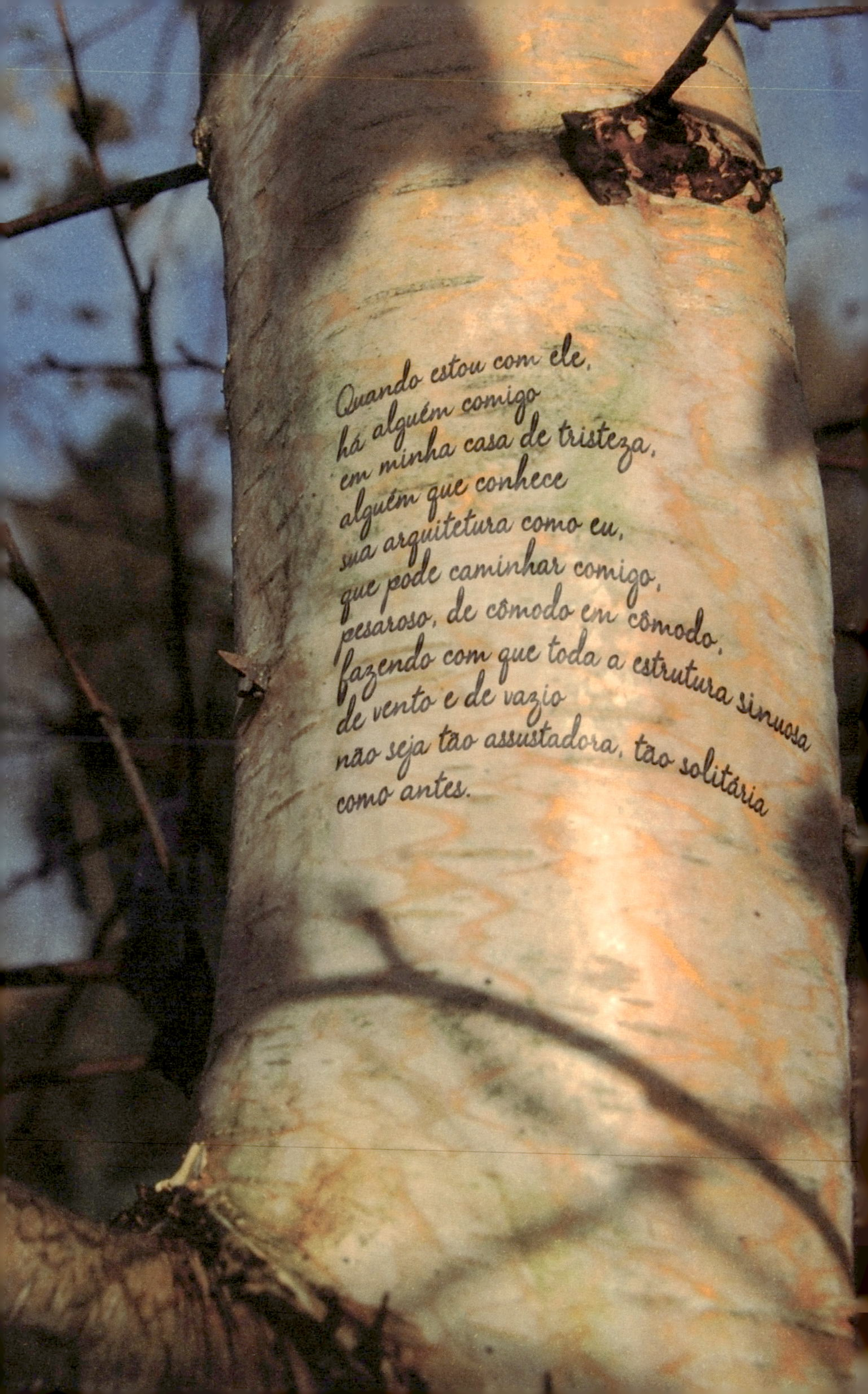
Quando estou com ele,
há alguém comigo
em minha casa de tristeza,
alguém que conhece
sua arquitetura como eu,
que pode caminhar comigo,
pesaroso, de cômodo em cômodo,
fazendo com que toda a estrutura sinuosa
de vento e de vazio
não seja tão assustadora, tão solitária
como antes.

(Encontrado em um galho de árvore, do lado de fora do Clover High.)

11

Joe Fontaine está batendo à porta. Estou acordada, mas deitada na cama, pensando em me mudar para a Antártida para fugir dessa confusão com Toby. Apoio-me no cotovelo para olhar pela janela na fraca luz matinal.

Joe é o nosso galo. Toda manhã, desde a sua primeira visita, há uma semana e meia, ele chega ao nascer do dia com seu violão, um saco de *croissants* de chocolate da padaria e alguns insetos mortos para Big. Se não estamos acordados, entra sozinho, faz um bule de café, forte como alcatrão, e se senta na cozinha, tocando acordes melancólicos em seu violão. Frequentemente, pergunta-me se estou com vontade de tocar, e eu sempre respondo não, e ele diz que tudo bem. Um impasse cortês. Não falou mais na Rachel, o que para mim é legal.

O mais estranho disso tudo é que não é estranho, em absoluto, para todos nós. Até mesmo Big, que não é uma pessoa matinal, desce a escada com seus chinelos, cumprimenta Joe com um animado tapinha nas costas e, depois de olhar as pirâmides (já examinadas por Joe), recomeça a conversa da manhã anterior sobre a sua obsessão *du jour*: bolos explosivos.

Big ficou sabendo que uma mulher em Idaho fazia um bolo de aniversário para o marido, quando a farinha pegou fogo. Estavam em uma época de seca, portanto havia muita eletricidade estática no ar. Uma nuvem de farinha ficou ao redor dela e, graças a uma fagulha de carga estática em sua mão, explodiu: uma bomba de farinha inesperada. Agora Big tenta recrutar Joe para reencenar o evento com ele, pelo bem da ciência. A vovó e eu definitivamente nos opomos, por motivos óbvios: — Já tivemos catástrofes suficientes, Big — disse a vovó ontem, batendo os pés. Acho que a quantidade de maconha que Big fuma transformou a ideia do bolo explosivo em algo muito mais engraçado e mais fascinante do que realmente é. Mas, de alguma forma, Joe está igualmente fascinado com o conceito.

É domingo e tenho de ir para o restaurante em algumas horas. A cozinha está agitada quando chego.

— Bom dia, John Lennon — diz Joe olhando para cima, com as mãos nas cordas do violão, lançando-me um sorriso de ponta a ponta. O que é que estou fazendo beijando Toby, o Toby da Bailey, Santo Deus, penso ao retribuir o sorriso tão inacreditável de Joe Fontaine, que, aparentemente, se mudou para a nossa cozinha. As coisas estão tão confusas: o garoto que devia me beijar age como um irmão, e o garoto que devia agir como um irmão não para de me beijar. Caramba!

— Ei, John Lennon — imita a vovó.

Inacreditável. Não vou deixar isso pegar. — Só o Joe pode me chamar assim — reclamo com ela.

— John Lennon! — Big entra na cozinha, pega-me em seus braços e rodopiamos pelo ambiente. — Como está a minha garota hoje?

— Por que está todo mundo de bom humor? — sinto-me como uma velha rabugenta.

— Não estou de bom humor — responde a vovó, sorrindo de orelha a orelha, olhando da mesma forma para Joe. Percebo que o cabelo dela está seco. Nada de banho das lamentações esta manhã. Primeira vez. — É que tive uma ideia ontem à noite — Joe e Big olham para mim e dão de ombros. As ideias da vovó sempre se opõem às de Big, em larga escala, mas duvido que essa envolva explosões ou necromancia.

— Também não sabemos do que se trata, querida — Big diz com seu tom de barítono, inadequado para as oito da manhã. — Aproveitando o momento, também tenho uma notícia. Joe e eu tivemos uma epifania hoje cedo: ele colocou a planta Lennie debaixo de uma das pirâmides — não acredito que nunca tive essa ideia. Big não consegue conter a animação, sorri para Joe como um pai orgulhoso. Pergunto-me como Joe entrou em nossa vida assim, pergunto-me se é porque, de alguma maneira, ele nunca a conheceu, não tem uma lembrança sequer dela, é como se vivesse em um mundo sem a nossa tristeza...

Meu celular toca. Olho para a tela. É Toby. Deixo a caixa postal atender, sentindo-me a pior pessoa do mundo, pois só o fato de ler o nome dele me faz lembrar da noite passada, e meu estômago começa a se contorcer. Como pude deixar isso acontecer?

Olho para cima, todos estão olhando para mim, perguntam-me por que não atendi o telefone. Tenho de sair da cozinha.

— Quer tocar, Joe? — digo, subindo a escada para pegar meu clarinete.

— Puta merda! — diz, e logo se desculpa com a vovó e com Big.

De volta à varanda, falo: — Você começa, eu acompanho.

Ele concorda e começa a tocar doces acordes em dó menor. Mas sinto-me muito assustada para tons doces, muito assustada para música suave. Não consigo parar de pensar no telefonema do Toby, em seus beijos. Não consigo tirar as caixas de papelão da cabeça, os marcadores de livro que não saem do lugar, a imagem de Santo Antônio que mudou de lugar. Não consigo parar de pensar no fato de que Bailey, aos 11 anos de idade, não se desenhou na foto da família e, subitamente, fico tão chateada que esqueço que estou tocando, e até esqueço que Joe está do meu lado.

Penso em todas as coisas que não disse desde que Bailey morreu, nas palavras trancafiadas no fundo do meu coração, em nosso quarto laranja, em todas as palavras no mundo todo que não são ditas quando alguém morre, por serem tristes demais, iradas demais, devastadoras demais, culpadas demais para serem ditas. Todas elas começam a percorrer meu interior como um lunático rio. Sugo todo o ar que consigo, até provavelmente não haver mais ar sobrando em Clover para mais ninguém, e então toco uma única nota, estridente como um tufão, em meu clarinete. Não sei se um clarinete alguma vez emitiu um som tão horrível, mas não consigo parar, todos os anos parecem cair sobre mim agora. Bailey e eu no rio, o oceano tão confortavelmente enfiado em nosso quarto, os assentos de trás dos carros, banheiras, corridas pelas árvores, pelos dias, pelas noites, e meses e anos sem a mamãe. Estou quebrando janelas, rachando paredes, enterrando o passado, tirando Toby de mim, pegando a idiota da planta Lennie e jogando-a no fundo do mar.

Abro meus olhos. Joe olha para mim, surpreso. Os cães da vizinha estão latindo.

— Uau, acho que da próxima vez eu acompanho — ele diz.

Fiquei dias tomando decisões.
Escolhi o vestido que Bailey iria usar para **sempre** —
um vestido preto, justo, inadequado, que ela adorava.
Escolhi um casaco para colocar por cima, brincos, pulseira, colar,
a sua sandália mais amada.
Peguei a maquiagem dela para dar ao organizador do funeral
com uma fotografia recente —
achei que seria eu a pessoa a vesti-la.
Não achei que um estranho pudesse vê-la nua,
tocar seu corpo,
depilar suas pernas,
passar batom nela,
mas foi tudo isso que aconteceu.
Ajudei a vovó a escolher o caixão, o jazigo no cemitério.
Mudei algumas linhas do obituário que Big escreveu.
Escrevi em uma folha de papel o que achava
que devia estar escrito em sua lápide.
Fiz tudo isso sem emitir uma só palavra.
Nenhuma palavra, por dias seguidos,
até ver Bailey antes do funeral
e enlouquecer.
Não tinha percebido isso quando as pessoas começaram a dizer tais e tais coisas,
perdi a cabeça,
é isso o que realmente acontece —
comecei a chacoalhá-la —
achei que pudesse acordá-la
e que conseguiria tirá-la da maldita caixa.
Quando ela não acordou,
Gritei: "**fale comigo!**"
Big me pegou em seus braços,
levou-me para fora da sala, da igreja,
para debaixo da chuva incessante,
e para o riacho
onde choramos juntos
debaixo do casaco preto que ele segurava sobre nossa cabeça
para nos proteger do tempo.

(Encontrado em uma folha de partitura amassada na trilha principal.)

12

Queria que meu clarinete estivesse aqui, penso, ao voltar do restaurante para casa. Se estivesse com ele, iria direto para a mata, onde ninguém pode me ouvir e me julgar como hoje de manhã na varanda. Marguerite sempre dizia: "toque a música, não o instrumento". E o Sr. James: "deixe o instrumento tocar você". Nunca entendi nenhuma dessas instruções até hoje. Sempre imaginei a música presa dentro do meu clarinete, não dentro de mim. Mas e se a música for o que escapa de um coração partido?

Entro na rua da minha casa e vejo o tio Big lendo na estrada, tropeça em seus pés enormes, cumprimenta suas árvores prediletas ao passar por elas. Nada muito fora do comum, exceto pelas frutas voadoras. Há algumas semanas no ano, se as circunstâncias permitirem, com o vento soprando forte como agora e as ameixas particularmente pesadas, em que as ameixeiras ao redor da nossa casa ficam hostis com os humanos e começam a nos usar para praticar sua mira.

Big acena movendo o braço de lá pra cá em um cumprimento entusiasmado, escapa por pouco de uma ameixada na cabeça.

Cumprimento-o e então, quando está próximo o suficiente, dou uma enrolada em seu bigode, que está aparado ao estilo da realeza, o mais lindo (ou seja, mais estranho) que já vi na vida.

— Seu amigo está em casa — diz, piscando para mim. Daí, enfia o nariz de volta no livro e retoma a caminhada. Sei que fala de Joe, mas penso em Sarah e meu estômago revira-se um pouco. Ela me mandou uma mensagem de texto hoje: *Envio um grupo de busca à procura da nossa amizade*. Ainda não respondi. Também não sei onde está.

Um momento depois, ouço Big dizer: — Ah, Len, Toby ligou, quer que você ligue para ele.

Ele ligou no meu celular novamente enquanto estava trabalhando. Não ouvi a mensagem de voz.

Reitero o julgamento que fiz o dia todo, de que jamais verei Toby Shaw novamente, então imploro que minha irmã me mande um sinal de perdão. Não precisa ser sutil, Bails, pode ser um terremoto.

Quando me aproximo, vejo que a casa está de ponta-cabeça. No quintal da frente, há pilhas de livros, mobília, máscaras, panelas, caixas, antiguidades, quadros, pratos, enfeites, daí vejo Joe e mais alguém muito parecido com ele, porém maior e até mais alto, saindo de casa com nosso sofá.

— Onde você quer colocar isso, vovó? — diz Joe, como se fosse a coisa mais natural do mundo levar o sofá para fora da casa. Essa deve ser a surpresa da vovó. Vamos nos mudar para o quintal. Ótimo.

— Qualquer lugar está ótimo, meninos — diz a vovó, que logo me vê. — Lennie — diz, vindo em minha direção. — Vou descobrir o que está causando essa maré de azar. Foi isso que me ocorreu no meio da noite. Vamos tirar de casa tudo o que for suspeito, fazer um ritual, queimar sálvia, e então devolver para dentro apenas o que não causa má sorte. Joe foi muito gentil em trazer seu irmão para nos ajudar.

— Hmmm — digo, sem saber o que mais falar, desejando ter visto a cara do Joe quando a vovó, de forma sã, explicou-lhe essa ideia insana. Quando saio de perto dela, Joe vem praticamente galopando em minha direção. Ele é tão deprimente.

— Mais um dia na ala psiquiátrica, hein?

— O que me deixa perplexo... — diz, apontando um dedo de forma acadêmica para o cenho — é a forma como a vovó determina essa coisa de sorte ou azar. Ainda tenho de quebrar o código — fico impressionada com a rapidez com que ele entendeu que não há nada a fazer além de abrir as asas, quando a vovó começa a voar em suas fantasias.

O irmão dele se aproxima, apoia a mão descuidadamente no ombro de Joe e instantaneamente o transforma em um irmão mais novo. O corte em meu coração é afiado e repentino. Não sou mais a irmã mais nova. Não sou mais uma irmã. Ponto final.

Joe mal consegue esconder a adulação, e isso acaba comigo. Eu também era assim quando apresentava Bailey a alguém, sentia que apresentava a obra de arte mais influente do mundo.

— Marcus veio passar o verão aqui, ele estuda na UCLA[14]. É meu irmão mais velho, tem uma banda aqui — irmãos e irmãos e irmãos.

— Oi — digo para mais um garoto iluminado. Definitivamente, não se precisa de lâmpada na *Chez* Fontaine.

— Ouvi dizer que você toca um clarinete meia-boca — diz Marcus. Isso me faz corar, o que faz Joe corar, o que faz Marcus rir e dar um soquinho no braço do irmão. Ouço-o sussurrar: — Oh, Joe, você está tão na dela — e então Joe fica ainda mais corado, como se isso fosse possível, e entra em casa para pegar um abajur.

Pergunto-me por que, então, se Joe está tão na minha, não mexe uma palha, nem dá a entender nada. Já sei, já sei, sou feminista, poderia tomar a iniciativa, mas: a) nunca tomei a iniciativa com ninguém na minha vida e, portanto, nem sei o que fazer; b) tenho estado um tanto preocupada com o morcego no campanário, uma vez que lá não é o lugar dele; e c) Rachel, quer dizer, sei que ele passa as manhãs na minha casa, mas como vou saber se não passa as noites na dela?

A vovó está encantada com os garotos Fontaine. Agita-se pelo quintal, dizendo-lhes o tempo todo como são lindos, perguntando se os pais deles alguma vez

14 Universidade da Califórnia, em Los Angeles. (N. T.)

pensaram em vendê-los: — Aposto que ganhariam uma fortuna com vocês. Um absurdo garotos terem cílios como os de vocês. Não acha, Lennie? Você não mataria para ter cílios assim? — Meu Deus, que vergonha, apesar de ela estar certa sobre os cílios. Marcus também não pestaneja, os dois piscam.

Ela pede a Joe e Marcus que busquem o terceiro irmão, está convencida de que todos os irmãos Fontaine têm de estar lá para o ritual. É óbvio que Joe e Marcus foram enfeitiçados por ela. É bem provável que conseguiria fazer com que eles roubassem um banco por ela.

— Tragam seus instrumentos — grita para eles. — Você também, Lennie.

Faço o que ela diz, pego meu clarinete da árvore em que está, com grande parte de tudo que possuo no mundo. Então a vovó e eu recolhemos algumas panelas que ela considerou itens de sorte e vamos para a cozinha preparar o jantar. Ela prepara o frango enquanto corto as batatas e as tempero com alho e alecrim. Quando tudo está assando no forno, vamos lá para fora apanhar umas ameixas caídas, para fazer uma torta. Ela sova a massa e eu pico tomates e abacates para a salada. Cada vez que passa por mim, bate na minha cabeça e aperta meu braço.

— Isso é bom, cozinhar juntas novamente, não é, docinho?

Sorrio para ela: — É, vovó — bem, era, porque agora ela está com aquele olhar de fale comigo, Lennie. Os anúncios da vovó estão prestes a começar.

— Lennie, estou preocupada com você — lá vai.

— Estou bem.

— Chegou mesmo a hora. Pelo menos arrume o quarto, lave a roupa dela, ou deixe que eu faça isso. Posso fazer isso enquanto está trabalhando.

— Eu vou fazer isso — digo, como sempre. E vou, apenas não sei quando.

Ela abaixa os ombros de forma dramática: — Estava pensando que você e eu podíamos passar o dia na cidade na semana que vem, almoçar...

— Tudo bem.

Abaixo o olhar e volto à minha tarefa. Não quero ver a decepção dela.

Ela dá um suspiro alto, grande e solitário e volta à torta. Telepaticamente, digo-lhe que sinto muito. Digo que não posso me confidenciar com ela agora, digo-lhe que o metro de distância que nos separa parece três anos-luz e não sei como me aproximar.

Telepaticamente, ela me diz que estou partindo seu coração.

Quando os rapazes voltam, apresentam o Fontaine mais velho, que também está passando o verão por aqui e estuda em LA.

— Esse é o Doug — Marcus diz na mesma hora em que Joe fala: — Esse é o Fred.

— Nossos pais não conseguiam se decidir — diz o Fontaine mais novo. Esse aí parece positivamente insano de alegria. A vovó tem razão, devíamos vendê-los.

— Ele mente — interrompe Marcus. — No ensino médio, Fred queria ser sofisticado, então começou a andar com várias garotas francesas. Fred não era um nome nada civilizado, bem ao estilo Flintstones, então decidiu usar seu nome do meio, Doug. Mas Joe e eu não nos acostumamos com isso...

— Então, todo mundo o chama de DougFred nos dois continentes — Joe dá um tapa no peito do irmão, o que provoca um ataque de socos na costela. Os irmãos Fontaine são como um cesto cheio de cachorrinhos enormes, pulando e subindo um no outro, batendo em tudo, um rodamoinho em movimento perpétuo de afeição violenta.

Sei que não é nada generoso, mas observá-los, ver a sua camaradagem, faz com que me sinta tão sozinha quanto a lua. Penso em mim e Toby de mãos dadas na escuridão na outra noite, beijando-nos perto do rio, em como, com ele, sentia que a minha tristeza tinha um lugar para existir.

Jantamos espalhados no que agora é a nossa mobília de jardim. O vento diminuiu um pouco, então podemos nos sentar sem sermos atacados pelas frutas que caem das árvores. O frango tem gosto de frango, a torta de ameixa tem sabor de torta de ameixa. É cedo demais para não haver mais nenhum gosto de cinzas.

O entardecer tem um tom rosa e laranja no céu, iniciando seu lânguido passeio de verão. Ouço o rio por entre as árvores soar como uma possibilidade...

Ela jamais vai conhecer os irmãos Fontaine.

Ela jamais vai ficar sabendo sobre este jantar durante uma caminhada pelo rio.

Ela não vai estar de volta pela manhã, ou na terça--feira, ou em três meses.

Ela jamais vai voltar.

Ela se foi e o mundo caminha vagarosamente sem ela...

Não consigo respirar, nem pensar ou permanecer sentada por mais um minuto.

Tento dizer: — Já volto — mas nada sai da minha boca, então me viro de costas para um quintal cheio de rostos preocupados e vou para debaixo das árvores. Quando entro na trilha, saio correndo, tento despistar a dor de cabeça que me persegue.

Tenho certeza de que vovó ou Big estão me seguindo, mas não são eles, é Joe quem me segue. Estou sem fôlego, escrevendo em um pedaço de papel que encontrei no caminho, quando ele se aproxima de mim. Escondo o bilhete debaixo de uma pedra e tento enxugar as minhas lágrimas.

É a primeira vez que o vejo sem um sorriso escondido em algum lugar do rosto.

— Você está bem? — pergunta.

— Você nem a conheceu — falei, de forma dura e acusadora, antes que pudesse me conter. Vejo a surpresa atravessar o rosto dele.

— Não.

Ele não diz mais nada, mas não consegui calar o meu eu insano: — E você tem todos esses irmãos — digo como se fosse um crime.

— Tenho.

— Simplesmente não sei por que fica aqui com a gente o tempo todo — sinto meu rosto queimar com a vergonha que percorre meu corpo todo — a pergunta certa é: por que estou insistindo como se fosse totalmente maníaca?

— Você não sabe? — os olhos dele vagueiam pelo meu rosto, então o canto de sua boca parece entortar um pouco. — Gosto de você, Lennie, dãh — olha para mim, incrédulo. — Acho você demais... — por que ele acharia isso? Bailey era demais, e a vovó e o Big, e, claro, a mamãe, mas eu não, sou a pessoa bidimensional dentro de uma família 3D.

Ele está sorrindo agora: — E também acho que é muito bonita e sou incrivelmente frívolo.

Tenho um pensamento horrível: ele me acha bonita, acha que sou demais, porque nunca conheceu Bailey, seguido de um pensamento ainda mais horrível: estou feliz por não tê-la conhecido. Balanço a cabeça, tento apagar minha mente, como uma Tela Mágica[15].

— E aí? — coloca a mão em meu rosto, desliza o dedo lentamente pela minha face. Seu toque é tão terno que me assusta. Nunca ninguém me tocou dessa forma antes, nunca ninguém me olhou da forma como ele me olha agora, bem dentro de mim. Quero me esconder dele e beijá-lo ao mesmo tempo.

E então: Pisca. Pisca. Pisca.

Desmaio.

---

15 Tela Mágica é um brinquedo de criança em que o que se escreve é apagado com o toque de um botão. (N. T.)

Acho que os dias de agir como se fosse meu irmão acabaram.

— Posso? — diz, pegando o elástico que prende o meu cabelo.

Concordo. Bem lentamente ele o tira, o tempo todo olhando diretamente em meus olhos. Estou hipnotizada. É como se desabotoasse a minha camisa. Balanço a cabeça um pouco e meu cabelo se solta em seu frenesi habitual.

— Uau — ele diz suavemente. — Faz tempo que quero fazer isso...

Posso ouvir nossa respiração. Acho que até em Nova York dá para ouvi-la.

— E a Rachel? — pergunto.

— O que tem ela?

— Você e ela?

— Você — responde. — Eu!

— Sinto muito por ter dito tudo aquilo antes...

Balança a cabeça como se não tivesse importância, e então, para minha surpresa, não me beija, mas me envolve em seus braços. Por um momento, com minha mente tão perto do coração dele, ouço o vento soprar forte e sinto como se fosse nos levantar do chão para nos levar com ele.

13

Os troncos secos das velhas sequoias rangem e gritam assustadoramente sobre nossa cabeça.

— Nossa! O que é isso? — Joe pergunta, afastando-se subitamente ao olhar para cima, depois por detrás do ombro.

— O quê? — pergunto, envergonhada por ainda querer imensamente ficar nos braços dele. Tento brincar: — Silêncio, você está arruinando o momento. Não se lembra? Estou no meio de uma crise.

— Acho que você teve chiliques suficientes por hoje — diz, sorri e gira o dedo ao redor da orelha para simbolizar como sou louca. Isso me faz rir alto. Olha de novo pra lá e pra cá, começando a entrar em pânico. — Sério, o que é isso?

— Está com medo da escuridão e da profundidade da floresta, garoto da cidade?

— É claro que estou, como a maioria das pessoas sãs, lembra-se dos leões, e dos tigres e dos ursos, ah, meu Deus? — enfia o dedo na alça da minha calça e começa a me guiar para o caminho de volta para casa, para subitamente. — Isso, é isso. Aquele barulho de filme de terror assustador que acontece bem na hora em que o assassino com um machado aparece de repente para nos pegar.

— São as árvores velhas rangendo. Está ventando muito, parecem centenas de portas que se abrem e se fecham bem aqui, todas ao mesmo tempo, é mais que assustador. Você não acha que consegue lidar com isso?

Ele coloca o braço ao meu redor. — Um desafio? Tá, na próxima vez que ventar. — Aponta para si mesmo — João — depois para mim —, Maria[16].

Um pouco antes de sairmos do meio das árvores, digo: — Obrigada por me seguir e... — quero

16 Referindo-se ao conto infantil *João e Maria*, de tradição oral, dos Irmãos Grimm. Conta a história de dois irmãos que se perderam na floresta. (N. T.)

agradecer-lhe por ter passado o dia todo mudando a mobília da vovó de lugar, por vir todas as manhãs com os insetos mortos para o Big, por, de alguma forma, estar por perto quando não consigo fazer esse papel. Em vez disso, digo: — Adoro o jeito como você toca — o que também é verdade.

— Igualmente.

— Que é isso! Aquilo não foi tocar. Foi buzinar. Carão total.

Ele ri. — De jeito nenhum. Valeu a espera. Prova da razão pela qual, se tivesse de escolher, preferiria perder a habilidade de falar à de tocar. Puxa-me para mais perto dele e alguma coisa começa a inflar dentro de mim, algo que se parece bastante com alegria.

Tento ignorar a voz insistente dentro de mim: como você ousa, Lennie? Como você ousa se sentir tão feliz assim tão rápido?

Quando saímos da mata, vejo a caminhonete de Toby estacionada na frente de casa e imediatamente sinto todos os ossos do meu corpo derreterem. Diminuo o passo, solto-me de Joe, que me olha sem entender nada. A vovó deve ter convidado Toby para fazer parte do ritual. Penso em ter outro chilique e voltar correndo para a mata, assim não tenho de estar no mesmo ambiente com Toby e Joe, mas a atriz não sou eu e sei que não ia conseguir repetir o ato. Meu estômago se aperta a cada passo dado, passamos por Lucy e Ethel, que estão, obviamente, esparramados na varanda à espera de que Toby saia e que, obviamente, não mexem um só músculo ao passarmos por eles. Abrimos a porta e atravessamos o corredor que leva à sala. O ambiente está incandescente com vela, o ar embebido no doce perfume de sálvia.

DougFred e Marcus estão sentados nas duas cadeiras remanescentes no centro da sala e tocam violão flamenco. A Mãe pela Metade sobre a cabeça deles, como se ouvisse todos os acordes flamejantes que ecoam pela casa. O tio Big bloqueia a lareira, bate as mãos na coxa, seguindo a batida ardente. E Toby está de pé do outro lado da sala, isolado de todo mundo, parece mais solitário do que me senti um pouco antes. Meu coração imediatamente pende para ele, que se recosta na janela, sua pele e seus cabelos dourados reluzem com o tremor da luz. Vê-nos entrar na sala com uma inadequada intensidade de tensão que não escapa aos olhos de Joe e me faz sentir calafrios. Posso sentir a perplexidade dele, sem mesmo ter de olhar para o lado.

Enquanto isso, imagino raízes nascendo dos meus pés para que eu não saia voando pela sala e me atire nos braços de Toby porque eu tenho um enorme problema: mesmo nesta casa, nesta noite, com todas essas pessoas, com o Joe Fabuloso Fontaine, que parou de agir como se fosse meu irmão, bem ali do lado, ainda assim sinto uma corda invisível que me puxa para perto de Toby, e não há nada que eu possa fazer em relação a isso.

Viro-me para Joe, que está com uma cara que nunca vi antes: infeliz, o corpo tenso pela confusão sentida, seu olhar desviando de Toby para mim repetidas vezes. É como se todos os momentos entre mim e Toby, que jamais deveriam ter acontecido, saíssem de nossos corpos para cair bem na frente de Joe.

— Quem é aquele cara? — Joe pergunta, sem expressar a sua tranquilidade de sempre.

— Toby — respondo automaticamente.

Joe me olha como se perguntando: tá, e quem diabos é Toby?

— Vou apresentá-lo a ele — digo, pois não tenho escolha e não posso ficar parada aqui como se tivesse tido um derrame cerebral.

Não há outra forma de dizer: que droga!

Além de tudo isso, o ritmo flamenco começa a crescer ao nosso redor, chicoteando fogo e sexo e paixão por todos os lados. Perfeito. Será que eles não poderiam escolher uma sonata sonolenta? Valsas também são adoráveis, rapazes. Joe atravessa a sala em direção a Toby, comigo bem atrás dele: o sol indo em colisão com a lua.

A escuridão do céu penetra pela janela, focalizando Toby. Joe e eu paramos quase em frente a ele, todos nós pegos pela incerteza entre a noite e o dia. A música continua sua revolução inflamada ao nosso redor e há uma garota dentro de mim querendo se entregar à batida fanática. Ela quer dançar louca e livremente ao redor da imensa sala, mas, infelizmente, a garota está dentro de mim, e eu não sou ela. Gostaria de uma capa de invisibilidade para dar o fora dessa confusão.

Olho para Joe e fico aliviada em ver que o calor dos acordes momentaneamente captaram a sua atenção. Uma de suas mãos bate na coxa, um dos pés no chão, e a cabeça balança, fazendo seus cabelos caírem sobre os olhos. Ele não consegue parar de sorrir para seus irmãos, que tocam notas flamejantes em seus violões com tanta ferocidade, que provavelmente conseguiriam derrubar o governo. Percebo que estou sorrindo como os Fontaine ao observar o tumulto musical por meio de Joe. Sinto intensamente quanto ele quer seu violão, da mesma forma que, de súbito, sinto intensamente quanto Toby quer a mim. Lanço-lhe um olhar roubado, e, como suspeitava, ele me observa com Joe, seus olhos estão vidrados em mim. Como é que fomos entrar nessa? Não sinto consolo algum nesse momento, mas outra coisa. Olho para baixo, escrevo socorro com o dedo em minha calça e, quando olho para cima, vejo que Toby e Joe se entreolham. Algo se passa silenciosamente entre eles e tem tudo a ver comigo, estão dizendo com os olhos: o que está acontecendo, Lennie?

Todos os órgãos do meu corpo movem-se internamente.

Joe coloca a mão gentilmente em meu braço como se estivesse me lembrando que devo abrir a boca e dizer algo. A esse contato, os olhos de Toby se incendeiam. Qual é o problema dele hoje? Age como se fosse meu namorado, e não o namorado da minha irmã, não como alguém com quem troquei alguns beijos, duas vezes, diante de circunstâncias atenuantes. E eu e esse inexplicável e, ao mesmo tempo inevitável, ímã em direção a ele, apesar de tudo?

— Joe acabou de se mudar para a cidade — Toby balança a cabeça de forma civilizada e eu falo de forma humana, um bom começo. Estou prestes a dizer "Toby era o namorado da Bailey", o que odeio dizer por causa do era e pelo quanto me faz sentir a traidora que sou.

Mas então Toby olha bem para mim e diz: — Seu cabelo está solto — *Hello*? Isso não é a coisa certa a se dizer. A coisa certa a ser dita é "ah, você veio de onde, cara?", ou então "Clover é bem legal". Ou "você anda de *skate*?" Ou basicamente qualquer coisa menos: "seu cabelo está solto".

Joe não parece perturbado pelo comentário. Sorri para mim como se estivesse orgulhoso por ter sido ele o responsável pelo meu cabelo solto.

Neste momento, percebo que a vovó está parada na porta, olhando para nós. Ela explode, enquanto segura seu graveto com a sálvia queimada como se fosse uma varinha mágica. Olha rapidamente para mim, parece decidir que estou recuperada, e então aponta sua varinha para Toby e diz: — Deixe-me apresentá-los, Joe Fontaine, este é Toby Shaw, o namorado da Bailey.

Ufa! Percebo que uma enxurrada de alívio recai sobre Joe. Vejo uma questão encerrada em sua mente, pois provavelmente acha que não há nada entre nós. Afinal, que tipo de irmã ultrapassaria esse limite?

— Ei, sinto muito — ele diz a Toby.

— Obrigado — Toby tenta sorrir, mas o resultado é todo errado e, ao mesmo tempo, homicida. Joe, entretanto, tão aliviado pela revelação da vovó, parece nem notar, apenas olha ao redor, animado como sempre, e vai para perto dos seus irmãos, seguido pela vovó.

— Vou embora, Lennie — mal dá para ouvir a voz de Toby por causa da música. Viro-me, vejo que Joe já está com seu violão, alheio a tudo, menos ao som que seus dedos estão fazendo.

— Vou com você até lá fora — digo.

Toby se despede da vovó, de Big e dos irmãos Fontaine, que parecem todos surpresos por ele ir tão cedo, especialmente a vovó, que sinto entender algumas coisas.

Vou com ele até a caminhonete. Lucy, Ethel e eu, aos seus pés. Ele abre a porta, não entra, recosta-se na cabine e não dá um sinal da calma e gentileza que estou tão acostumada a ver na expressão dele; parecem substituídas por algo violento e insano. Encarna um estilo totalmente skatista durão e, apesar de não querer isso, acho interessante. Sinto uma corrente fluindo entre nós, sinto-a sair do controle dentro de mim. O que é isso?, penso, ao mesmo tempo em que ele olha para os meus olhos, depois para minha boca, em seguida desliza seu olhar lentamente, como se fosse dono do meu corpo. Por que não conseguimos parar com isso? Sinto-me tão imprudente, como se vagasse pelo ar no *skate* dele sem pensar em segurança ou em consequências, sem pensar em nada além da velocidade e da ousadia e de estar avidamente, mesquinhamente, viva — mas digo a ele: — Não. Agora não.

– Quando?

– Amanhã. Depois do trabalho – respondo. Contrario meu bom senso, desrespeito qualquer tipo de senso.

Meninas, o que vocês querem jantar?
Meninas, o que vocês querem que eu pinte?
Meninas, o que vocês querem fazer neste fim de semana?
As meninas já foram para a escola?
Ainda não vi as meninas hoje.
Falei para as meninas se apressarem!
Onde estão aquelas meninas?
Meninas, não se esqueçam de levar o almoço.
Meninas, voltem às 23 horas.
Meninas, nem pensem em nadar — está congelando lá fora.
As meninas virão para a festa?
As meninas foram ao rio ontem à noite?
Vamos ver se as meninas estão em casa?

(Encontrado dentro de uma das paredes do armário de Bailey.)

14

Vejo a vovó, que rodopia pela sala com sua varinha de sálvia, como uma velha fada. Digo a ela que sinto muito, que não estou bem e vou subir.

Ela para no meio do rodopio. Sei que sente que há algum problema, mas apenas diz: – Tudo bem, docinho – desculpo-me com todos e digo boa noite da forma mais indiferente possível.

Joe me segue quando saio da sala e decido que deve ser a hora de entrar para um convento, enclausurar-me com as irmãs por um tempo.

Ele toca meu ombro e me viro para encará-lo. – Espero que o que eu disse na mata não tenha assustado você... espero que não esteja indo dormir por causa disso...

– Não, não – os olhos dele estão arregalados de preocupação, continuo: – Na verdade, deixou-me muito feliz – o que de fato é verdade, exceto pelo pequeno problema de que, logo após ter ouvido sua declaração, marquei um encontro com o namorado da minha irmã morta para fazer sabe Deus o quê!

– Que bom! – ele corre os dedos pela minha face inúmeras vezes com uma ternura que me espanta. – Porque estou enlouquecendo, Lennie. – Pisca. Pisca. Pisca. E então também me sinto enlouquecer, pois Joe Fontaine está prestes a me beijar. Finalmente.

Deixa o convento pra lá.

Deixe-me desabafar de uma vez: meu lado de garota vadia antes inexistente, agora está à flor da pele.

– Não sabia que tinha o conhecimento do meu nome – digo.

– Há tanto que não sabe sobre mim, Lennie – sorri e pressiona o dedo indicador contra os meus lábios, deixa-o lá até meu coração pousar em Júpiter: três segundos, depois tira o dedo, vira-se de costas e volta para a sala. Nossa! Bem, esse foi o momento mais idiota ou mais *sexy* da minha vida, vou votar em *sexy* pelo fato de estar aqui em pé, inerte e abobalhada, perguntando-me se ele me beijou ou não.

Estou totalmente fora de controle.

Quando consigo colocar uma perna na frente da outra, subo para o Refúgio. Graças a Deus, foi considerado um lugar de muita sorte pela vovó, então está quase intacto, especialmente as coisas de Bailey, das quais ela, misericordiosamente, nem chegou perto. Vou direto para a escrivaninha dela e começo a conversar com o desenho da mulher exploradora, da mesma forma como às vezes falamos com a Mãe pela Metade.

Hoje, a mulher no alto da montanha terá de ser Bailey.

Sento-me e digo a ela quanto sinto, que não sei o que há de errado comigo e com Toby e que vou ligar para ele e cancelar o encontro do dia seguinte. Também falo a ela que não tive intenção de pensar aquilo na mata e que daria tudo para que conhecesse Joe Fontaine. Qualquer coisa. E então, peço-lhe novamente que, por favor, me dê um sinal de que me perdoa antes que a lista de coisas imperdoáveis fique tão grande que faça de mim um caso perdido.

Olho para as caixas. Sei que uma hora terei de começar. Respiro fundo, espanto todos os pensamentos mórbidos da minha mente e coloco as mãos no puxador de madeira da primeira gaveta da escrivaninha. Apenas para, imediatamente, pensar em Bailey e no meu pacto antibisbilhotagem. Nunca o quebrei, nem uma só vez, apesar da propensão natural à curiosidade. Nas casas das pessoas, abro os armários de remédios, olho atrás das cortinas dos banheiros, abro gavetas e portas dos móveis sempre que possível. Mas com Bailey fiz um pacto...

Pactos. Tantos deles entre nós agora quebrados. E os que nunca foram mencionados, aqueles feitos sem a necessidade de palavras, sem juras com o dedo mínimo, sem nem mesmo nos darmos conta deles? Pego meu telefone, digito o número de Bailey, ouço-a impacientemente falar como Julieta, o calor incendiando a minha cabeça; então, depois do bipe, ouço a mim mesma dizendo: — O que acontece com o pônei acompanhante, quando o cavalo de corrida morre? — Há um misto de raiva e desespero em minha voz e imediatamente e ilogicamente desejo apagar a mensagem para que ela não ouça.

Lentamente abro a gaveta, com medo do que possa encontrar, com receio do que mais ela pode não ter me contado, com pavor de que essa brincadeira idiota de quebrar pactos despedace-me. Mas só tem coisas lá, coisas insignificantes, algumas canetas, programas de apresentações no Clover Repertory, ingressos de shows, uma agenda de endereços, um velho telefone celular, alguns cartões, um cartão do dentista lembrando-a de sua próxima consulta, e um de Paul Booth, investigador particular com um endereço de São Francisco.

Que diabo é isso?

Pego o cartão. No verso está escrito com a letra de Bailey 25 de abril, 16 horas, suíte 2B. A única razão que posso imaginar para que ela tenha ido ver um investigador particular seria encontrar a mamãe. Mas por que faria isso? Nós duas sabíamos que Big já havia tentado isso, há alguns anos, na verdade, e o investigador dissera-lhe que seria impossível encontrá-la.

No dia em que Big nos contou sobre o detetive, Bailey estava furiosa, torpedeando pela cozinha enquanto vovó e eu pegávamos ervilhas no jardim, para o jantar.

Bailey disse: — Você sabe onde ela está, vovó.

— Como eu posso saber, Bails? — respondeu a vovó.

— É, como ela pode saber, Bails? — repeti. Odiava quando vovó e Bailey brigavam e quando sentia que iam explodir.

— Eu podia ir atrás dela, podia encontrá-la. Trazê-la de volta — disse Bailey, enquanto pegava uma ervilha e a colocava na boca, com casca e tudo.

— Você não conseguiria encontrá-la e não conseguiria trazê-la de volta também — Big estava parado na porta, suas palavras ecoando pelo ambiente como um evangelho. Não fazia ideia há quanto tempo estava ali ouvindo.

Bailey aproximou-se dele, perguntando: — Como você sabe?

— Por que eu tentei, Bailey.

Vovó e eu paramos de colher ervilhas e olhamos para Big. Ele foi para a mesa e sentou-se em uma cadeira, parecia um gigante que falava a uma turma de educação infantil: — Contratei um detetive particular há alguns anos, um dos bons, e decidi que ia contar a vocês se ele tivesse alguma notícia, mas ele não conseguiu nada. Disse que é fácil desaparecer quando não se deseja ser encontrado. Acha que Paige mudou de nome e, com isso, provavelmente o número do seguro social... — Big bateu os dedos na mesa, pareciam pequenas palmas de trovão.

— Como é que vamos saber se ela está viva? — Big disse baixinho, mas nós todas ouvimos como se tivesse gritado do alto de uma montanha. Estranhamente, isso nunca havia passado pela minha cabeça e acho que nem pela de Bailey. Sempre nos disseram que voltaria e acreditávamos nisso, profundamente.

Vi a suspeita surgir no rosto de Bailey novamente.

— Como você sabe, vovó? Você deve saber alguma coisa se tem tanta certeza...

— Uma mãe sabe, está bem? Simplesmente sabe — e com isso vovó saiu de perto de nós.

Coloco o cartão de volta na gaveta, levo o Santo Antônio comigo para a cama. Coloco-o em cima do criado-mudo. Por que ela guardava tantos segredos de mim? E como é que posso ficar brava com ela por causa disso agora? Por qualquer coisa, mesmo que por um segundo.

Bailey e eu não falamos muito
sobre os repentes da vovó,
aqueles que ela chamava de "tempo privado",
dias que passava na sala de arte
sem sair de lá.
Isso era apenas uma parte das coisas,
como folhas verdes de verão
queimando no outono.
Eu olhava pela fresta da porta
e a via cercada de telas
de mulheres verdes, feitas pela metade.
A tinta ainda molhada era ávida,
ela trabalhava em todas de uma só vez
e, em seguida, começava
a se parecer com elas também,
todo aquele verde manchando as suas roupas,
suas mãos, seu rosto.
Bails e eu preparávamos
nossos próprios sacos de papel naqueles dias,
pegávamos nossos sanduíches ao meio-dia,
odiando a decepção de um mundo
em que cachecóis de bolinha,
partituras, penas azuis
não nos surpreendiam na hora do almoço.
Depois da escola, levávamos chá para ela
ou uma maçã fatiada com queijo,
mas tudo ficava lá na mesa, intocado.
Big dizia para não nos preocuparmos,
pois todo mundo precisa de uma pausa
na rotina, de vez em quando.
Então, não nos preocupávamos...
era como se a vovó tivesse saído
de férias com as suas damas
e, como elas,
ficou presa no meio do caminho
entre aqui e ali.

(Encontrado em um pedaço de papel, no estojo do clarinete de Lennie.)

15

— Len, você está acordada?
— Sim.
— Então, tá. Vamos falar da mamãe.
— Já, eu começo. Ela está em Roma.
— Ela está em Roma ultimamente.
— Bem, agora é uma famosa chef de cozinha em uma pizzaria de Roma, e é bem tarde, e o restaurante acabou de fechar, e está tomando um copo de vinho com...
— Com Luigi, o garçom lindo de morrer, eles acabaram de pegar uma garrafa de vinho e caminham à luz da lua pelas ruas, está quente, e quando eles passam por uma fonte, ela tira os sapatos e entra na água...
— Luigi nem tira os sapatos, entra e espirra água nela, eles estão rindo...
— Mas ficar dentro da fonte, debaixo da luz da lua brilhante, faz com que ela pense no Flying Man, em como ela costumava nadar à noite com Big...
— Você acha isso mesmo, Bails? Acha mesmo que ela está em uma fonte em Roma em uma noite quente de verãocom o belo Luigi e pensando em nós? Em Big?
— Claro.
— De jeito nenhum.
— Nós estamos pensando nela.
— Isso é diferente.
— Por quê?
— Porque não estamos em uma fonte em Roma em uma noite quente de verão com o belo Luigi.
— Verdade.
— Boa noite, Bails.

(Encontrado em uma folha de caderno escondida dentro de um sapato, no armário de Lennie.)

O dia em que tudo acontece começa como todos os outros, ultimamente, com a suave batida de Joe na porta. Viro-me na cama, olho pela janela e vejo apenas o gramado banhado pela névoa da manhã. Tudo foi colocado de volta dentro de casa, depois que fui dormir.

Desço, vejo a vovó sentada em seu lugar à mesa da cozinha com o cabelo enrolado em uma toalha. Está segurando uma caneca de café e olhando para a cadeira de Bailey. Sento-me ao lado dela. – Sinto muito sobre ontem à noite – digo. – Sei quanto você queria fazer um ritual para Bailey, para nós.

– Tudo bem, Len, vamos fazer um. Temos muito tempo – ela segura minha mão com uma das suas e com a outra a afaga distraidamente. – Mas, mesmo assim, descobri o que está causando o azar.

– É mesmo? O quê?

– Sabe aquela máscara que o Big trouxe da América do Sul, quando foi estudar aquelas árvores? Acho que é amaldiçoada.

Sempre odiei aquela máscara. Tem cabelo falso, sobrancelhas arqueadas expressando surpresa, e a boca deixa à mostra vários dentes de lobo, brilhantes. – Sempre me deu calafrios – digo a ela. – E em Bailey também.

A vovó concorda, mas parece distraída. Não acho que esteja realmente me ouvindo, o que ultimamente não tem nada a ver com ela.

– Lennie – diz, hesitante. – Está tudo bem com você e o Toby?

Meu estômago se aperta. – Claro – digo, engolindo seco: Tento soar o mais casual possível. – Por quê? – ela me lança um olhar de coruja.

– Não sei, vocês dois estavam estranhos ontem à noite... – Argh. Argh. Argh. – E não paro de me perguntar por que a Sarah nem tem passado por aqui.

Vocês brigaram? — pergunta, fazendo com que me sinta ainda mais culpada.

Neste momento, Big e Joe entram e me salvam. Big diz: — Achamos que vimos um sinal de vida na aranha número seis hoje.

Joe diz: — Juro que vi um movimento.

— Quase tive um ataque cardíaco. O Joe praticamente se atirou no teto, mas pode ter sido o vento, o carinha está morto como uma maçaneta. A planta Lennie também está bem debilitada. Tenho de repensar algumas coisas, talvez acrescentar uma luz ultravioleta.

— Ei — diz Joe, vindo por trás de mim, e coloca a mão em meu ombro. Olho para cima, para o calor do rosto dele e sorrio. Acho que conseguiria me fazer sorrir mesmo se eu estivesse pendurada na forca, o que, com certeza, é o que vai acontecer comigo. Coloco minha mão sobre a dele por um segundo, vejo vovó perceber o movimento enquanto se levanta para preparar o café da manhã.

De alguma forma, sinto-me responsável pela mistura de cinzas que todos nós estamos enfiando em nossa boca, como se, de alguma maneira, tivesse desviado nossa casa do caminho de cura em que se encontrava ontem. Joe e Big brincam sobre ressuscitar animais e bolos explosivos, a conversa que não morre nunca, enquanto tento evitar o olhar suspeito da vovó.

— Preciso ir trabalhar mais cedo, vamos servir na festa da família Dwyer hoje à noite — falo olhando para o meu prato, mas vejo a vovó concordando com a cabeça, de canto de olho. Ela sabe, pois foi chamada para ajudar com os arranjos florais. É sempre chamada para supervisionar arranjos florais em festas e casamentos, mas raramente vai, pois odeia cortar flores. Todos nós sabemos que não podemos aparar seus arbustos, nem cortar os botões se não quisermos ser condenados à pena de morte. Ela deve ter concordado dessa vez, para sair de casa por uma tarde. Às vezes, imagino os pobres jardineiros de toda a cidade neste verão sem a vovó de pé na frente dos jardins, coçando a cabeça às indiferentes glicínias, às pobres fúcsias.

— Vou acompanhá-la até o trabalho. Preciso ir à loja de música mesmo — disse Joe. Todos os garotos da família Fontaine estão supostamente trabalhando para seus pais neste verão; transformaram um celeiro em uma oficina em que o pai dele faz violões sob encomenda, mas tenho a impressão de que passam o dia todo trabalhando em novas músicas para a banda Dive.

Embarcamos em nossa caminhada de sete quarteirões, que parece durar duas horas, pois Joe para de andar toda vez que tem algo a dizer, o que acontece a cada três segundos.

— Não consegue andar e falar ao mesmo tempo, não é?

Ele para de andar e diz: — Não — então continua por um minuto de silêncio até que não aguenta mais e para, vira-se para mim, segura meu braço, forçando-me a parar, e me diz que tenho de visitar Paris para tocarmos no metrô, ganharmos toneladas de dinheiro, comermos apenas *croissants* de chocolate, tomarmos vinho tinto e ficarmos acordados a noite toda, porque ninguém dorme em Paris. Posso sentir as batidas do coração dele o tempo todo e penso: por que não? Podia fugir desta vida triste, como se tirasse de mim um velho vestido de pesar, e ir para Paris com Joe. Podíamos entrar no avião e voar sobre o oceano, pousando na França. Podíamos fazer isso hoje mesmo. Tenho dinheiro guardado. Uma boina. Um sutiã preto *sexy*. E sei dizer *Je t'aime*. Adoro café, chocolate e Baudelaire. E observei Bailey o bastante para saber como usar um cachecol. Podíamos mesmo fazer isso, e a possibilidade faz com que me sinta tão entorpecida que quero me lançar sobre o ar. Digo isso a ele, que segura a minha mão e estende o braço e imita o Superman.

— Viu? Eu tinha razão — diz com um sorriso que poderia iluminar o estado da Califórnia.

— Meu Deus, como você é bonito — deixo escapar e quero morrer, pois não consigo acreditar no que acabei de dizer em voz alta, e nem ele. Seu sorriso, enorme agora, bloqueia a passagem de todas as suas palavras.

Para novamente. Acho que vai continuar a falar de Paris, mas não continua. Olho para ele. Sua expressão é tão séria quanto a de ontem à noite na mata.

— Lennie — sussurra.

Olho em seus olhos sem tristeza e uma porta em meu coração se escancara.

E, quando nos beijamos, vejo que do outro lado da porta está o céu.

16

NÃO
CONSIGO
TIRAR
A
ESCURIDÃO
DO
MEU
CAMINHO.

(Encontrado rabiscado em um banco, do lado de fora do restaurante da Maria.)

Faço um milhão de lasanhas na vitrine do restaurante, ouço Maria fofocar com cada um dos clientes, e volto para casa para encontrar Toby deitado na minha cama. A casa está quieta como uma pedra, com a vovó na casa dos Dwyer e Big no trabalho. Liguei para o celular de Toby dez vezes hoje, mas parei antes de completar a ligação. Ia dizer a ele que não poderia vê-lo. Não depois da promessa que fiz a Bailey. Não depois de ter beijado Joe. Não depois do inquérito da vovó. Não depois de entrar em mim mesma para encontrar o que resta da minha consciência. Ia dizer a ele que tínhamos de parar com isso, que tínhamos de pensar em como Bailey se sentiria com isso, em como iríamos ficar mal com isso. Ia dizer todas essas coisas a ele, mas não falei, pois, cada vez que ia completar a ligação, vinha à minha mente o momento ao lado da caminhonete, na noite passada, e a mesma imprudência inexplicável e o mesmo desejo ávido me dominavam até me fazerem desligar o telefone, deixando-o imóvel na bancada à minha frente.

— Olá — sua voz é profunda e sombria e faz com que eu me mova instantaneamente.

Vou em direção a ele, incapaz de fazer outra coisa, a atração é inevitável, oceânica. Levanta rapidamente, encontra-me no meio do caminho. Por uma fração de segundos nos entreolhamos; é como mergulhar dentro de um espelho. E então sinto sua boca possuindo a minha, dentes, língua e lábios e toda a sua imensa tristeza misturando-se à minha, toda a nossa enorme tristeza misturando-se ao mundo que fez isso conosco. Freneticamente desabotoo a camisa dele, arranco-a pelos ombros, e então minhas mãos estão em seu peito, suas costas, seu pescoço, e acho que ele tem oito mãos, pois uma tira a minha camisa, outras duas seguram meu rosto enquanto me beija, uma está deslizando pelos meus cabelos, outras duas estão em meus seios, algumas estão puxando meus quadris para perto dos seus e a última está desabotoando a minha calça *jeans*, abaixando o zíper, e estamos na cama, as mãos dele abrem o caminho entre as minhas pernas, e é nesse momento que ouço a porta da frente bater...

Congelamos e olhamos um para o outro. Uma colisão de vergonha em pleno ar: todos os destroços explodem dentro de mim. Não posso suportar. Cubro meu rosto com as mãos, ouço meus próprios gemidos. O que estou fazendo? O que foi que quase fizemos? Quero apertar o botão de retroceder. Apertar e apertar e apertar. Mas não posso pensar nisso agora, só consigo pensar em não ser pega na cama com Toby.

— Corre — digo, e isso nos descongela e acaba com o pânico entre nós.

Ele fica de pé em um segundo e eu me arrasto pelo chão como um caranguejo enlouquecido, coloco a minha camisa, jogo a de Toby para ele. Estamos os dois nos vestindo em uma velocidade distorcida...

— Nunca mais — digo, abotoando a minha camisa, sinto-me criminosa e errada, enojada e envergonhada. — Por favor.

Ele arruma a cama, afofa os travesseiros, seu rosto está vermelho e insano, com cabelos loiros voando por todos os lados. — Sinto muito, Len...

— Não faz com que eu sinta menos falta dela — meu tom é metade decidido, metade nervoso. — Faz com que me sinta pior.

Para o que está fazendo, concorda com a cabeça, sua expressão evidencia uma luta de emoções competindo entre si, mas parece que a mágoa está vencendo. Deus, não queria magoá-lo, mas não quero mais fazer isso. Não posso. E, de qualquer forma, o que é isso?

Ficar com ele não parece mais o porto seguro que parecia antes. Era diferente, desesperador, como duas pessoas que lutam para respirar.

— John Lennon — ouço lá embaixo. — Está em casa?

Isso não pode estar acontecendo, não pode. Nada costumava acontecer comigo, absolutamente nada em 17 anos, e agora tudo de uma vez. Joe praticamente canta meu nome, está tão feliz, parece tão animado, provavelmente ainda radiante por aquele beijo, um beijo como os de Cathy e Heathcliff trocados nas charnecas, com o sol batendo em suas costas e o mundo girando com o vento e as possibilidades. Um beijo tão improvável quanto o espantoso tornado que momentos atrás passou por mim e Toby.

Toby está vestido e sentado em minha cama, a camisa saindo para fora da calça, pergunto-me por que ele não a ajeita, então percebo que tenta esconder uma louca ereção. Ah, Deus, quem sou eu? Como fui deixar isso sair tão fora de controle? E por que a minha família não faz nada normal como levar chaves e trancar portas?

Certifico-me de que minha roupa está abotoada e com o zíper fechado. Arrumo meu cabelo e limpo meus lábios antes de abrir a porta do quarto, ponho a cabeça para fora na mesma hora em que Joe vem pelo corredor. Ele sorri abertamente, parece que o próprio amor se materializou em uma calça *jeans*, camiseta preta e em um boné de beisebol, com a aba para trás.

— Venha até minha casa hoje à noite. Todo mundo vai para a cidade ver uma espécie de show de *jazz* — ele está sem fôlego, aposto que veio correndo de lá até aqui. — Não consegui esperar... — põe minhas mãos entre as suas e, então, vê Toby sentado na cama atrás de mim. Primeiro solta a minha mão, e depois o impossível acontece: o rosto de Joe Fontaine se fecha como uma porta.

— Ei — diz para Toby, mas sua voz é irritada e desconfiada.

— Toby e eu mexíamos em algumas coisas de Bailey — falo de uma vez. Não posso acreditar que uso a Bailey para mentir para Joe, para encobrir que agarrava o namorado dela. Golpe baixo até mesmo para a garota imoral que me tornei. Sou a versão feminina do monstro Gila. A Lennie do lago Ness. Nenhum convento me aceitaria.

Joe concorda, tranquilizado pela minha frase, mas ainda olha para mim e para Toby com suspeita. É como se alguém tivesse mexido no interruptor de intensidade da luz, ligando-o na potência máxima.

Toby se levanta. — Preciso ir para casa — diz, atravessa o quarto com a postura curvada, um estranho modo de andar, incerto. — Bom ver você de novo — resmunga para Joe. — Até mais, Lennie — passa por nós, tão triste quanto a chuva, e eu me sinto péssima. Meu coração vai atrás dele um pouco, mas ricocheteia de volta para Joe, que está parado na minha frente, sem nenhum rastro de morte em qualquer parte dele.

— Lennie, tem...

Sei bem o que ele vai perguntar e então faço a única coisa em que consigo pensar para impedir que a pergunta saia de sua boca: beijo-o. Quer dizer, beijo-o de verdade, como desejei fazer desde a primeira vez que o vi na banda. Não há nada de doce e suave nesse gesto. Com os mesmos lábios que acabaram de beijar outra pessoa, com um beijo, espanto a pergunta dele, a sua suspeita e, depois, espanto também essa outra pessoa, e tudo mais que quase acabou de acontecer, até que reste somente nós dois, Joe e eu, no quarto, no mundo, no meu louco coração inflamado.

Santo Deus.

Deixo de lado por um tempo o fato de ter me transformado em uma completa ninfeta-

-prostituta-meretriz-imoral-garota-de-programa--jezebel-piranha-megera-vagabunda, pois acabei de perceber algo incrível. É isso o que toda essa excitação quer dizer, o que *O morro dos ventos uivantes* quer dizer, tudo se resume a essa sensação que percorre meu corpo neste momento com Joe, momento em que nossas bocas se recusam a ser separadas. Quem diria que durante esse tempo todo eu estava a um beijo de me tornar Cathy e Julieta e Elizabeth Bennet e Lady Chaterley[17]!?

Anos atrás, estava deitada no jardim da vovó e Big perguntou o que eu estava fazendo. Disse-lhe que olhava para o céu. Ele respondeu — Essa é uma concepção errada, Lennie, o céu está em todo lugar, começa aqui, aos nossos pés.

Beijando Joe, acredito nisso, pela primeira vez na vida.

Sinto-me delirante, *Joelirante*, penso, ao me afastar um pouco e abrir meus olhos para ver que o interruptor de luz de Joe Fontaine voltou a ficar na potência máxima novamente, e também está *Joelirante.*

— Isso foi — mal consigo encontrar as palavras.

— Incrível — interrompe. — Totalmente *incroyable.*

Nossos olhares estão fixos, estupefatos.

— Claro — digo de súbito, lembrando-me de que ele me convidou para sair à noite.

— Claro o quê? — olha-me como se eu estivesse falando grego, então coloca o braço ao meu redor e diz: — Pronta? — levanta-me do chão e me gira e, de repente, estou no filme mais imbecil do mundo, rio e sinto uma felicidade tão grande que fico envergonhada por me sentir assim em um mundo sem a minha irmã.

— É claro que eu vou a sua casa hoje à noite — digo, e tudo para de girar, e volto a pôr os pés no chão.

17 Referência às heroínas dos romances lidos por Lennie. (N. T.)

17

— O que há de errado, Lennie?

— Nada.

— Diga-me.

— Não.

— Vamos, fale de uma vez.

— Já bom. É que você está diferente agora.

— Como?

— Como a Zumbilândia.

— Estou apaixonada, Len — nunca me senti assim antes.

— Assim como?

— Como que para sempre.

— Para sempre?

— É. É isso. Ele é o tal.

— Como você sabe?

— Um passarinho me contou. O passarinho sabe.

(Encontrado em um guardanapo enfiado em uma caneca na padaria da Cecília.)

Vou sair com Joe – digo para a vovó e para o Big, que já chegaram em casa e estão acampados na cozinha, ouvindo um jogo de beisebol pelo rádio. Devemos estar em 1930.

– Parece um bom plano – diz vovó, que tirou a desesperadora planta Lennie debaixo da pirâmide e está sentada ao lado dela à mesa, cantando suavemente para ela algo sobre pastos mais verdes. – Vou me lavar e pegar a minha bolsa, docinho.

Ela não pode estar falando sério.

– Vou também – diz Big, que está curvado sobre uma cruzadinha. É a pessoa mais rápida com cruzadinhas, em todo o mundo cristão. Olho melhor e percebo, entretanto, que desta vez escreve números nos quadradinhos, e não letras. – Assim que acabar isso, podemos ir todos para casa da família Fontaine.

– Ah, acho que não – digo.

Os dois olham para mim, incrédulos.

Big diz: – O que você quer dizer, Len, ele vem aqui todas as manhãs, nada mais justo que...

E então não consegue mais se controlar e solta uma gargalhada e a vovó o acompanha. Estou aliviada. Já tinha começado a me imaginar subindo a montanha com a vovó e o Big a tiracolo: *Os monstros*[18] seguem Marilyn em um encontro.

– Nossa, Big, ela está toda arrumada. E o cabelo solto. Olhe só para ela – isso é um problema. Ia usar um vestido estampado curto e salto alto e batom e os cabelos soltos que ninguém ia notar e não seria diferente da calça *jeans*, do rabo de cavalo e do rosto lavado, estilo em que me especializei todos os dias da minha vida. Sei que estou enrubescendo, também sei que é melhor sair de casa, antes que volte correndo lá para cima a fim de desafiar o recorde de 37 trocas do livro-dos-recordes-de-trocas-de-roupa-antes-de-um-encontro,

18 *Os monstros* era uma comédia concorrente da *Família Adams* nos anos 1960. Marilyn era a sobrinha normal da família. (N. T.)

de Bailey. Parei na décima oitava, mas trocar de roupa é uma atividade exponencial, o frenesi só aumenta, é uma lei da natureza. Até mesmo Santo Antônio que olha para mim do criado-mudo, lembrando-me do que encontrei na gaveta ontem à noite, não ia conseguir me tirar dessa. Contudo, lembrei-me de algo sobre ele. Era como Bailey, inigualavelmente carismático. Tinha de fazer seus sermões em mercados, pois lotava até mesmo a maior das igrejas. Quando morreu, todos os sinos das igrejas de Pádua tocaram em consonância. Todos acharam que os anjos tinham vindo à Terra.

— Até mais, pessoal — digo a vovó e Big e vou para a porta.

— Divirta-se, Lennie... e não até muito tarde, certo?

Concordo e sigo para o meu primeiro encontro de verdade, na vida. As outras noites em que fiquei com rapazes não contam, nem as que passei com Toby, em quem estou realmente tentando não pensar, e definitivamente nem as festas, cujos beijos passei dias, semanas, meses, anos seguintes pensando em formas de pegar de volta. Nada foi como isso, nada me fez sentir como me sinto agora, enquanto subo a montanha da casa de Joe, como se tivesse uma janela em meu peito pela qual a luz do sol penetra.

18

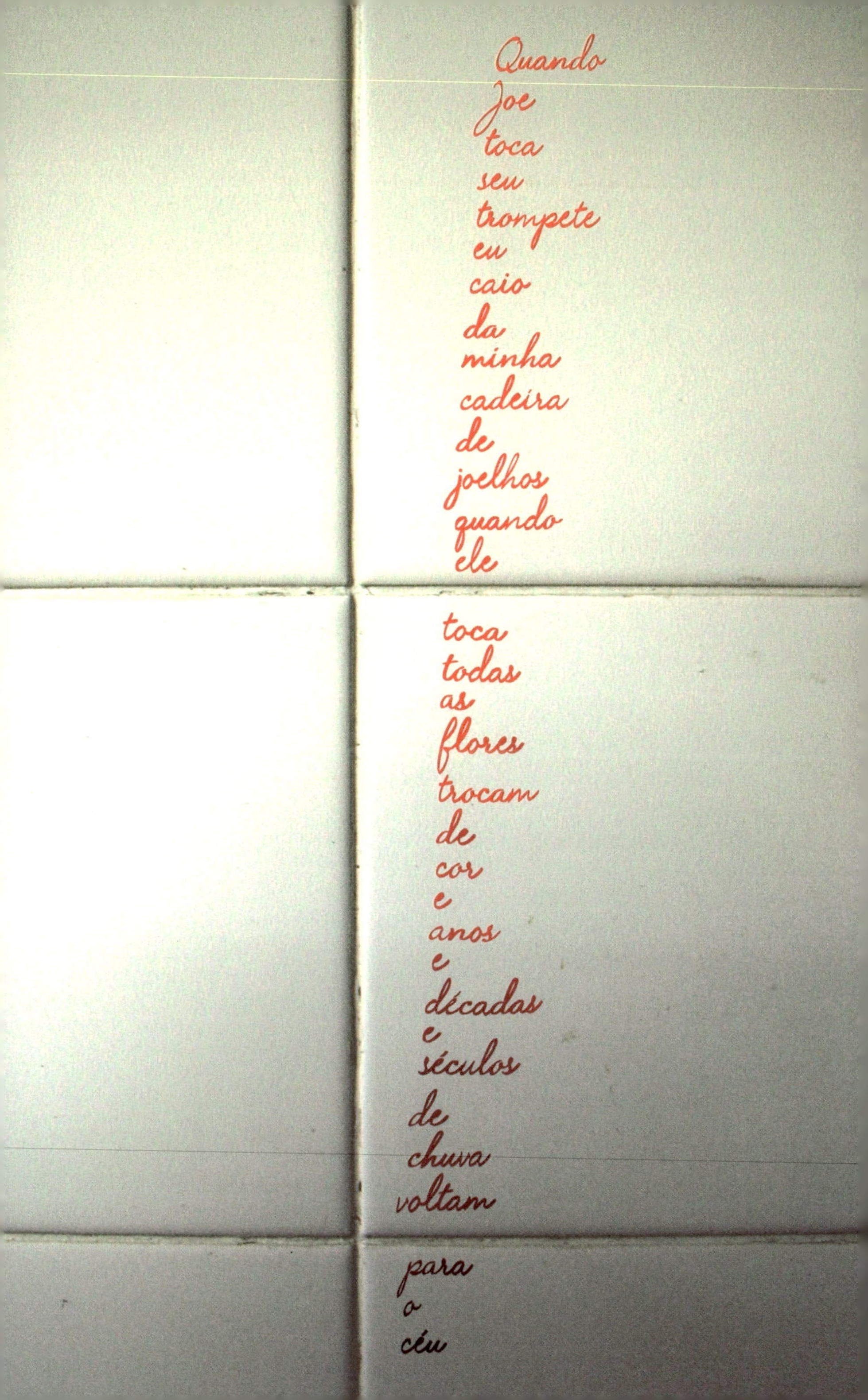
Quando
Joe
toca
seu
trompete
eu
caio
da
minha
cadeira
de
joelhos
quando
ele
toca
todas
as
flores
trocam
de
cor
e
anos
e
décadas
e
séculos
de
chuva
voltam
para
o
céu

(Encontrado na parede do banheiro da sala de música em Clover High)

O sentimento que tive mais cedo com Joe no Refúgio toma conta de mim assim que o vejo sentado no degrau da enorme casa branca, tocando violão. Está curvado, canta suavemente, enquanto o vento conduz suas palavras pelo ar como faz com as folhas.

— Ei, John Lennon — diz, enquanto coloca o violão de lado, ficando de pé e pulando os degraus. — Oh-oh. Você está *vachement* maravilhosa. Bela demais para ficar comigo a noite toda.

Ele praticamente pula em cima de mim. Seu quociente de felicidade me deixa impressionada. Na fábrica de humanos, alguém deve ter se enganado e colocado uma dose a mais nele do que no resto de nós. — Pensei em um dueto que podíamos fazer. Só preciso alterar alguns arranjos...

Não estou mais ouvindo. Espero que não pare de falar, pois não consigo dizer uma só palavra. Sei que a expressão o "amor floresceu" é metafórica, mas está no meu coração neste momento, é uma única flor poderosa, fotografada em diferentes épocas, transformando-se de botão em uma flor radiante e selvagem, em dez segundos.

— Você está bem? — pergunta. Suas mãos afagam meus braços e ele olha para mim.

— Sim — respondo ao mesmo tempo em que me pergunto como as pessoas conseguem respirar em situações como esta. — Estou bem.

— Você está bem — diz, olhando para mim com a maior cara de bobo, o que imediatamente acaba com o meu encanto amoroso.

— Argh, *quel* bobão — digo ao afastá-lo.

Ele ri e coloca o braço ao redor dos meus ombros. — Venha, entre na *maison* Fontaine, por sua própria conta e risco.

A primeira coisa que percebo na *maison* Fontaine é que o telefone toca e Joe nem parece perceber. Ouço a voz de uma garota em uma secretária eletrônica bem distante em outro cômodo e penso, por um minuto, que parece ser a voz de Rachel, até decidir que não é ela. A segunda coisa que noto é como essa casa é diferente da *maison* Walker. Parece que os Hobbits[19] moram em nossa casa. Os tetos são baixos, a madeira é escura e nodosa, tapetes esfarrapados coloridos se estendem pelo chão, quadros, paredes; a casa de Joe flutua alto no céu com as nuvens. Há janelas por toda parte, revelando os campos banhados pelo sol, nadando ao vento, madeiras escuras verdes que isolam o próprio rio que vagueia de cidade em cidade ao longe. Não há mesas cheias de correspondências acumuladas por semanas, nem sapatos escondidos embaixo da mobília, nem livros abertos. Joe mora em um museu. Em todas as paredes há belos violões pendurados, de todas as cores, formas e tamanhos. Parecem tão animados, como se pudessem fazer música sozinhos.

— Bem legal, hein? Meu pai faz instrumentos maravilhosos. Não só violões. Bandolins, alaúdes, saltérios — ele diz, e olho com curiosidade para todos eles.

E agora sigo para algo completamente diferente: o quarto dele. A manifestação física da teoria do caos. É cheio de instrumentos que nunca vi antes e nem consigo imaginar que som fazem, CDs, revistas de música, livros da biblioteca em francês e inglês, pôsteres de shows de bandas francesas, gibis, cadernos com uma caligrafia estranha, minúscula, arqueada, de garoto, equipamento de som estéreo e acústico, amplificadores e outros equipamentos de som que não reconheço, animais de borracha esquisitos, tigelas de bolas de gude, maços de cartas, pilhas de roupas até a altura do meu joelho, sem falar nos pratos, garrafas,

19 Criatura lendária, personagem criada pelo novelista J. R. R. Tolkien em *O Senhor dos anéis*. (N. T.)

copos... e, em cima da escrivaninha, um pequeno pôster de John Lennon.

— Hmmm — digo, apontando para o pôster. Olho ao redor, tentando entender tudo aquilo. — O seu quarto faz-me ter uma nova percepção de Joe Fontaine, mais conhecido como o maluco do pedaço.

— É, achei que era melhor mostrar para você o quarto-bomba até...

— Até o quê?

— Sei lá, até você perceber...

— Perceber o quê?

— Sei lá, Lennie — dá para ver que está envergonhado. De alguma forma, a situação ficou desconfortável.

— Fale. Até eu entender, o quê?

— Nada. É bobagem — diz, enquanto olha para os pés e depois para mim. Pisca. Pisca. Pisca.

— Quero saber.

— Tá, vou falar: até você perceber que talvez também goste de mim.

A flor germina novamente em meu peito, desta vez levou três segundos do botão ao aplauso total.

— Eu gosto — e, sem pensar, acrescento: — Muito — o que foi que deu em mim? Agora não consigo mais respirar. Uma situação que só piora pelos lábios que agora pressionam os meus.

Nossas línguas se apaixonaram loucamente e se casaram e se mudaram para Paris.

Depois de garantir que compensei todos os anos anteriores de seca de beijos, digo: — Acho que, se não pararmos de nos beijar, o mundo vai explodir.

— Acho que sim — sussurra e olha dentro de meus olhos de forma sonhadora. Heathcliff e Cathy não são nada comparados a nós. — Podemos fazer uma outra coisa por enquanto. Se quiser... — sorri e então: Pisca. Pisca. Pisca. Tenho dúvidas se vou sobreviver a esta noite.

— Quer tocar? — ele pergunta.

— Quero. Mas não trouxe meu instrumento.

— Eu pego um — diz e sai do quarto, o que dá uma chance de eu me recuperar e, infelizmente, pensar no que aconteceu com Toby à tarde. Como foi assustador e fora de controle, como se estivéssemos tentando nos separar. Mas por quê? Para encontrar Bailey? Para arrancá-la do coração do outro? Do corpo do outro? Ou foi algo pior? Tentávamos nos esquecer dela, apagar sua lembrança em um momento de paixão? Mas não, não é isso, não pode ser, pode? Quando estamos juntos, Bailey está por perto como o ar que respiramos; esse tem sido o consolo até hoje, até começar a fugir totalmente ao controle. A única coisa que sei é que tem tudo a ver com ela, pois mesmo agora, se imagino Toby sozinho com sua tristeza enquanto estou aqui com Joe, esquecendo-me da minha própria tristeza, sinto-me culpada, como se o tivesse abandonado, e com ele a minha dor, e com a minha dor a minha irmã.

O telefone toca novamente, misericordiosamente, desvia-me desses pensamentos, faz-me aterrissar de volta no quarto-bomba, no quarto em que Joe dorme em sua cama desarrumada e lê esses livros espalhados por toda parte e bebe nessas centenas de copos metade cheios, aparentemente de uma vez só. Sinto-me tonta com a intimidade de estar onde ele sonha, onde troca de roupa, jogando-as absolutamente em qualquer lugar, onde fica nu. Joe nu. Esse pensamento, ele, ele todo, guh. Nunca vi um cara de carne e osso totalmente nu. Jamais. Só pornografia na internet que Sarah e eu devoramos por um tempo. Só isso. Sempre tive medo de ver tudo, de ver aquilo. A primeira vez que Sarah viu um ereto, disse que mais nomes de animais saíram voando de sua cabeça pela boca, naquele único momento, mais do que em todos os outros da sua vida misturados. Não animais em que normalmente se pensa. Nada de cobras nem enguias. De acordo com ela, foi um jardim zoológico completo: hipopótamos, elefantes, orangotangos, porcos, gazelas etc.

De súbito, percebo que sinto a falta dela. Como posso estar no quarto do Joe Fontaine sem ela saber? Como pude afastá-la dessa forma? Pego meu telefone, escrevo: *Chamando o grupo de busca novamente. Por favor. Perdoe.*

Olho ao redor novamente, enquanto reprimo todos os impulsos de vasculhar as gavetas, olhar embaixo da cama, ler o caderno que está aberto aos meus pés. Tudo bem, controlo dois de três impulsos. O dia não está bom para a moralidade. Não é como ler o diário de alguém se está aberto, pode-se dar uma olhadinha e decifrar um nome, bem, o seu nome para ele, em uma frase que diz...

Dobro os joelhos e, sem tocar no caderno de jeito nenhum, leio só um pedaço ao lado das iniciais J. L.: *Nunca conheci ninguém tão triste quanto J. L., quero fazer com que se sinta melhor, quero ficar perto dela o tempo todo, é uma loucura, é como se estivesse no volume máximo enquanto todas as outras pessoas estão no mudo, e é tão honesta, tão honesta, bem diferente de Genevieve, totalmente diferente de Genevieve...* ouço os passos dele na escada, levanto--me. O telefone toca novamente.

Ele volta com dois clarinetes, um baixo e um alto, mostra os dois para mim, escolho o soprano, com o qual estou acostumada.

– Qual o problema com o telefone? – pergunto, em vez de perguntar quem é Genevieve. Em vez de cair de joelhos e confessar que sou tudo, menos honesta, que é bem provável que seja exatamente igual a Genevieve, quem quer que ela seja, porém sem a parcela francesa exótica.

Ele dá de ombros. – Recebemos vários telefonemas – diz, e inicia o ritual de afinação que faz tudo no mundo desaparecer, menos ele e um punhado de acordes.

O dueto mal aproveitado de violão e clarinete parece estranho no começo. Tropeçamos na melodia, passamos por cima um do outro, ficamos envergonhados, recomeçamos. Mas, depois de um tempo, pegamos o jeito e, quando não sabemos para onde o outro está indo, fechamos os olhos e ouvimos tão atentamente que, por minutos fugazes, é como se nossas almas estivessem conversando. Em um momento em que improviso sozinha um pouco, ele exclama: – Seu tom é incrível, tão, tão solitário como, não sei, um dia sem o canto dos pássaros ou algo assim – mas não me sinto nem um pouco solitária. Bailey está me ouvindo.

– Sabe, você não é diferente à noite, exatamente a mesma John Lennon – diz enquanto estamos sentados no gramado, bebendo vinho que Joe pegou do pai. A porta de entrada está aberta e pode-se ouvir *chanteuse* francesa ecoando no calor da noite. Bebemos na garrafa e comemos queijo com baguete. Finalmente estou na França com Joe, penso, e isso me faz sorrir.

– Que foi? – pergunta.

– Sei lá. Isso é legal. Nunca tomei vinho antes.

– Tomei a vida toda. Meu pai misturava vinho na água para nós, mesmo quando éramos pequenos.

– Sério? Pequenos garotos Fontaine bêbados, batendo nas paredes?

Ele ri – É, exatamente. Essa é a minha teoria de por que as crianças francesas são tão bem-comportadas. Seus *petits mignons* corpos estão bêbados a maior parte do tempo – pega a garrafa e dá um gole, passando-a para mim.

– Seus pais são franceses?

– Meu pai nasceu e cresceu em Paris. A minha mãe nasceu aqui. Mas o papai compensa isso, é totalmente francês – há uma amargura na voz dele, mas não insisto em saber. Acabei de me recuperar da consequência da minha bisbilhotagem, quase me esqueci da Genevieve e da importância da honestidade para Joe quando ele pergunta: – Já se apaixonou? – está deitado, de barriga para cima, olhando para o céu repleto de estrelas.

Não grito "Já, neste momento, com você, bobão", como subitamente desejo, mas digo: – Não, nunca fui nada.

Ele se apoia no cotovelo e pergunta, olhando para mim: – O que quer dizer?

Sento-me, abraçando os joelhos, olhando para as luzes espalhadas pelo céu em todo o vale.

– É como se estivesse dormindo ou algo assim, feliz, mas dormindo, por dezessete anos, e então Bailey morreu... – o vinho facilitou a minha fala, mas não sei se o que falo faz sentido. Olho para Joe. Ele me ouve atentamente, como se quisesse pegar as minhas palavras com as mãos, conforme saem dos meus lábios.

– E agora?

– Bem, agora, não sei. Sinto-me tão diferente – pego uma pedra e lanço-a na escuridão. Sei como as coisas costumavam ser: previsíveis, sensatas. Como eu costumava ser sempre a mesma. Penso em como não havia inevitabilidades, como nunca houve, só que, na época, não sabia disso. – Acho que estou acordada, e talvez isso seja bom, mas é mais complicado do que isso, pois agora sou alguém que sabe que o pior pode acontecer a qualquer momento.

Joe balança a cabeça afirmando que o que estou dizendo faz sentido, o que é bom, pois não faço ideia do que acabei de afirmar. Entretanto, sei o que quis dizer com isso. Quis dizer que pressinto como a morte está por perto. Como nos espreita. E quem quer saber disso? Quem quer ter o conhecimento de que estamos a apenas um suspiro despreocupado da morte? Quem quer saber que a pessoa que você mais ama e de quem precisa pode simplesmente desaparecer para sempre?

Ele diz: – Mas, se está com alguém que considera que o pior pode acontecer a qualquer momento, não está também com alguém que intui que o melhor pode acontecer a qualquer instante?

Penso nisso e instantaneamente me sinto feliz. – É, é isso. Como agora com você, na verdade... – saiu da minha boca antes que pudesse segurar, e vejo a alegria iluminar o rosto dele.

– Estamos bêbados? – pergunto.

Dá outro gole e diz: – É bem possível.

– Mas então, já...

– Nunca passei por nada igual ao que está passando...

– Não, digo, já se apaixonou? – meu estômago se contrai. Quero tanto que ele diga não, mas sei que não vai, e não diz.

– Sim. Acho – diz, balançando a cabeça. – Acho que sim.

– O que aconteceu?

Uma sirene toca ao longe. Joe se senta. – Nos verões, dormia na escola. Acordei e dei de cara com ela e meu colega de quarto, isso me matou. Sério, me matou mesmo. Nunca mais falei com ela, nem com ele, mergulhei na música de uma forma insana, me afastei das garotas, até agora, acho... – sorri, mas não como sempre faz. Há uma vulnerabilidade em seu sorriso, uma hesitação; está por todo o seu rosto, navegando pelos seus lindos olhos verdes também. Fecho os olhos para não ter de vê-lo, pois só consigo pensar em como quase me pegou com Toby hoje.

Joe pega a garrafa de vinho e bebe. – Moral da história: violinistas são insanas. Deve ser aquela maldita haste – Genevieve, a bela violinista francesa. Argh.

– É? E as clarinetistas?

Sorri e diz: – As mais profundas – corre o dedo pelo meu rosto, minha testa, minha face e meu queixo, então desce pelo meu pescoço. – E tão lindas. – Minha nossa, entendo totalmente por que o Rei Eduardo VIII abdicou do trono por amor. Se tivesse um trono, abdicaria dele apenas para reviver os últimos três segundos.

– E os trompetistas? – pergunto, entrelaçando meus dedos aos dele.

Balança a cabeça. – Arruaceiros malucos, fique longe deles. Do tipo tudo ou nada, não há meio termo para esses caras – oh-oh. – Nunca queira cruzar o caminho de um trompetista – acrescenta de forma irreverente, mas não ouço dessa forma. Não acredito que menti para ele hoje. Preciso ficar longe de Toby. Bem longe.

Alguns coiotes uivam ao longe, fazendo com que calafrios percorram meu corpo. Bem na hora, cães.

– Não sabia que trompetistas eram tão assustadores – digo, soltando-me das mãos dele e dando mais um gole na garrafa. – E violonistas?

– Diga você...

– Hmm, deixe-me pensar... – dessa vez sou eu quem corre o dedo pelo rosto dele. – Grosseiros e enfadonhos, e claro, sem talento – morre de rir. – Ainda não acabei. Mas compensam tudo isso, pois são tão, tão apaixonados...

– Ah, Deus – sussurra, estendendo a mão e pega meu pescoço, traz meus lábios para perto dos dele. – Vamos fazer esse maldito mundo explodir desta vez.

E é isso que fazemos.

19

Estou deitada na cama, ouço vozes.

— O que você acha que há de errado com ela?

— Não tenho certeza. Podem ser as paredes laranja mexendo com ela — uma pausa, e então ouço: — Vamos pensar logicamente sobre isso. Sintomas: ainda na cama até meio-dia em um sábado ensolarado, sorriso de pateta no rosto, manchas em seus lábios provavelmente de vinho tinto, uma bebida que não tem permissão para tomar, algo sobre o que vamos falar mais tarde, e, o que a entregou mesmo, ainda de roupa, um vestido, devo acrescentar, florido.

— Bem, minha opinião de especialista, vinda da minha vasta experiência de cinco gloriosos, apesar de fracassados, casamentos, é que Lennie Walker, mais conhecida como John Lennon, está descontroladamente apaixonada.

Big e vovó estão sorrindo para mim. Sinto-me como Dorothy acordando em sua cama, rodeada pelo Kansas querido depois de ter ido além do arco-íris[20].

— Acha que algum dia ela vai acordar? — a vovó está sentada na cama agora, batendo na minha mão presa à dela.

— Não sei — viro-me para olhar para ela. — Só quero ficar deitada aqui, pensando nele. — Ainda não decidi o que é melhor: vivenciar a noite passada, ou o abençoado *replay* na minha cabeça, em que posso dar pausa, transformando extáticos segundos em horas inteiras, nas quais posso capturar certos momentos até que o doce gosto de relva de Joe esteja novamente em minha boca, o perfume de cravo da sua pele esteja no ar, até que possa sentir suas mãos emaranhadas em meu cabelo, deslizando pelo meu vestido, apenas uma camada bem fina entre nós, até o momento em que escorrega a mão para debaixo do tecido e sinto seus

20 Referindo-se ao fim de *O mágico de Oz*. (N. T.)

dedos em minha pele como música. Tudo isso me envia, repetidamente, para o penhasco do meu coração.

Hoje de manhã, pela primeira vez, Bailey não foi o primeiro pensamento que passou pela minha mente, e isso fez com que me sentisse culpada. Mas a culpa não teve muita chance diante da percepção iluminada de que estou me apaixonando. Olho pela janela, para a névoa do começo da manhã, pergunto-me por um momento se ela enviara Joe para mim, para que eu soubesse que, no mesmo mundo em que ela morreu, isso pode acontecer.

Big diz: — Olhe só para ela. Temos de cortar essas malditas roseiras — o cabelo dele está bem mais encaracolado hoje, o bigode não está aparado, então parece mais um esquilo correndo pelo rosto dele. Em qualquer conto de fadas, Big seria o rei.

A vovó o censura: — Quieto, nem acredita nisso — ela não gosta que ninguém espalhe o boato sobre a natureza afrodisíaca das rosas, pois houve uma época em que os enamorados desesperados vinham roubá-las, para tentar mudar o coração de suas amadas. Isso a deixava louca. Não há muito mais que vovó leve tão a sério do que uma poda adequada.

Mas Big insiste: — Sigo a teoria científica do ver-para-crer: por favor, examine a prova empírica nesta cama. Ela está pior do que eu.

— Ninguém é pior do que você. É o namorador da cidade — diz a vovó, revirando os olhos.

— Fala namorador, mas quer dizer impostor — replica Big, enquanto enrola seu bigode-esquilo para dar mais efeito.

Sento-me na cama, apoio as costas no parapeito para aproveitar mais a partida de tênis verborrágica. Posso sentir o verão pela janela, aquecendo as minhas costas de forma deliciosa. Mas, quando olho para a cama de Bailey, caio na real. Como uma coisa tão importante pode acontecer comigo, sem ela por perto? Como vou passar pelos detalhes disso sem ela? Não me importo que guardasse segredos de mim, quero dizer a ela absolutamente tudo sobre ontem à noite, a respeito de tudo que ainda vai acontecer comigo! Começo a chorar sem nem mesmo perceber. Mas não quero abalar todo mundo, então engulo o choro e tento me concentrar na noite passada, em que me apaixonei. Vejo meu clarinete do outro lado do quarto, metade coberto pelo cachecol colorido de Bailey que comecei a usar ultimamente.

— Joe não apareceu hoje de manhã? — pergunto, querendo tocar novamente, desejo extravasar tudo o que sinto por meio do meu clarinete.

Big responde: — Não, aposto 1 milhão de dólares que ele está exatamente onde você está, mas é bem provável que esteja com o violão. Já lhe perguntou se dorme com o violão?

— Ele é um gênio da música — digo, e sinto a alegria voltar. Sem dúvida, estou me tornando bipolar.

— Minha nossa, vamos, vovó, ela é uma causa perdida — Big pisca para mim e segue em direção à porta.

A vovó permanece ao meu lado, afagando meu cabelo como se eu fosse uma criancinha. Permaneço em um estado de transe que me fez esquecer que mal tenho ficado com a vovó, nas últimas semanas.

— Len — definitivamente o tom é de um dos anúncios da vovó, mas não acho que será sobre Bailey. Sobre expressar meus sentimentos. Sobre guardar as coisas da Bailey. A respeito de sairmos para almoçar. Sobre retomar minhas aulas de música. Sobre todas as coisas que não tenho tido vontade de fazer.

— Sim?

— Já conversamos sobre métodos contraceptivos, doenças e tudo isso... — ufa! Isso foi inofensivo. —

Tudo bem, contanto que não tenha se esquecido disso tudo.

— Não.

— Ótimo — diz, dando tapinhas na minha mão.

— Vovó, ainda não há necessidade disso, tá? — sinto aquele rubor indispensável diante da revelação, mas é melhor do que enlouquecer com a vovó me perguntando sobre isso, o tempo todo.

— Melhor ainda, melhor ainda — diz, e o alívio é evidente em seu tom de voz, o que me faz pensar. As coisas com Joe ontem à noite foram intensas, mas seguiram um ritmo a ser saboreado. Mas com Toby não foi isso que aconteceu. Preocupo-me com o que poderia ter acontecido se não fôssemos interrompidos. Será que eu teria tido bom-senso para parar com aquilo? Será que ele teria tido? Tudo o que sei é que os fatos aconteciam muito rapidamente, estava totalmente descontrolada, e camisinha seria a última coisa a passar pela minha cabeça. Meu Deus! Como aquilo foi acontecer? Como é que as mãos de Toby Shaw foram parar nos meus seios? As mãos de Toby! E apenas há algumas horas das de Joe. Quero me afundar na cama, fazer dela a minha residência permanente. Como foi que, de aficionada por livros e nerd de banda passei a ser a levada-com-dois-caras-no-mesmo-dia?

A vovó sorri, sem saber da bile súbita que vem à minha garganta, do meu estômago que se contorce. Afaga meu cabelo novamente. — No meio dessa tragédia toda, você está crescendo, e isso é uma coisa maravilhosa.

Suspiro.

20

Lennie! Lennie! Lennnnnnnnnnnie! Meu Deus, senti tanto a sua falta – afasto o telefone do ouvido. Sarah não retornou a minha mensagem, então supus que estivesse bem brava. Interrompo-a para falar sobre isso e ela responde: – Estou furiosa! E não estou falando com você – então, começa a contar todas as fofocas de verão que perdi. Ouço-a e percebo que há um certo sarcasmo em suas palavras. Estou deitada na cama, cansada depois de praticar o Adágio e a Tarantella de Cavallini por duas horas sem parar, foi incrível. Aquilo me fez pensar na frase de Charlie Parker que o Sr. James gostava de repetir: "Se você não vive aquilo, não há como tirá-lo do seu instrumento". Também que me fez pensar em ir aos ensaios de verão da banda, afinal de contas.

Sarah e eu combinamos de nos encontrar no Flying Man. Estou ansiosa para contar para ela sobre Joe. Não sobre Toby. Penso que, se não falar sobre isso, posso simplesmente fingir que não aconteceu.

Ela está sentada em uma pedra ao sol, lendo *O segundo sexo*, de Simone de Beauvoir. Prepara-se, com certeza, para uma expedição muito promissora de caça aos rapazes, no simpósio feminista do Departamento de Estudos Feministas do Estado. Logo se levanta ao me ver, e me dá o maior abraço, apesar de estar completamente nua. Temos nossa própria cachoeira e piscina secretas atrás do Flying Man e vamos lá, há anos. Declaramos opcional o uso de roupas e optamos por não usá-las.

– Meu Deus, faz séculos! – diz.

– Sinto muito, Sarah – falo, retribuindo o abraço.

– Está tudo bem. Mesmo – ela diz. – Sei que tenho de te dar um passe livre agora. Assim você... – para de falar por um segundo e examina meu rosto. – Espera aí? Qual o seu problema? Está muito estranha. Muito estranha mesmo.

Não consigo parar de sorrir. Pareço um dos membros da família Fontaine.

— Que foi, Lennie? O que aconteceu?

— Acho que estou me apaixonando — no mesmo momento em que as palavras saem da minha boca, sinto meu rosto queimar de vergonha. Eu deveria estar de luto, não me apaixonando. Sem falar em todo o restante que ando fazendo.

— O quuuuuuuêêêêêêêêêêê! Isso é muito, muito, muito, totalmente inacreditável! Macacos me mordam, Len! Macacos-me-mordam — bem, lá se vai a minha vergonha. Sarah ligou o modo líder de torcida no máximo, braços esvoaçando, pulando para cima e para baixo. Mas então ela para abruptamente — Espera aí! Por quem? Não é o Toby, espero.

— Não, não, claro que não! — digo, enquanto um carro de 18 rodas em alta velocidade me atinge.

— Ufa! — diz Sarah dramaticamente passando as mãos na testa. — Então, quem é? Por quem poderia estar apaixonada? Não tem ido a lugar algum, não que eu saiba pelo menos, e esta cidade é superior a Fracassadolândia, então, onde foi que o encontrou?

— Sarah, é o Joe.

— Não é.

— É

— Não!

— Sim!

— Não é verdade!

— É verdade!

— Na-na-ni-na-não.

— Sim-sim-sim-sim-sim.

Etc.

A sua mostra anterior de entusiasmo não foi nada comparada ao que faz, no momento. Anda em círculos a minha volta, dizendo: — Ah, meu Deus. Estou com tanta inveja. Todas as garotas de Clover estão atrás de um dos Fontaine. Por isso é que você está tão isolada. Eu também ficaria, se pudesse me isolar com um deles. Meu Deus, deixe-me viver indiretamente por você. Pode me contar todos os malditos detalhes. Aquele belo garoto, aqueles olhos, aqueles cílios, aquele sorriso inacreditável, aquele trompete, uau, Lennnnnnnnnie! — anda para lá e para cá, acende outro cigarro, fuma um atrás do outro de alegria: a chaminé ambulante pelada. — Estou tão feliz por estar com essa maravilha que é a minha melhor amiga. Estou tão feliz por estar feliz com isso.

Conto todos os detalhes a ela. Como ele vinha todas as manhãs com *croissants*, como tocamos juntos, como ele deixava a vovó e o Big tão felizes só por estar em casa, como tomamos vinho na noite anterior e nos beijamos até eu ter certeza absoluta de que estava caminhando no céu. Contei-lhe como acho que consigo sentir as batidas do coração dele, mesmo quando não está por perto, como sinto que as flores, as da vovó, florescem no meu peito, como tenho certeza de que me sinto da mesma forma que Heathcliff e Cathy se sentiam antes...

— Tudo bem, pare um pouco — ainda sorri, mas parece um pouco preocupada e surpresa também. — Lennie, você não está apaixonada, está louca de amor. Nunca vi ninguém falar de um cara desse jeito.

Dou de ombros. — Então, estou louca de amor.

— Uau, também quero ficar louca de amor — ela se senta ao meu lado na pedra. — Você mal beijou três garotos a vida toda e agora isso. Acho que economizava ou algo assim...

Conto a ela a minha teoria da Rip van Lennie[21] sobre ter dormido a minha vida toda, até pouco tempo.

– Sei lá, Len. Você sempre me pareceu bem acordada.

– É, também não sei. Foi uma teoria induzida pelo vinho – Sarah pega uma pedra, joga na água com uma força um pouco maior do que a necessária. – Que foi? – pergunto.

Ela não responde logo de cara, pega outra pedra e a lança também. – Estou brava com você, mas não posso estar, sabe?

É exatamente assim que me sinto em relação a Bailey às vezes ultimamente.

– Você deixou de me contar muitas coisas, Lennie. Achei... sei lá.

É como se ela dissesse as minhas falas em uma peça.

– Sinto muito – digo novamente baixinho. Quero dizer mais, dar uma explicação a ela, mas a verdade é que não sei por que me sinto tão fechada para ela, depois que Bailey morreu.

– Tudo bem – diz novamente, baixinho.

– Vai ser diferente agora – digo, esperando que seja verdade. – Prometo.

Olho para o sol que encobre toda a extensão do rio, as folhas verdes, as pedras molhadas atrás da cachoeira. – Quer nadar?

– Ainda não – diz. – Também tenho novidades. Não são revelações, mas, mesmo assim... – É uma

---

21 Parafraseando *Rip van Winkle*, nome de uma narrativa curta de um personagem homônimo, escrita por Washington Irving e publicada em 1819, baseada em contos germânicos que Irving conheceu, ouviu e aprendeu durante o período em que passou na Europa. Esse conto foi escrito durante um estágio de Irving na Inglaterra e conta sobre os tempos anteriores e posteriores à revolução norte-americana. É o relato de um homem que, fugindo de sua esposa má, corre até uma floresta. Depois de muitas aventuras, põe-se a descansar debaixo de uma árvore e adormece. Vinte anos após, acorda e decide regressar a sua vila. Logo passa por dificuldades quando ovaciona George III, não sabendo que tinha ocorrido a revolução e que já não se devia saudar a Monarquia. Por causa desse conto, Rip van Winkle também é associado às pessoas que não se dão conta de que certas coisas mudaram, como o retorno ao lar depois de tantos anos sem notícias. (N. T.)

alfinetada bem direta, eu mereço. Nem perguntei como ela estava.

Ela sorri para mim, de um jeito bem louco, na verdade: – Fiquei com Luke Jacobus, ontem à noite.

– Luke? – estou surpresa. Além do seu recente erro de julgamento, que o levou a participar da banda, ele sempre foi inteiramente, extremamente apaixonado por Sarah, desde o terceiro ano da escola. Rei da imbecilidade, ela costumava chamá-lo. – Não ficou com ele no oitavo ano e depois o trocou por um surfista idiota que olhou para você?

– É, foi bem estúpido. Concordei em escrever a letra para uma música incrível que ele compôs, estávamos conversando... e simplesmente aconteceu.

– Mas e a regra do Jean-Paul Sartre?

– Decidi que senso de humor ganha do conhecimento e, coelhos saltitantes, Len, ele cresceu! O cara está do tamanho do Hulk ultimamente.

– Ele é engraçado – concordo. – E verde.

Ri e meu telefone avisa que tenho uma nova mensagem. Remexo em minha bolsa e pego o celular esperando que seja uma mensagem de Joe.

Sarah canta. – Lennie ganhou um bilhete de amor do Joe Fontaine – enquanto tenta ler por cima do meu ombro. – Vamos ver o que diz – pega o telefone da minha mão. Tiro das mãos dela, mas é tarde demais. A mensagem diz: *Preciso falar com você, T.*

– T. de Toby? – pergunta. – Mas eu achava... quer dizer, você acabou de dizer... Lennie, o que está fazendo?

– Nada – digo a ela, enfio o telefone de volta na mochila, já quebrando a minha promessa. – Sério. Nada.

– Por que não acredito em você? – diz, balançando a cabeça. – Estou com um mau pressentimento em relação a isso.

— Não tenha — digo, engolindo seco meu sentimento atroz.

— É sério, estou louca de amor, lembra-se? — digo, tocando o braço dela. — Vamos nadar.

Boiamos em nossa piscina por mais de uma hora. Faço-a me contar tudo sobre a noite anterior com Luke, para que eu não tenha de pensar na mensagem de Toby. O que poderia ser tão urgente? Então, vou até a cachoeira e entro debaixo dela, gritando sem parar sob o barulho da água, como sempre fizemos desde pequenas.

Eu grito: "Maldito assassinato".

21

Havia duas irmãs
que não tinham medo do escuro,
pois o escuro era cheio de vozes
espalhadas,
mesmo quando a noite estava densa
e sem estrelas
elas caminhavam juntas
vendo quem conseguia ficar mais tempo
sem ligar a lanterna,
sem medo,
pois, às vezes, na calada da noite,
~~elas elas se deitavam~~
~~no meio do caminho~~
elas se deitavam
no meio do caminho
~~e olhavam para cima até as estrelas~~ voltarem,
e olhavam para cima até as estrelas voltarem,
e, quando voltavam,
estendiam os braços para tocá-las,
e as tocavam.

(Encontrado em um envelope preso sob a roda de um carro na rua Principal.)

Quando volto para casa pela mata, decido que Toby, como eu, sente-se muito mal com o que aconteceu, dada a urgência da mensagem. É bem provável que apenas queira ter certeza de que nunca vai acontecer novamente. Bem, concordo com isso. Sem protestos da louca *ol' moi.*

As nuvens se agruparam e o ar está pesado com a possibilidade de uma rara chuva de verão. Vejo um copo descartável no chão, então me sento, escrevo alguns versos nele, e o enterro debaixo de várias pinhas. Deito-me no solo esponjoso da floresta. Adoro fazer isso. Entrego-me inteiramente à enormidade do céu, ou ao teto, caso ele precise ascender enquanto eu estiver dentro de casa. Ao estender as mãos, pressionando meus dedos no solo argiloso, começo a me perguntar o que estaria fazendo agora, o que estaria sentindo neste minuto se Bailey ainda estivesse viva. Percebo uma coisa que me assusta: estaria feliz, mas de um jeito mais leve, não louca de amor. Estaria dentro do meu casco, como sempre fiz, sã e salva.

Mas, e se agora o meu casco tivesse diminuído, louca de amor e imensamente triste ao mesmo tempo, uma garota absolutamente confusa, que deseja colorir o ar com seu clarinete, e se em algum lugar dentro de mim prefiro assim? E se, por mais que eu tema ter a morte como sombra, esteja começando a gostar da forma como ela acelera o ritmo, não apenas o meu, mas o do mundo todo? Duvido que Joe teria me notado se eu ainda estivesse sob o casco de felicidade branda. Escreve em seu diário que estou no volume máximo, e talvez agora esteja, mas nunca estive antes. Como o custo dessa minha mudança interna pode ser tão bom? Não parece certo que uma coisa boa resulte da morte de Bailey. Não parece certo nem mesmo que eu conceba pensamentos desse tipo.

Mas então penso em minha irmã e em como ela não tinha um casco e como queria que eu também fosse como ela. – Vamos, Lennie, – costumava me dizer pelo menos dez vezes por dia. – Vamos, Len. – E isso faz com que me sinta melhor, como se fosse a sua vida, e não a sua morte, que agora me ensina como e quem devo ser.

Sei que Toby está lá, mesmo antes de entrar, pois Lucy e Ethel acampam na varanda. Quando entro na cozinha, vejo-o com vovó, sentados à mesa, cochichando.

– Oi – digo, sem entender nada. Será que ele não percebe que não pode estar aqui?

– Que sorte a minha! – diz a vovó. – Caminhava com várias sacolas de compras quando Toby veio deslizando em seu *skate* – a vovó não dirige desde 1900. Anda por toda a cidade e foi assim que se tornou guru de jardim. Não conseguia se conter, começou a levar sua tesoura toda vez que ia à cidade. Então as pessoas chegavam em casa e encontravam vovó aparando os arbustos com perfeição, o que é bem irônico pois há uma regra: ninguém pode colocar a mão em seu jardim.

– Que sorte! – digo para a vovó enquanto tento entender Toby. Há novos arranhões em seus braços, provavelmente de tanto se matar no *skate*. Ele parece estar com os olhos arregalados e está todo desalinhado, totalmente perdido. Neste momento, tenho certeza de duas coisas: estava errada sobre a mensagem e não quero mais me sentir perdida em relação a ele.

O que desejo mesmo é subir ao Refúgio para tocar meu clarinete.

A vovó olha para mim e sorri. – Você nadou. Seu cabelo parece um ciclone. Gostaria de pintá-lo – diz, esticando a mão para tocar meu ciclone. – Toby vai jantar conosco.

Não acredito nisso. – Não estou com fome – afirmo. – Vou subir.

A vovó se incomoda com a minha rispidez, mas eu não me importo. Diante de circunstância alguma vou me sentar para jantar com Toby (que tocou meus seios), vovó e Big. No que ele pensa?

Subo até o Refúgio, pego meu clarinete e o monto, seguro a partitura com a música da Edith Piaf que peguei emprestada de um certo *garçon*, volto-me para "La Vie en Rose" e começo a tocar. É a música que ouvimos no dia anterior enquanto o mundo explodia. Espero continuar perdida em um estado *Joelirante* para não escutar uma batida na porta depois do jantar, mas é claro que ouço.

Toby, que tocou meus seios e, não vamos esquecer, colocou a mão no meio das minhas pernas, abre a porta, entra hesitante e se senta na cama de Bailey. Paro de tocar, coloco meu clarinete no estojo. Vá embora, penso cruelmente, simplesmente vá embora. Vamos fingir que nada daquilo aconteceu.

Nenhum de nós diz uma só palavra. Ele não para de esfregar as coxas, aposto que a fricção gera calor. Seu olhar vaga pelo quarto. Finalmente para em uma fotografia sua com Bailey, em cima da cômoda dela. Suspira, olha para mim.

Um olhar demorado.

– A camisa dela...

Abaixo os olhos, esqueci que a uso. – É – cada vez mais visto as roupas de Bailey, quando saio do Refúgio e também quando estou nele. Sempre remexo nas minhas coisas e penso: quem era a garota que usava esses objetos? Tenho certeza de que um psiquiatra iria adorar isso, tudo isso, reflito, e olho para Toby. Ele provavelmente me diria que estou tentando ocupar o lugar de Bailey. Ou pior ainda, competir com ela de uma forma que nunca consegui, quando ela estava viva.

Mas o que é isso? Não parece ser isso. Quando visto as roupas dela apenas me sinto mais segura, como se sussurrasse em meus ouvidos.

Estou perdida em meus pensamentos, então me assusto quando Toby diz em uma voz trêmula não característica: — Len, desculpe. Por tudo — olho para ele. Parece tão vulnerável, assustado. — Perdi o controle, sinto-me tão mal — era isso que precisava me contar? O alívio toma conta do meu peito.

— Eu também — digo, imediatamente quebrando o gelo. — Estamos juntos nessa.

— Eu estou mais, pode acreditar — diz, enquanto esfrega as coxas novamente. Ele está tão atormentado. Será que acha que é tudo culpa dele ou algo assim?

— Nós dois fizemos, Toby. Todas as vezes. Somos os dois horrorosos.

Olha para mim, seus olhos escuros se aquecem. — Você não é horrorosa, Lennie — a voz dele é gentil, íntima. Dá para ver que deseja se aproximar de mim. Estou feliz por ele estar do outro lado do quarto. Queria que estivesse do outro lado do equador. Será que nossos corpos agora pensam que sempre que estão juntos devem se tocar? Digo ao meu que definitivamente isso não é certo, não importa que me sinta dessa forma novamente. Não importa.

E então um asteroide traidor entra na atmosfera da Terra e penetra no Refúgio. — É que não consigo parar de pensar em você. Não consigo. Simplesmente... — diz enquanto aperta a coberta da cama de Bailey com o punho. — Quero...

— Por favor, não diga mais nada — levanto-me e vou até a minha cômoda, abro a gaveta, pego uma camiseta minha, minha camiseta. Tenho de tirar a de Bailey. Pois, de súbito, fantasio que aquele psiquiatra imaginário está bem aqui.

— Não, sou eu — digo baixinho ao abrir a porta do armário e entrar nele. — Não sou ela.

Fico no escuro em silêncio, para recuperar o fôlego e manter minha vida sob controle, visto minha própria camiseta. É como se houvesse um rio aos meus pés que me empurra para ele, mesmo com tudo o que aconteceu com Joe, um rio barulhento, apaixonado e desesperador, mas desta vez não quero ir. Quero ficar na margem. Não podemos envolver nossos braços ao redor de um fantasma.

— Sinto muito — digo em voz alta, para o quarto laranja vazio.

Como se fosse uma resposta, milhões de mãos começam a aplaudir do teto. Vou até a minha cama, subo no parapeito da janela e estendo as mãos. Pois só há uma ou duas tempestades no verão, a chuva é um evento. Estico-me toda no peitoral, com as palmas viradas para o céu, deixo a chuva escorrer pelos meus dedos, lembrando-me do que Big disse para mim e para Toby naquela tarde:

— Não há como passar por isso sem enfrentar. — Quem sabe o que seria enfrentar?

Vejo alguém correndo pela estrada, debaixo da chuva. Quando a silhueta se aproxima do jardim iluminado, percebo que é Joe e me animo na mesma hora. Meu bote salva-vidas.

— Ei — grito e aceno como uma louca.

Ele olha para a janela, sorri, e não consigo descer a escada, sair pela porta, lá fora, na chuva, ao lado dele, rápido o suficiente.

— Senti a sua falta — digo, tocando o rosto dele com as minhas mãos. Gotas de chuva caem de seus cílios, correm como um riacho em seu rosto.

— Deus, eu também — então suas mãos estão no meu rosto e nos beijamos e a chuva está caindo em nossa cabeça louca e, mais uma vez, meu ser ferve de alegria.

Não sabia que o amor era assim, como se nos transformasse em brilho.

— O que você está fazendo? — digo, quando finalmente consigo me afastar dele um pouco.

— Vi que chovia e saí de fininho, queria ver você, só isso.

— Por que teve de sair de fininho? — a chuva está nos ensopando, minha camiseta gruda no corpo, e as mãos de Joe grudam nela, deslizam pelo dorso.

— Estou preso — ele diz. — Me dei mal dessa vez, aquele vinho que bebemos custava uns 400 dólares. Não fazia ideia. Queria impressionar você, então peguei de lá de baixo. Meu pai virou um bicho quando viu a garrafa vazia — me fez separar madeira o dia todo e trabalhar à noite na oficina, enquanto falava com sua namorada ao telefone o tempo todo. Acho que esquece que falo francês.

Não tenho certeza se falo sobre a garrafa de vinho de 400 dólares que bebemos ou sobre a namorada, decido falar sobre a última. — A namorada dele?

— Deixa para lá. Precisava ver você, mas agora tenho de voltar, mas quero lhe dar isso — tira um pedaço de papel do bolso e coloca rapidamente no meu, antes que fique molhado.

Ele me beija de novo. — Tudo bem, vou embora — diz e não sai do lugar.

— Não quero deixar você.

— Não quero que vá — digo. O cabelo dele é preto, ondulado e caindo por todo o rosto. É como se tomássemos banho juntos. Uau, tomar banho com ele.

Ele vira para ir de verdade e percebo que seus olhos se estreitam enquanto me observa por cima do meu ombro. — Por que ele está sempre aqui?

Viro-me para ver Toby no batente da porta, nos observando, parece atingido por um raio. Meu Deus. Ele não foi embora, deve ter ido para a sala de arte com a vovó, ou algo assim. Abre a porta, pega o *skate*, e passa por nós sem dizer nada, partindo no meio da chuva.

— O que está acontecendo? — Joe pergunta, encarando-me com visão de raios X. O corpo todo dele está tenso.

— Nada, mesmo — respondo da mesma forma que fiz com Sarah. — Ele está chateado por causa da Bailey — o que mais posso dizer a ele? Se falar o que aconteceu antes de ele me beijar, vou perdê-lo.

Então, quando pergunta: — Estou sendo idiota e paranoico?

— Sim — respondo e na minha mente leio: nunca cruze o caminho de um trompetista.

Ele dá um sorriso imenso como uma campina. — Tudo bem — então me beija forte uma última vez, e novamente bebemos a chuva nos lábios um do outro. — Tchau, John Lennon.

E então ele se vai.

Corro para cima, preocupada com o que Toby me disse e com o que eu não disse ao Joe, ao mesmo tempo em que a chuva leva embora todos aqueles lindos beijos.

22

Estou deitada na cama, em minhas mãos o antídoto que me faz não me preocupar com nada. É uma partitura, ainda úmida por causa da chuva. No alto da folha está escrito com a estranha caligrafia infantil de Joe: *Para uma bela e profunda clarinetista, de um violonista grosseiro, enfadonho, sem talento, mas apaixonado. Parte 1, parte 2 a ser entregue.*

Tento escutá-la mentalmente, mas não tenho habilidade para ouvir sem tocar. Levanto-me, pego meu clarinete, e logo em seguida a melodia se espalha pelo quarto. Enquanto toco, lembro-me do que ele disse sobre meu tom ser tão solitário quanto um dia sem o canto dos pássaros, mas é como se a melodia escrita por ele contivesse todos os cantos dos pássaros e saíssem voando do meu clarinete, e se espalhassem pelo dia calmo de verão, passeando pelas árvores e pelo céu, é maravilhoso. Toco repetidas vezes até memorizá-la.

São 2 horas da manhã e, se eu tocar mais uma vez, meus dedos vão cair, mas estou *Joelirante* demais para dormir. Desço a fim de pegar algo para comer e, quando volto para o Refúgio, sou pega por um desejo tão urgente que preciso cobrir a minha boca para reprimir um grito. Quero que Bails esteja deitada em sua cama, lendo. Quero contar sobre Joe para ela, quero tocar essa música para ela.

Quero a minha irmã.

Quero jogar um prédio em cima de Deus.

Respiro fundo e expiro com força suficiente para arrancar a tinta laranja das paredes.

Não chove mais. A renovação da noite limpa espraia-se pela janela aberta. Não sei o que fazer, então vou até a escrivaninha de Bailey onde me sento, como sempre. Olho para o cartão do detetive novamente. Pensei em ligar para ele, mas ainda não fiz isso, também não guardei nada dela. Pego uma caixa, decido arrumar uma ou duas gavetas. Odeio olhar para as caixas vazias, quase mais do que odeio a ideia de guardar as coisas dela.

A última gaveta está cheia de cadernos da escola, anos de trabalho agora inúteis. Pego um deles, deslizo meus dedos pela capa, seguro-o contra meu peito e então o coloco na caixa. Todo o seu conhecimento não vale mais nada. Tudo o que ela aprendeu a vida toda e ouviu e viu. A sua forma específica de ver *Hamlet* ou as margaridas, ou a sua ideia sobre o amor, todos os seus complexos pensamentos escondidos e as consequentes reflexões secretas — tudo isso se foi também. Um dia ouvi esta máxima: "Toda vez que alguém morre, uma biblioteca se incendeia". Estou vendo uma ser queimada diante de mim.

Guardo o restante dos cadernos em cima do primeiro, fecho a gaveta e faço o mesmo com a de cima. Há mais cadernos nessa gaveta, alguns diários que jamais lerei. Dou uma olhada em todos e, um a um, coloco-os na caixa. No fundo do compartimento, tem um que está aberto. Tem a caligrafia garranchada de Bailey; colunas de páginas cobrem todas as páginas, há linhas cruzando a maioria delas. Pego o caderno, sinto uma pontada de culpa, mas o remorso se transforma em surpresa, depois medo, quando vejo o que está escrito nele.

Todas as palavras são combinações do nome da nossa mãe com outras coisas. Há uma parte inteira com o nome Paige combinado a pessoas e coisas relacionadas a John Lennon, meu homônimo, e supomos que ele seja seu músico predileto, por causa disso. Não sabemos praticamente nada sobre a mamãe. É como se, quando ela partiu, tivesse levado consigo todo e qualquer rastro da sua vida, deixando para trás somente a história. A vovó raramente fala qualquer coisa sobre ela que não seja sobre seu fantástico desejo de viajar, e Big também não age diferente.

— Aos 5 anos de idade — a vovó nos dizia repetidas vezes, erguendo os braços para dar ênfase — sua mãe se levantava da cama no meio da noite e eu a encontrava na metade do caminho para a cidade, com a sua pequena mochila azul e uma bengala. Dizia que estava no meio de uma aventura, aos 5 anos de idade, meninas!

E isso era tudo o que sabíamos, exceto por uma caixa com os pertences dela, que deixávamos no Refúgio. Está cheia de livros que pegamos das prateleiras lá de baixo por terem o nome dela na capa: *Oliver Twist*, *Na estrada*, *Coleção completa de poemas de William Blake* e alguns romances que nos fizeram ser as fanáticas por literatura que somos. Nenhum deles com orelhas viradas, nem anotações. Há um exemplar de *A alegria de cozinhar*, com mancha de comida no livro todo (uma vez a vovó mencionou que a mamãe era mágica na cozinha; suspeitava que ela se sustentava na estrada cozinhando).

Mas o que mais tem na caixa são mapas, muitos, muitos mapas: de estrada, topográficos, mapas de Clover, da Califórnia, dos outros 49 estados, de todos os países e continentes. Há também vários atlas, cada um deles lido e relido como o meu exemplar de *O morro dos ventos uivantes*. Os mapas e atlas revelam muito sobre ela: uma garota cujo mundo se incendiou. Quando éramos mais novas, Bailey e eu passávamos horas incontáveis em cima dos atlas, imaginando as rotas e aventuras em que ela poderia estar.

Começo a folhear o caderno. Há páginas e mais páginas com as seguintes combinações: Paige/Lennon/Walker, Paige/Lennon/Yoko, Paige/Lennon/Imagine, Paige/Dakota/Ono, e assim por diante. Às vezes, há uma mensagem embaixo da combinação. Por exemplo, embaixo de Paige/Dakota há um endereço em North Hampton, Massachusetts. Mas está riscado com as palavras "jovem demais" escritas por cima.

Estou chocada. Nós duas colocamos o nome de nossa mãe em vários mecanismos de busca antes, e, às vezes, tentávamos usar pseudônimos que ela poderia ter escolhido e também usávamos nas buscas, mas nunca de forma metódica, com essa perfeição e persistência. O caderno está praticamente cheio. Bailey devia fazer isso em todos os momentos livres que tinha, quando eu não estava por perto, pois raramente a via usar o computador. Mas agora que estou pensando nisso, já a vi na frente da Mãe pela Metade várias vezes antes de morrer, examinando com tanta atenção, como se esperasse que falasse com ela.

Vou para a primeira página do caderno. Está datada em 27 de fevereiro, menos de dois meses antes de morrer. Como poderia ter feito tudo isso em tão pouco tempo? Por isso precisava da ajuda de Santo Antônio. Queria que tivesse pedido ajuda a mim.

Coloco o caderno de volta na gaveta, volto para o meu clarinete, tiro-o do estojo e toco a música de Joe. Quero voltar àquele dia de verão, estar lá com a minha irmã.

À noite,
quando éramos crianças,
fazíamos cabana com os lençóis de Bailey,
entrávamos debaixo com nossas lanternas
e jogávamos baralho: Copas,
Uíste, Oito Maluco
e o nosso predileto: Dedos Sangrentos.
A competição era cruel.
O dia todo, todos os dias,
éramos as garotas Walker,
duas gotas no oceano
sempre unidas,
mas quando a vovó fechava a porta
dando boa-noite,
tirávamos a máscara
e o jogo valia tarefas domésticas,
trabalho escravo,
verdade ou consequência ~~[illegible]~~ e dinheiro.
~~O jogo valia ser.~~
O jogo valia ser a melhor, a mais brilhante,
a mais bonita,
mais,
simplesmente mais.
Mas tudo não passava de uma estratégia,
jogávamos
para que conseguíssemos dormir ~~na mesma cama~~
na mesma cama
sem ter de perguntar,
para que pudéssemos ficar bem juntinhas,
entrelaçadas,
para que, enquanto dormíssemos,
nossos sonhos trocassem de corpo.

(Encontrado na contracapa de O morro dos ventos uivantes*, no quarto de Lennie.)*

23

Costumava conversar muito com a Mãe pela Metade,
mas esperava até que ninguém mais estivesse em casa
para dizer:
Imagino você,
aí em cima,
não como uma nuvem ou um pássaro ou uma estrela,
mas como mãe,
só que uma que mora no céu,
que não faz alarde
sobre a gravidade,
que cuida da sua vida
sendo levada pelo vento.

(Encontrado em um pedaço de jornal, debaixo da varanda da família Walker.)

Quando chego à cozinha na manhã seguinte, a vovó está no fogão cozinhando salsicha, os ombros totalmente curvados. Big toma seu café preguiçosamente à mesa. Atrás deles a névoa da manhã invade o ambiente, como uma casa flutuando em uma nuvem. Parada na porta, tenho o mesmo sentimento de medo, de vazio ao ver uma casa abandonada, com o mato crescendo pela porta de entrada, a pintura rachada, janelas quebradas e fechadas com tábuas.

— Onde está o Joe? — Big pergunta. Então percebo por que o desespero é tão aparente hoje de manhã: Joe não está aqui.

— Preso — digo.

Big olha para cima e sorri. — O que fez? — na mesma hora o humor do ambiente muda. Uau. Acho que não é somente o meu bote salva-vidas.

— Pegou uma garrafa de vinho de 400 dólares do pai e tomou tudo, em uma só noite, com uma garota chamada John Lennon.

Ao mesmo tempo, vovó e o Big engasgam e exclamam: — Quatrocentos dólares?!

— Ele não sabia.

— Lennie, não gosto que beba — a vovó diz enquanto balança a espátula para mim, deixando a salsicha chiar e espirrar atrás dela.

— Não bebo, ou, melhor, raramente. Não se preocupe.

— Caramba, Len. Era bom? — Big pergunta, maravilhado.

— Sei lá. Nunca tomei vinho tinto antes, acho que era — digo enquanto me sirvo de uma xícara de café tão fraco quanto chá. Acostumei-me ao café forte que Joe faz.

— Caramba! — Big repete, ao mesmo tempo em que dá um gole no café e faz cara de nojo. Acho que ele também prefere o estilo do Joe. – Não suponho que vá beber isso de novo, com o nível de exigência tão alto assim.

Pergunto-me se Joe irá ao primeiro ensaio da banda hoje – decidi ir –, quando subitamente ele passa pela porta com *croissants*, insetos mortos para Big, e um sorriso do tamanho de Deus para mim...

– Ei!

– Deixaram você sair – diz Big. – Isso é ótimo. É visita conjugal ou você já cumpriu a sua sentença?

– Big! – exclama vovó. – Por favor!

Joe ri. – Já cumpri. Meu pai é um homem muito romântico, é a sua melhor e pior característica. Quando expliquei para ele como estava me sentindo... – Joe olha para mim, começa a corar, o que, é claro, faz de mim um completo tomate. Com certeza, devia ser contra as regras me sentir assim quando a minha irmã está morta.

A vovó balança a cabeça. – Quem diria que a Lennie seria assim tão romântica?

– Está de brincadeira? – Joe exclama. – Será que o fato de ela ter lido *O morro dos ventos uivantes* 23 vezes não diz isso? – olho para baixo. Estou envergonhada por me sentir tão tocada por suas palavras. Ele me conhece. De alguma forma, melhor do que eles.

– *Touché*, Sr. Fontaine – diz a vovó, escondendo o sorriso ao voltar para o fogão. Joe vem por trás e me abraça ao redor da cintura. Fecho os olhos, penso no corpo dele, nu sob as roupas, pressionado contra o meu, nu debaixo do meu corpo. Viro a cabeça para olhar para ele. – A melodia que escreveu é tão linda. Quero tocá-la para você – antes que termine a frase, ele me beija. Viro-me em seus braços para que fiquemos de frente um para o outro, então enlaço seu pescoço com meus braços ao mesmo tempo em que me puxa para mais perto dele. Ah, Deus, não me importo se estou agindo errado, se estou quebrando todas as regras do mundo ocidental, não me importo mais com nada, pois as nossas bocas, que foram momentaneamente separadas, encontraram-se novamente, mas esse fato arrebatador não tem mais importância.

Como as pessoas agem quando estão se sentindo assim?

Dirigem carros?

Ou operam maquinaria pesada?

Como a civilização continua, quando algo assim acontece?

Uma voz, dez decibéis abaixo do usual, sai de dentro do tio Big — Uh, crianças. Talvez queiram, sei lá, hummm... — tudo em minha mente parece parar de uma vez. O tio Big está gaguejando? Uh, Lennie? É bem provável que não seja legal beijar na frente da sua avó e do seu tio. Afasto-me de Joe; é como interromper a sucção. Olho para a vovó e para o tio Big, que estão de pé, incomodados e envergonhados, enquanto a salsicha queima. Será possível que conseguimos envergonhar o Imperador e a Imperatriz da Estranheza?

Olho de novo para Joe. Sua expressão é totalmente abobalhada, como se alguém tivesse dado uma pancada em sua cabeça. A cena toda me atinge de forma histérica e caio na cadeira em um enorme ataque de riso. Joe dá um meio sorriso envergonhado para a vovó e para Big, recosta-se na bancada e coloca o estojo do trompete estrategicamente no meio das suas pernas. Graças a Deus que não tenho aquilo. Quem ia querer medidor de desejo projetado bem no meio do corpo?

— Você vai para o ensaio, não vai? — ele pergunta.

Pisca. Pisca. Pisca.

Sim, se conseguirmos.

E conseguimos, apesar de que, no meu caso, só de corpo. Estou surpresa com a ideia de que meus dedos consigam encontrar as teclas à medida que pratico as peças que o Sr. James escolheu para tocarmos no River Festival que se aproxima. Mesmo com a Rachel me lançando flechas mortais por causa do Joe e depois sempre mudando de lugar para que eu não veja estou concentrada na música, sinto como se tocasse sozinha com Joe, improvisando, regozijando-me por não saber o que vai acontecer a cada nota... mas, no meio do treino, no meio da música, no meio da nota, uma sensação de pavor toma conta de mim quando penso em Toby, em como ele estava quando saiu na noite anterior. No que disse no Refúgio. Ele tem de saber que precisamos ficar longe um do outro. Afasto o pânico, mas fico dolorosamente alerta o restante do ensaio, seguindo os arranjos sem o mínimo desvio.

Depois do treino, Joe e eu temos a tarde toda, pois foi libertado da prisão e estou de folga do trabalho. Caminhamos de volta a minha casa, sentindo o vento ao nosso redor como se fôssemos folhas.

— Sei o que podemos fazer — digo.

— Você não queria tocar aquela música para mim?

— Quero, mas em outro lugar. Lembra que te desafiei naquela noite a encarar a floresta comigo no dia em que o vento estivesse bem forte? Chegou o momento.

Saímos da estrada e entramos na mata, abrindo o caminho pelo bosque cerrado até encontrarmos a trilha que eu estava procurando. O sol nos saúda esporadicamente no meio das árvores, derramando uma luz fraca e repleta de sombras sobre o solo da mata. Por causa do vento, as árvores chiam de forma sinfônica — é uma verdadeira filarmônica de portas que rangem. Perfeito.

Um pouco depois, ele diz: — Acho que estou segurando a onda de forma notável, bem, se levar tudo em consideração, não é?

— Levando o que em consideração?

— Levando em consideração que caminhamos no meio da trilha sonora do filme de terror mais horripilante já feito e que todos os ogros do mundo que moram em árvores se reuniram aqui, bem acima de nós, para abrir e fechar suas portas de entrada.

— Estamos em plena luz do dia, não pode estar com medo.

— Posso, sim, mas, na verdade, tento não dar uma de boiola. Mas estou quase no limite.

— Você vai amar o lugar para onde estamos indo, prometo.

— Vou amar se tirar toda a sua roupa lá, prometo, ou pelo menos um pouco de roupa, talvez só a meia — aproxima-se de mim, deixa o trompete de lado, e me vira para que fiquemos de frente um para o outro.

— Você é muito depravado, sabe? É irritante.

— Não posso evitar. Sou metade francês, *joie de vivre* e tudo o mais. Mas, falando sério mesmo, ainda não vi você tirar nenhuma peça de roupa e já faz três dias que trocamos o nosso primeiro beijo, *quelle catastrofe*, sabia? — tenta tirar o meu cabelo do rosto despenteado pelo vento, então me beija até meu coração explodir fora do peito como um cavalo selvagem. — Mas tenho uma imaginação muito boa...

— *Quel* bobão — digo, afastando-o.

— Sabe que só ajo como um bobão para ouvi-la dizer *quel* bobão — ele responde.

A trilha se abre para as velhas sequoias da região que desaparecem no céu, transformando a floresta em uma catedral particular. O vento diminui e a floresta permanece misteriosamente tranquila. As folhas voam ao nosso redor como pequenos pedaços de luz.

— Então, e a sua mãe? — Joe pergunta subitamente.

— O que tem ela? — a última coisa que passava pela minha mente era a minha mãe.

— No primeiro dia que fui a sua casa, a vovó disse que terminaria o retrato no dia em que sua mãe voltasse. Onde ela está?

— Não sei — geralmente a conversa para por aí e não entro em detalhes, mas, como ele não fugiu das outras idiotices da família, digo: — Não conheci a minha mãe. Quer dizer, conheci, mas ela foi embora quando eu tinha um ano. Tem uma natureza impaciente, acho que está na genética da família.

Ele para de andar. — Só isso? Essa é a explicação? Por ter ido embora? E nunca mais ter voltado?

Sei, é insano, mas essa insanidade da família Walker sempre fez sentido para mim.

— A vovó diz que vai voltar — sinto pontadas em meu estômago ao pensar na mamãe voltando. Ao pensar em Bailey que tentava tanto encontrá-la. Ao pensar em bater a porta na cara dela se um dia voltar, gritando: "Você chegou tarde demais". Ao pensar que nunca mais vai voltar. Ao pensar que não tenho certeza se ainda acredito em tudo isso sem a Bailey comigo. — A tia da vovó, Sílvia, também era assim — digo, sentindo-me uma imbecil. — Voltou depois de vinte anos.

— Uau — nunca vi o cenho de Joe tão franzido.

— Olha só, não conheço a minha mãe, então não sinto a falta dela... — digo, tentando convencer mais a mim do que a Joe. — Ela é essa mulher intrépida, de espírito livre que partiu para viajar ao redor do globo sozinha. É misteriosa. É legal — é legal? Meu Deus, sou uma idiota. Mas quando foi que tudo mudou? Pois costumava ser uma coisa legal, superlegal, na verdade — ela era o nosso Fernão de Magalhães, nosso Marco Polo[22], uma das mulheres excêntricas da

22 Fernão de Magalhães (aprox. 1480-1521), navegador e descobridor português. Marco Polo (1254-1324), comerciante e explorador italiano (de Veneza), um dos primeiros europeus a explorar a Ásia. (N. T.)

família Walker, cujo espírito impaciente e sem limites a empurra de lugar em lugar, de amor em amor, de momento imprevisível em momento imprevisível.

Joe sorri e olha para mim de maneira tão acolhedora, que esqueço todo o resto. – Você é legal. Sabe perdoar. Diferente de mim, que sou cabeça-dura. – Sei perdoar? Pego a mão dele, pensando em sua reação e na minha, se sou legal e complacente ou totalmente iludida. E o lado cabeça-dura dele? Quem é ele? Será que esse é o Joe que nunca mais falou com a violinista? Se sim, não quero jamais encontrar aquele cara. Continuamos em silêncio, nós dois voando pelo céu das nossas mentes, por um quilômetro ou mais, e então voltamos, e todos os pensamentos dele sendo cabeça-dura e da minha misteriosa mãe desaparecida somem.

– Tudo bem, feche os olhos. Vou conduzi-lo – sigo-o e cerro seus olhos com as minhas mãos, guiando-o pelo caminho. – Tudo bem, pode abrir.

Há um quarto. Um quarto inteiro no meio da floresta.

– Uau, onde está a Bela Adormecida? – Joe pergunta.

– Essa sou eu – digo, e corro para saltar na cama fofa. É como pular em uma nuvem. Ele vem atrás de mim. – Está muito acordada para ser ela, já falamos sobre isso – senta-se na beira da cama e olha ao redor, dizendo: – Isso é incrível, como veio parar aqui?

– Há uma pousada perto do rio. Nos anos de 1960 era uma comuna e o dono era o Sam, um velho *hippie*. Ele montou este quarto na floresta para que seus hóspedes se surpreendessem se caminhassem até aqui, para um romance-surpresa, acho, mas nunca vi uma alma viva passar e venho aqui há séculos. Na verdade, vi uma pessoa uma vez: Sam, trocando os lençóis. Ele coloca essa lona neste local quando chove. Escrevo naquela escrivaninha. Leio naquela cadeira de balanço, me deito bem aqui nesta cama e devaneio. Mas nunca trouxe um garoto antes.

Ele sorri, senta-se na cama ao meu lado e começa a deslizar os dedos pela minha barriga.

— Sobre o que devaneia? — pergunta.

— Sobre isso — digo, e a mão dele escorrega pelo meu diafragma, por dentro da minha camiseta. Minha respiração aumenta, quero as mãos dele pelo meu corpo todo.

— John Lennon, posso te perguntar uma coisa?

— Oh-oh, sempre que alguém diz isso, algo assustador vem em seguida.

— Você é virgem?

— Viu? Pergunta assustadora em seguida — murmuro, morrendo de medo. Ele sabe acabar com o humor de alguém. Afasto-me da mão dele. — É tão óbvio assim?

— Mais ou menos — argh. Quero me esconder debaixo das cobertas.Tenta consertar. — Não, quer dizer, acho legal você ser.

— Decididamente, não é nada legal.

— Para você talvez, mas não para mim, se...

— Se o quê? — meu estômago começa a se apertar. Puro nervosismo.

Agora está envergonhado, que bom. — Bem, se você, algum dia, não agora, mas algum dia, não quiser ser mais, e eu puder ser o primeiro para você, essa é a parte legal, sabe, para mim — sua expressão é tímida e doce, mas o que fala para mim faz com que me sinta tão assustada e animada e impressionada e tenho a sensação de que vou chorar, e faço isso, e, para variar, nem mesmo sei por quê.

— Ah, Lennie, sinto muito, falei algo tão ruim assim? Não chore, não a estou pressionando. Beijar você, estar com você de qualquer jeito é maravilhoso...

— Não — digo, rindo e chorando ao mesmo tempo. — Choro porque... bem, não sei por que, mas estou feliz, não triste... — pego o braço dele e se deita ao meu lado, nossos corpos lado a lado, cada vez mais próximos. Olha em meus olhos e isso me deixa trêmula.

— Contemplando seus olhos... — sussurra. — Nunca senti nada assim.

Penso em Genevieve. Disse que estava apaixonado por ela, será que quer dizer...

— Nem eu — digo, incapaz de controlar as lágrimas novamente.

— Não chore — seu tom de voz é leve, abafado. Beija meus olhos, morde gentilmente os meus lábios.

Olha para mim de forma tão transparente que me sinto entorpecida, como se precisasse me deitar apesar de já estar deitada. — Sei que não faz muito tempo, Len, mas acho... sei lá... pode ser...

Ele não precisa dizer, sinto-me da mesma forma; não é sutil, como se todos os sinos a quilômetros de distância tocassem ao mesmo tempo, em um tom alto, retumbante, faminto, pequeno, feliz e harmônico, todos os sinos ecoando ao mesmo tempo. Envolvo seu pescoço com as mãos, trago-o para perto de mim, e ele me beija de forma tão intensa e profunda que voo, navego, flutuo...

Ele murmura em meus ouvidos: — Esqueça o que disse antes, vamos ficar só nisso, não sei se consigo sobreviver a nada além disso — rio. Então pula, pega meus punhos e os segura acima da minha cabeça. — É, tá bom. Brincadeirinha. Quero fazer tudo com você. Quando estiver pronta, será comigo, promete? — está em cima de mim, piscando e sorrindo como um perfeito idiota.

— Prometo.

— Bom. Estou feliz que isso já foi decidido — arqueia a sobrancelha e diz: — Vou deflorar você, John Lennon.

— Ah, meu Deus, que vergonha, *quel, quel* super bobão — tento cobrir o rosto com as mãos, mas ele não deixa. E então lutamos e rimos e muitos, muitos minutos se passam sem que eu me lembre da morte da minha irmã.

24

O MUNDO
NÃO
É
UM
LUGAR
SEGURO

(Encontrado em uma embalagem de papel de bala semienterrado ao lado das rosas do jardim da vovó.)

Vejo a caminhonete de Toby estacionada na frente da minha casa e uma onda de raiva percorre meu corpo. Por que ele não consegue ficar longe de mim pelo menos por um maldito dia? Só quero ficar perto desta felicidade. Por favor.

A vovó está na sala de arte, limpando seus pincéis. Toby não está no meu raio de visão.

– Por que ele vem sempre aqui? – reclamo com a vovó.

Ela me olha surpresa: – Qual o seu problema, Lennie? Eu o chamei para me ajudar a arrumar a treliça do jardim, e ele disse que viria depois que terminasse o trabalho no rancho.

– Não pode chamar outra pessoa? – minha voz enche-se de raiva e de irritação, e tenho certeza de que pareço completamente grosseira. Estou grosseira mesmo. Só quero estar apaixonada. Desejo sentir esta alegria. Não pretendo lidar com Toby, com a dor, com a tristeza, com a culpa e com a morte. Estou de saco cheio da morte.

A vovó não parece feliz. – Por Deus, Len, tenha coração, o garoto está destruído. Sente-se melhor quando fica perto da gente. Somos os únicos que o entendem. Ele mesmo disse isso ontem à noite – ela está secando os pincéis em cima da pia, batendo os punhos dramaticamente a cada sacudida. – Já lhe perguntei uma vez se estava tudo bem entre vocês dois e disse que sim. Acreditei em você.

Respiro fundo e solto o ar bem devagar, tento forçar que o monstro dentro de mim volte para o seu lugar. – Tudo bem, está certo. Desculpe. Não sei o que há de errado comigo – então, dou uma de vovó e saio da sala.

Vou para o Refúgio e a fim de ouvir a música *punk,* a mais agressiva e barulhenta que tenho, de uma banda de São Francisco chamada Filth. Sei que Toby odeia todo tipo de música *punk*, pois sempre foi um ponto de discórdia entre ele e Bailey, que adorava o estilo. Ele finalmente a convenceu a curtir música *country* alternativa do tipo Willie Nelson, Hank Willians e Johnny Cash, a Santíssima Trindade para ele, mas nunca mudou de ideia em relação ao *punk*.

O som não ajuda. Pulo para cima e para baixo, no tapete de dança azul, agitando-me com a batida incessante, mas estou com raiva demais para continuar dançando, pois não quero dançar no refúgio sagrado da abóbora sozinha. Em um instante, toda a raiva que senti momentos antes por Toby é transferida para Bailey. Não entendo como ela pôde ter feito isso comigo, deixando-me aqui sozinha. Especialmente porque me prometeu a vida toda que nunca, jamais iria desaparecer como a mamãe fez, que sempre teríamos uma à outra, sempre, sempre, sempre. — Era o único pacto que importava, Bailey! — grito, enquanto pego o travesseiro e o jogo novamente na cama, até finalmente, muitas músicas depois, eu me sentir um pouco mais calma.

Deito-me na cama, ofegante e toda suada. Como vou sobreviver a esta saudade? Como os outros fazem? As pessoas morrem o tempo todo. Todo dia. Toda hora. Há famílias no mundo olhando para camas em que ninguém mais dorme, para sapatos que não são mais usados. Famílias que não precisam mais comprar um tipo específico de cereal, de xampu. Há pessoas em todo lugar na fila do cinema, comprando cortinas, passeando com cachorros, enquanto, por dentro, com o coração despedaçado. Durante anos. A vida toda. Não acredito que o tempo cura. Não quero. Se curar, não significa que aceitei o mundo sem ela.

Então me lembro do caderno. Levanto-me, desligo o Filth, coloco o "Noturno" de Chopin para ver se isso me acalma, e vou para a escrivaninha. Pego o caderno, abro-o na última página, onde há umas poucas combinações que não foram eliminadas. A página toda possui harmonizações do nome da mamãe com os personagens de Dickens. Paige/Twist, Paige/Fagan, Walker/Havisham, Walker/Oliver/Paige, Pip/Paige.

Ligo o computador, digito Paige Twist e procuro nas páginas de documentos, não encontro nada que possa relacionar a nossa mãe, então digito Paige Dickens e acho algumas possibilidades, mas os documentos são na maior parte de equipes esportivas do ensino médio e revistas universitárias de ex-alunos, nada que tenha a ver com ela. Tento mais algumas combinações de Dickens, mas não chego nem perto de uma remota possibilidade.

Uma hora se passou e só fiz algumas buscas. Olho as páginas e páginas que Bailey fez e pergunto-me novamente quando e onde ela fez tudo aquilo, talvez no laboratório público de informática, pois como não a teria notado vidrada no computador, por horas a fio? De novo, sinto quanto queria encontrar a mamãe, pois, por que mais teria dedicado tanto tempo a isso? O que poderia ter acontecido em fevereiro que a levasse a essa estrada? Pergunto-me se foi o fato de Toby tê-la pedido em casamento. Talvez quisesse que a mamãe viesse ao casamento. Mas Toby disse que havia pedido um pouco antes de ela morrer. Preciso falar com ele.

Desço, peço desculpas à vovó, digo a ela que fiquei emotiva o dia todo, o que é a verdade de todo maldito dia, ultimamente. Olha-me, afaga meu cabelo e diz: — Tudo bem, docinho, talvez possamos sair para caminhar amanhã e conversar um pouco — quando é que vai entender? Não quero falar com ela sobre Bailey, sobre nada.

Quando saio de casa, Toby está de pé na escada, trabalhando na treliça da frente do jardim. Faixas rosas e douradas estendem-se pelo céu. O jardim inteiro brilha com o pôr do sol, as rosas parecem acesas por dentro, como lanternas. Ele olha para mim, suspira dramaticamente, então desce a escada, recostando-se nela com os braços cruzados na frente do peito. – Queria pedir desculpas... novamente – ele inspira profundamente.– Estou meio fora de controle nos últimos tempos – seus olhos procuram os meus. – Você está bem?

– Sim, exceto pelo fato de estar meio fora de controle – digo.

Sorri para mim e seu rosto todo se ilumina de bondade e entendimento. Relaxo um pouco, sinto-me mal por ter desejado decapitá-lo, há uma hora.

– Encontrei este caderno na escrivaninha de Bailey – digo-lhe, com vontade de descobrir se sabe de alguma coisa e com mais vontade ainda de não falar nem pensar sobre o dia anterior. – Parece que procurava pela mamãe, mas com muita intensidade, Toby, páginas e páginas de possíveis pseudônimos que podem ser digitados em ferramentas de busca. Tentou tudo, deve ter passado dias inteiros fazendo isso. Não sei onde nem por que fez isso...

– Também não faço ideia – fala em um tom levemente trêmulo. Ele olha para baixo. Será que esconde algo de mim?

– Tem uma data no caderno. Ela começou a fazer isso no fim de fevereiro. Você sabe se aconteceu alguma coisa na época?

Os ossos de Toby parecem derreter. Escorrega pela treliça, segura a cabeça com as mãos e chora.

O que está acontecendo?

Agacho-me e me ajoelho na frente dele, coloco as mãos em seus braços. – Toby – digo suavemente. – Está tudo bem – digo, enquanto afago o cabelo dele. O medo alfineta minha nuca e braços.

Ele balança a cabeça. — Não está tudo bem — mal consegue balbuciar. — Jamais ia te contar isso.

— O quê? O que não ia me contar? — minha voz é estridente, louca.

— Isso só vai piorar as coisas, Len, e não quero que fique ainda mais difícil para você.

— O quê? — todos os pelos do meu corpo estão arrepiados. Fico muito assustada. O que poderia tornar a morte de Bailey ainda pior?

Pega a minha mão, segura forte na dele. — Íamos ter um bebê — ouço a mim mesma perder o ar. — Ela estava grávida quando morreu — não, penso, não pode ser. — Talvez por isso procurasse por sua mãe. O fim de fevereiro é mais ou menos a época em que descobrimos.

A ideia cai como uma avalanche dentro de mim, ganha massa e velocidade. Minha outra mão pousa sobre o seu ombro e, embora esteja olhando para ele, vejo minha irmã segurar o bebê no ar, fazendo caretas de furão para ele, imagino os dois pegarem nas mãos do bebê, levando-o ao rio. Posso ver nos olhos de Toby que estava guardando aquilo sozinho e, pela primeira vez desde a morte de Bailey, sinto mais pena de alguém do que de mim mesma. Envolvo-o com meus braços e o embalo. E então, quando nossos olhos se cruzam novamente, naquela casa indefesa de dor, um lugar em que Bailey nunca estará e em que não existe Joe Fontaine, um espaço em que só sobraram Toby e eu, beijo-o. Beijo-o para consolá-lo, para dizer que sinto muito, para mostrar-lhe que estou viva e ele também. Beijo-o porque estou fora de mim há meses. Beijo-o e não paro de beijá-lo e abraçá-lo e afagá-lo, pois, sabendo que todas as desculpas são esfarrapadas, é isso que faço.

No momento em que o corpo de Toby se enrijece em meus braços, já sei.

Sei, mas não sei quem é.

Primeiro, penso que é a vovó, só pode ser. Mas não é.

Não é o Big também.

Viro-me e lá está ele, a poucos metros, imóvel, uma estátua.

Entreolhamo-nos e então ele tropeça para trás. Saio voando de perto de Toby, procuro forças em minhas pernas, mas ele se vira de costas, começa a correr.

— Por favor, espere — grito. — Por favor.

Congela, de costas para mim. Uma silhueta contra um céu em chamas, um fogo que se espalha rapidamente, fora de controle, pelo horizonte. Caio da escada, tropeço e esbarro nos objetos sem capacidade de parar. Mesmo assim, forço-me para a frente e vou até ele. Seguro sua mão e tento fazer com que se vire, mas ele solta a minha mão como se o meu toque o enojasse. Mesmo assim vira-se, lentamente, como se movesse embaixo d'água. Espero, morrendo de medo de olhar para ele, de ver o que eu fiz. Quando finalmente olha para mim, não há vida em seus olhos, seu rosto é duro como pedra. É como se seu maravilhoso espírito tivesse se esvaído do corpo.

As palavras voam da minha boca: — Não é como nós. Não sinto, é outra coisa, minha irmã... — minha irmã estava grávida, quase digo para explicar, mas o que isso explicaria? Estou desesperada para que entenda, mas eu não entendo.

— Não é o que você pensa — digo, previsivelmente, pateticamente. Vejo a raiva e a mágoa surgirem simultaneamente em seu rosto.

— Sim, é. É exatamente o que penso, é exatamente o que eu pensei — diz, explodindo em cima de mim. — Como você pôde... eu pensei que você...

— Eu sou, eu sou — digo, chorando muito, as lágrimas correm pelo meu rosto. — Você não entende.

O rosto dele é uma decepção só. — Está certa. Não entendo. Tome.

Ele tira um pedaço de papel de dentro do bolso. — Foi isso que vim dar a você — amassa o papel e joga em mim, depois se vira de costas e corre o máximo que pode, até desaparecer na noite que chega.

Abaixo-me, pego o papel amassado e desamasso tudo. No alto está escrito: *Parte 2: Dueto para a clarinetista e o violonista previamente mencionados*. Dobro com cuidado, coloco no bolso, e sento-me na grama, um farrapo humano. Estou no mesmo local em que beijei Joe na noite passada. O céu perdeu a sua fúria, só algumas faixas douradas são rapidamente consumidas pela escuridão. Tento ouvir a melodia que ele escreveu para mim em minha cabeça, mas não consigo. Tudo o que ouço é ele dizendo: como você pôde?

Como eu pude?

Alguém podia muito bem enrolar o céu todo e guardá-lo para sempre.

Logo depois, sinto a mão em meu ombro. Toby. Apoio minha mão na dele. Ele se ajoelha ao meu lado. — Sinto muito — diz baixinho e, em seguida: — Vou embora, Len. — Então, no lugar em que estava a mão dele, só há frieza. Ouço o motor da caminhonete ligar e roncar enquanto segue Joe pela estrada.

Somente eu. Pelo menos é o que penso até olhar para minha casa e ver a silhueta da vovó na porta, como vi Toby na noite passada. Não sei há quanto tempo está lá. Abre a porta, caminha até a entrada da varanda, apoia-se na grade com as duas mãos.

— Venha, docinho.

Não conto a ela o que aconteceu com Joe, assim como nunca contei a ela o que aconteceu com Toby. Mas, mesmo assim, posso ver em seus olhos tristes que encontram os meus que já sabe de tudo o que aconteceu.

— Um dia vai falar comigo novamente — pega as minhas mãos. — Sinto a sua falta, sabia? E o Big também.

— Ela estava grávida — sussurro.

A vovó concorda com a cabeça.

— Ela te contou?

— A autópsia.

— Estavam noivos — digo e percebo pelo rosto dela que essa informação é nova.

Ela me abraça e aceito seu abraço são e salvo e deixo as lágrimas virem à tona e caírem e rolarem até ensopar o vestido dela e até a noite tomar conta da casa.

25

Não vou ao altar da escrivaninha para conversar com Bailey, no alto da montanha. Nem mesmo acendo a luz. Vou direto para a cama com todas as minhas roupas e rezo para que o sono venha. Mas ele não vem.

O que chega é a vergonha, semanas dela, ondas, passando por mim rapidamente em *flashes* rápidos como náusea, fazendo-me gemer em meu travesseiro. As mentiras e as meias verdades e abreviações que contei e não contei ao Joe me tateiam e me prendem até que não consiga mais respirar. Como pude magoá-lo, fazer com ele o que Genevieve fez? Todo o amor que sinto por ele parece esmagar meu corpo. Meu peito dói. Tudo em mim dói. Ele parecia uma pessoa totalmente diferente. É uma pessoa diferente. Não é mais quem me amava.

Vejo o rosto de Joe, depois o de Bailey, os dois vultos em cima de mim com apenas três palavras em seus lábios: como você pôde?

Não tenho resposta.

Sinto muito, escrevo com o dedo nos lençóis repetidas vezes até não suportar mais e acender a luz.

Mas a claridade traz a verdadeira náusea e, com ela, todos os momentos com a minha irmã que nunca serão vividos: segurar o bebê dela no colo. Ensinar seu filho a tocar clarinete. Apenas envelhecer junto com ela. Todo o futuro terá pedaços meus jogados no lixo e me curvo até não sobrar nada dentro de mim, nada além de mim, dentro deste quarto laranja assustador.

E é aí que concluo: sem o aconchego e a confusão dos braços de Toby, sem a sublime distração de Joe, só resta a mim mesma. Eu, como uma pequena concha com a solidão de um oceano inteiro que grita de forma invisível por dentro.

Eu.

Sem.

Bailey.

Sempre.

Afundo a cabeça no travesseiro e grito como se minha alma fosse rasgada ao meio, e ela foi.

– Bailey, você gosta mais da vovó do que de mim?
– Não.
– Do tio Big?
– Não.
– E do Joby?
– Não amo ninguém mais do que você, está bem?
– Eu também não.
– Então estamos resolvidas.
– Você nunca vai desaparecer como a mamãe?
– Nunca.
– Promete?
– Meu Deus, quantas vezes preciso dizer que nunca vou desaparecer como a mamãe. Agora volte a dormir.
Drink
Custom
Milk
Syrup

(Encontrado em um copo descartável no Rain River.)

— Bailey, você gosta mais da vovó do que de mim?

— Não.

— Do tio Big?

— Não.

— E do Toby?

— Não amo ninguém mais do que você, está bem?

— Eu também não.

— Então estamos resolvidas.

— Você nunca vai desaparecer como a mamãe?

— Nunca.

— Promete?

— Meu Deus, quantas vezes preciso dizer que nunca vou desaparecer como a mamãe. Agora volte a dormir.

(Encontrado rabiscado, em um galho de árvore, do lado de fora do Clover High.)

— Bailey, você gosta mais da vovó do que de mim?

— Não.

— Do tio Big?

— Não.

— E do Toby?

— Não amo ninguém mais do que você, está bem?

— Eu também não.

— Então estamos resolvidas.

— Você nunca vai desaparecer como a mamãe?

— Nunca.

— Promete?

— Meu Deus, quantas vezes preciso dizer que nunca vou desaparecer como a mamãe. Agora volte a dormir.

(Encontrado escrito em uma escrivaninha, na biblioteca pública do Clover High.)

PARTE 2

26

— Len, onde ela está hoje à noite?
— Eu estava dormindo.
— Vamos, Len.
— Ok, Índia, subindo o Himalaia.
— Isso foi na semana passada.
— Então você começa.
— Tudo bem. Ela está na Espanha. Em Barcelona. Um cachecol cobre a sua cabeça. — Sentada à beira do rio, bebendo sangria, com um homem chamado Pablo.
— Eles estão apaixonados?
— Sim.
— Mas vai deixá-lo pela manhã.
— Sim.
— Vai acordar antes do raiar do dia, pegar sua mala embaixo da cama, vestir uma peruca vermelha, um cachecol verde, botas brancas, vai pegar o primeiro trem.
— Ela vai deixar um bilhete?
— Não.
— Ela nunca deixa.
— Não.
— Vai entrar no trem e olhar para o mar pela janela.
— Uma mulher vai se sentar ao lado dela e vão começar a conversar. A mulher vai perguntar se ela tem filhos, e ela dirá: "Não".
— Errado, Len. Ela vai dizer: "Estou indo ver as minhas garotas".

(Encontrado em um pedaço de papel preso entre duas pedras no Flying Man's.)

Acordo mais tarde com o rosto afundado no travesseiro. Apoio meu corpo nos cotovelos e olho pela janela. As estrelas enfeitiçaram a escuridão do céu. A noite reluz. Abro a janela e o som do rio passeia pela brisa com perfume de rosas, e penetra em meu quarto. Estou chocada por perceber que me sinto um pouco melhor, como se o sono fosse capaz de me levar a um lugar com um pouco mais de ar. Afasto os pensamentos sobre Joe e Toby, respiro fundo mais uma vez para sentir a fragrância das flores, do rio, do mundo e, então, me levanto, levo o cesto de lixo para o banheiro, e o esvazio e, quando volto, vou direto para a escrivaninha de Bailey.

Ligo o computador, pego o caderno da primeira gaveta, lugar em que o deixo agora, e decido continuar de onde parei no dia anterior. Preciso fazer alguma coisa por minha irmã e tudo o que consigo pensar é em encontrar minha mãe. Começo a digitar as combinações que sobraram no caderno de Bailey. Consigo entender o fato de que, por se tornar mãe, começou a forçar a busca da mamãe dessa forma. De alguma maneira, faz sentido para mim. Mas suspeito de mais uma coisa. Em um canto distante e reprimido da minha mente, há uma cômoda, e nela um pensamento reprimido no fundo da última gaveta. Sei que está lá, pois eu o coloquei lá para não precisar olhar para ele. Mas hoje decido abrir o compartimento enferrujado e encarar algo em que sempre acreditei que é o seguinte: Bailey também tinha. A impaciência estava estampada em minha irmã durante sua vida toda, nos informando de tudo que fazia, desde correr pelo campo até vivenciar personagens diferentes no palco. Sempre achei que essa fosse a razão de ela querer encontrar a nossa mãe. E sei que esse era o motivo de eu não querer. Aposto que é por isso que não me contou que procurava mamãe dessa forma. Sabia que tentaria impedi-la. Não queria que mamãe mostrasse a Bailey uma porta de saída da nossa vida.

Uma exploradora por família é o suficiente.

Mas posso compensar isso agora tentando encontrar a mamãe. Digito combinação atrás de combinação em várias ferramentas de busca diferentes. Contudo, depois de uma hora, estou a ponto de jogar o computador pela janela. É inútil. Chego ao fim do caderno de Bailey e começo a usar palavras e símbolos dos poemas de Blake. Percebo, pelo caderno, que ela se baseava na caixa de pistas sobre a mamãe. Usou referências de *Oliver Twist, Sidarta, Na estrada,* mas não conseguiu chegar a William Blake. O livro de poemas dele está aberto e combino palavras como *Tiger* ou *Poison Tree* ou *Devil* com Paige ou com Walker, com vocábulos como *chef* de cozinha, cozinheira, restaurante, pensando como a vovó, que deve ser assim que ela ganha dinheiro enquanto viaja, mas é tudo inútil. Depois de mais uma hora sem conseguir nenhum resultado, digo a minha irmã no alto da montanha, no desenho da exploradora, "Não estou desistindo, só preciso de um tempo", e desço as escadas para ver se alguém ainda está acordado.

Big está na varanda, sentado bem no meio do sofá como se fosse seu trono. Enfio-me ali com ele.

— Inacreditável — murmura, dando um tapinha no meu joelho. — Não consigo me lembrar da última vez que ficou comigo para um papinho noturno. Estava pensando se vou dar um cano no trabalho amanhã, se convido uma nova amiga para almoçar comigo em um restaurante. Estou cansado de comer em árvores — vira a ponta do bigode, enquanto devaneia.

Oh-oh.

— Lembre-se — aviso: — Você só pode pedir alguém em casamento depois de um ano inteiro de namoro. Essas são as regras depois do seu último divórcio – estendo o braço e dou uma puxada no bigode, e acrescento o seguinte para causar efeito: – Seu quinto divórcio.

– Eu sei, eu sei. Mas, nossa, sinto falta de propor casamento, não há nada mais romântico. Você tem de tentar, pelo menos uma vez, Len. É como saltar de paraquedas com os pés no chão – ri de uma forma que poderia ser chamada de risadinha se não tivesse 45 metros. Ele disse isso para mim e Bailey a vida toda. Na verdade, até Sarah iniciou uma polêmica sobre as injustiças do casamento no sétimo ano, não fazia ideia de que propor união nem sempre fora considerado um evento de oportunidades iguais.

Olho para o pequeno quintal em que horas antes Joe me deixou, provavelmente para sempre. Por um minuto penso em contar para Big que é bem provável que Joe não vai mais aparecer, mas não consigo contar isso a ele. Que está quase tão ligado a Joe quanto eu. E, de qualquer forma, quero falar sobre uma outra coisa.

– Big?

– Hmmm.

– Você acredita nessa história de gene impaciente?

Olha-me surpreso e diz: – Parece uma enorme conversa-fiada, não é?

Penso na resposta incrédula de Joe hoje na mata, em minhas próprias dúvidas, nas de todo mundo, sempre. Mesmo nesta cidade, em que o conceito do espírito livre é um valor fundamental de família, as poucas vezes que contei para alguém que minha mãe foi embora quando eu tinha um ano, para viver uma vida itinerante e livre, quiseram me trancar em um quarto forrado de borracha. Mesmo assim, para mim, o evangelho da família Walker não parece inverossímil. Qualquer pessoa que tenha lido um romance ou andado pela minha rua ou passado na frente da minha casa sabe que existem vários tipos de pessoas estranhas, principalmente as da minha família; é o que penso ao olhar para Big, que só Deus sabe o que faz com as árvores, vive se casando, tenta ressuscitar insetos mortos, fuma mais maconha do que o ensino médio todo e tem a aparência de um rei em conto de fadas. Então, por que a irmã dele não seria uma aventureira, um espírito alegre? Por que a minha mãe não seria a heroína de tantas histórias, a corajosa que partiu? Como Luke Skywalker, Gulliver, Capitão Kirk, Dom Quixote, Ulisses? Não é muito real para mim, tudo bem, é meio místico e mágico, não é como os meus santos favoritos ou personagens de romances a quem tanto me apego, talvez, até um pouco demais.

— Não sei — respondo honestamente. — Será que é tudo bobagem?

Big fica um bom tempo sem dizer nada, apenas enrolando a ponta do bigode, pensando. — Não, tem tudo a ver com classificação, entende? — não entendo, mas não interrompo. — Toda família tem suas coisas, certo? E essa tendência, seja lá o que for, por alguma razão, é típica da nossa família. Seria pior, se sofrêssemos de depressão ou alcoolismo ou amargura. Nossos familiares aflitos apenas caem na estrada...

— Acho que Bailey tinha isso — as palavras escapam da minha boca antes que consiga pegá-las de volta, revelando quanto acredito realmente nisso, afinal de contas. — Sempre achei.

— Bailey? — ele pergunta, franzindo o cenho. — Não, não acho. Na verdade, nunca vi uma garota tão aliviada ao ser rejeitada por aquela escola de Nova York.

— Aliviada? — isso sim é que é um monte de besteiras! — Tá brincando? Ela sempre quis ir para Juilliard. Empenhou-se tannnnnnnto. Era o sonho dela.

Big examina meu rosto em chamas. – Sonho de quem, Len? – pergunta, enquanto imita o gesto de um clarinete invisível sendo tocado. – Pois a única pessoa aqui que eu vi se empenhando tannnnnnnnnto foi você.

Meu Deus.

A voz entusiasmada de Marguerite penetra em minha mente: "Você toca de forma impressionante. Se conseguir controlar os nervos, Lennie, vai para Juilliard".

Em vez disso, desisto.

Em vez disso, encolho-me toda entrando cada vez mais em meu casco.

– Venha aqui – Big abre o braço como se fosse uma asa gigante e a fecha sobre mim, aconchego-me ao lado dele e tento não pensar em como ficava horrorizada toda vez que Marguerite mencionava Juilliard, toda vez que me imaginava...

– Os sonhos mudam – diz Big. – Acho que os dela mudaram.

É, os sonhos mudam, mas não sabia que podiam se esconder dentro de uma pessoa.

Ele abre o outro braço também e aceito seu abraço de urso, sentindo o aroma denso da maconha que emana das roupas dele. Abraça-me bem apertado, afagando meu cabelo com sua mão enorme. Esqueci como Big pode ser reconfortante. Uma fornalha humana. Olho para ele. Uma lágrima corre por seu rosto.

Depois de alguns minutos, diz: – Bails podia ter faniquito no funico, como a maioria das pessoas, mas acho que era mais como eu e você ultimamente, se quer saber – uma escrava do amor. Sorri para mim como se estivesse me apresentando a uma sociedade secreta. – Talvez sejam essas malditas rosas e, só para constar, nelas eu acredito: por experiência própria. São fatais ao coração – juro, somos como ratos de laboratório inalando aquele aroma durante a estação inteira... — gira o bigode, parece ter se esquecido sobre o que falava. Espero, e lembro-me que ele está chapado. O perfume das rosas se espalha pelo ar entre nós. Suspiro, penso em Joe, sabendo muito bem que não foram as rosas que incitaram esse amor em meu coração, e sim o rapaz, um rapaz maravilhoso. Como eu pude?

Bem ao longe, uma coruja pia, um som oco e solitário que faz com que me sinta da mesma forma.

Big continua falando como se não tivesse passado nem um minuto. — Não, não era isso que Bails tinha...

— O que quer dizer? — pergunto, endireitando-me.

Ele para de mexer no bigode. Sua expressão fica séria. — A vovó era diferente quando éramos crianças. Se alguém tem isso, esse alguém é ela.

— A vovó mal sai do bairro — digo, sem entender nada do que quer dizer.

Ele ri. — Eu sei. Acho que é por isso que não acredito tanto no gene. Sempre achei que minha mãe tivesse. Achei que reprimisse de alguma forma, trancando-se na sala de arte por semanas sem fim, enquanto pintava.

— Bem, se é assim, então por que a minha mãe também não reprimiu? — tento falar baixo, mas sinto uma súbita raiva. — Por que foi embora e a vovó resolveu isso pintando?

— Não sei, querida, mas Paige tinha com mais intensidade.

— Tinha o quê com mais intensidade?

— Não sei! — e percebo que não sabe mesmo, que se sente tão frustrado e confuso quanto eu. — O que quer que faça uma mulher abandonar dois bebês, o irmão e a mãe, e não voltar em dezesseis anos! Isso é o quê? Quer dizer, chamamos de desejo de viajar, outras famílias não seriam tão sutis.

— O que as outras famílias diriam? — pergunto. Ele nunca falou nada assim sobre a mamãe. Será que tudo não passa de uma história inventada para esconder que é louca? Será que estava mesmo fora de si?

— Não importa como os outros chamam isso, Len. Esta é a nossa história e nós a contaremos.

Esta é a nossa história, ele diz, usando seu tom de Dez Mandamentos, e é assim que entendo: profundamente. Pode-se pensar que, pelo fato de ler tanto, eu já teria imaginado isso antes, mas não me ocorreu. Nunca fantasiei essa interpretação a respeito de minha vida. Sempre me senti parte de uma narrativa, mas não como autora dela, ou como se tivesse algo a contar sobre ela, qualquer que fosse.

Você pode contar a sua história da maldita maneira que quiser.

É o seu solo.

27

Este é o segredo que guardo de você, Bails,
de mim também:
acho que gosto que a mamãe tenha ido embora,
que ela possa ser qualquer pessoa,
em qualquer lugar,
fazendo qualquer coisa.
Gostava do fato de ela ser nossa invenção,
uma mulher vivendo
a última página da história,
com apenas o que imaginamos
ao seu redor.
Gostava de ela ser só nossa, inteiramente.

(Encontrado em uma página arrancada de O morro dos ventos uivantes*, presa em um galho, na floresta.)*

A ausência de Joe toma conta de mim como uma mortalha. A vovó e eu estamos curvadas, sem sustentação, à mesa da cozinha, olhando para direções opostas.

Quando voltei ao Refúgio na noite anterior, guardei o caderno de Bailey com os outros e fechei a caixa. Então, coloquei o Santo Antônio de volta à lareira, na frente da Mãe pela Metade. Não tenho certeza se vou encontrar a nossa mãe, mas sei que não vai ser pela internet. Durante toda a noite, penso no que Big disse. É possível que ninguém nesta família seja quem eu acredito que seja. Especialmente eu. Tenho certeza de que suas palavras me atingiram como um raio.

E talvez em relação a Bailey também. Talvez ele esteja certo e ela não tinha, o que quer que seja isso. Talvez minha irmã quisesse ficar aqui, casar-se e ter uma família. Talvez essa fosse a sua cor do extra-ordinário.

– Bailey tinha tantos segredos.

– Acho que está no sangue da família – responde com um suspiro.

Quero perguntar a ela o que quer dizer com isso, e lembro-me do que Big disse sobre a vovó na noite anterior, mas não consigo, pois ele acabou de entrar, vestido para trabalhar, no melhor estilo Paul Bunyan[23]. Olha para nós e pergunta: – Quem morreu? – depois para no meio do passo, e balança a cabeça. – Não posso acreditar no que acabei de dizer – ele bate na cabeça como se perguntasse se tem alguém ali. Então, olha ao redor e pergunta: – Ei, onde está o Joe nesta manhã?

A vovó e eu olhamos para baixo.

– Que foi? – pergunta.

– Acho que não virá mais aqui – digo.

23 Paul Bunyan é um lendário lenhador gigantesco que aparece em alguns relatos tradicionais do folclore dos Estados Unidos. Foi criado pelo jornalista americano James MacGillivray. Está relacionado aos estados de Michigan, Wisconsin e Minnesota, onde goza de grande popularidade. (N. T.)

— Mesmo? — o Gulliver Big se encolhe até virar um Lilliputiano na minha frente. — Por quê, querida?

Sinto as lágrimas florescerem. — Não sei.

Graças a Deus, ele deixa pra lá e sai da cozinha para ver seus insetos.

No caminho para o restaurante, reflito sobre a violinista francesa, a louca Genevieve, por quem Joe estava apaixonado. Penso na forma como ele se referiu aos trompetistas, como sendo do tipo tudo ou nada. Lembro como tinha tudo com ele e agora não tenho mais nada, a não ser que, de alguma forma, faça com que entenda o que aconteceu na noite anterior e em todas as outras noites com Toby. Mas como? Já deixei dois recados no celular dele hoje de manhã e até liguei para a sua casa. Foi mais ou menos assim:

Lennie (tremendo nos chinelos): Joe está?

Marcus: Uau, Lennie, chocante... garota de coragem.

Lennie (olha para baixo para ver a letra escarlate estampada em sua camiseta): Ele está por aí?

Marcus: Não, saiu cedo.

Marcus e Lennie: Silêncio embaraçoso.

Marcus: Ele está muito mal. Nunca o vi tão chateado por causa de uma garota antes, nem por nada, na verdade...

Lennie (quase chorando): Você pode dizer a ele que eu liguei?

Marcus: Digo.

Marcus e Lennie: Silêncio embaraçoso.

Marcus (hesitante): Lennie, se você gosta dele, bem, não desista.

Tom de discagem.

E esse é o problema. Gosto dele loucamente. Faço uma ligação de socorro e peço a Sarah que vá até o restaurante durante o meu turno.

Normalmente, sou a rainha das lasanhas. Depois de três verões e meio, quatro turnos por semana, oito lasanhas por turno, oitocentas e noventa e seis lasanhas, para ser exata, entendo da coisa. É a minha meditação.

Separo macarrão por macarrão do bloco viscoso que sai da geladeira, com paciência e decisão cirúrgicas. Enfio a mão na ricota, tempero e dobro a mistura até ficar fofa como uma nuvem. Corto o queijo em fatias finas como papel. Tempero o molho até que cante. E então transformo as camadas em montanhas de perfeição. Minhas lasanhas são sublimes. Contudo, hoje, elas não cantam. Depois de quase cortar um dedo com o fatiador, derrubar o bloco viscoso de macarrão no chão, deixar a massa passar do ponto, derrubar um monte de sal no molho de tomate, Maria me coloca na tarefa ridícula de rechear canudos com um objeto cego, enquanto faz as lasanhas ao meu lado. Estou encurralada. É muito cedo para clientes, então estou presa dentro do tabloide da cidade. Maria é a fofoqueira da cidade, não para de falar sobre os acontecimentos lascivos e libidinosos de Clover; incluindo, claro, as escapadas arborícolas do Romeu da cidade: meu tio Big.

— Como ele está?

— Você sabe.

— Todo mundo pergunta sobre ele. Costumava dar uma passada no The Saloon toda noite depois que descia das árvores, retornando à terra.

Mexe o molho na minha frente, uma bruxa com seu caldeirão, enquanto tento esconder o fato de que quebrei outro canudo de massa folheada. Sou uma confusão apaixonada com uma irmã morta. — O lugar não é o mesmo sem ele. Estará aguentando bem? — Maria se vira para mim, tira uma mecha de cabelo da testa suada, nota com irritação a crescente pilha de canudos quebrados.

— Está bem, assim como todos nós. Tem ido para casa depois do trabalho — não acrescento "e fumado três pacotes de erva para adormecer a dor". Não paro de olhar para a porta, enquanto imagino Joe entrando a qualquer momento.

— Ouvi dizer que teve uma visita no topo das árvores outro dia — Maria anuncia, e volta a se meter na vida dos outros.

— Não pode ser — digo, mas sei muito bem que é bastante provável.

— Sim, Dorothy Rodriguez, você a conhece, não? Ela é professora do terceiro ano. Ontem à noite no bar, ouvi dizer que subiu com ele no barril na copa das árvores, e você sabe...

Pisca para mim. — Eles fizeram um piquenique.

Resmungo. — Maria, pare, ele é meu tio.

Ela ri e depois conta mais umas doze fofocas sobre Clover até finalmente Sarah chegar, vestida como uma loja de tecidos especializada em casimira. Para na porta, levanta os braços e faz sinal de paz com as mãos.

— Sarah! Você está exatamente igual a mim, vinte anos atrás. Não, quase trinta anos atrás — diz Maria, indo para a geladeira. Ouço a porta bater atrás dela.

— Por que a mensagem de socorro? — Sarah me diz. O dia de verão a seguiu. Seu cabelo ainda está molhado por ter nadado. Quando liguei mais cedo, estava no Flying Man "trabalhando" com Luke em uma música. Posso sentir o cheiro do rio nela, quando me abraça.

— Está usando anel no pé? — pergunto para adiar um pouco mais a minha confissão.

— Claro — levanta a pantalona caleidoscópica no ar para me mostrar.

— Impressionante.

Senta-se no banquinho na frente do balcão em que estou trabalhando e joga seu livro de lado. É um livro de Hélène Cixious — Lennie, essas feministas francesas são muito mais legais do que as existencialistas estúpidas. Curto tanto esse conceito de *jouissance*, significa entusiasmo transcendente, que tenho certeza de que você e Joe conhecem muito bem — diz, enquanto finge tocar baquetas invisíveis no ar.

— Conhecíamos — digo, e respiro fundo. Preparo-me para o "eu bem que avisei" do século.

Sua expressão está entre a descrença e o choque: — Como assim, conheciam?

— Conhecíamos.

— Mas ontem... — ela balança a cabeça, tentando entender a notícia. — Vocês saíram tão animados do ensaio, deixando-nos doentes por causa do indisputável, irrefutável, inconfundível amor verdadeiro que exalava de cada um dos poros de seus corpos presos-pela-cintura. Rachel quase explodiu. Era tão lindo — e então a ficha dela cai. — Não me diga.

— Por favor, não tenha um ataque de vaca, cavalos ou tamanduás ou qualquer outro animal. Sem regras morais, certo?

— Certo, prometo. Agora me diga que não fez nada. Falei para você que tinha um mau pressentimento.

— Fiz — digo, e cubro o rosto com as mãos. — Joe viu a gente se beijando ontem à noite.

— Só pode estar brincando.

Balanço a cabeça.

Como se adivinhasse, uma gangue de Toby em miniatura passa voando em seus skates, enquanto racha a calçada, tão silenciosos quanto um avião a jato.

— Mas por que, Len? Por que faria isso? — surpreendentemente, não há julgamento em seu tom. Quer mesmo saber. — Você não ama Toby.

— Não.

— E está louca por Joe.

— Totalmente.

— Então, por quê? — essa é a pergunta que vale um milhão de dólares.

Recheei tantos canudos, pensando em como explicar: — Acho que tem a ver com quanto nós dois amamos Bailey, por mais insano que pareça.

Sarah olha para mim. — Está certa. Parece muito insano. Bailey mataria você.

Meu coração quer saltar do peito. — Eu sei. Mas Bailey está morta, Sarah, e Toby e eu não sabemos lidar com isso. E foi o que aconteceu, está bem? — nunca gritei com Sarah antes, e isso foi bem próximo de um grito. Mas estou furiosa com ela por dizer o que sei que é verdade. Bailey me mataria, e isso faz com que tenha mais vontade de berrar com Sarah, e grito: — O que eu devo fazer? Penitência? Devo flagelar a carne, mergulhar as mãos em lixívia, esfregar pimenta no rosto como Santa Rosa? Vestir uma camiseta de silício?

Os olhos dela se arregalam: — Sim, é exatamente isso que deve fazer! — exclama, mas sua boca se contorce um pouco. — Isso mesmo, use uma camisa de silício! Um chapéu de silício! Um conjunto inteiro de silício — seu rosto está todo contorcido e conclui: — Santa Lennie — e depois tem um ataque histérico. Seguida por mim, toda a nossa raiva transmutou-se em uma incontrolável gargalhada espetacular. Estamos as duas curvadas tentando respirar e a sensação é tão boa que posso até morrer de falta de oxigênio.

— Sinto muito — digo, engasgando-me.

Ela fala: — Não, eu é que sinto. Prometi que não ia ter um ataque. Mas gostei de vê-la tendo um.

— Eu também.

Maria reaparece com o avental cheio de tomates, pimentas, cebolas, pega uma e olha para nós: — Você e a sua amiga maluca, saiam daqui. Faça uma pausa.

Sarah e eu nos sentamos em um banco na frente do restaurante. As ruas estão cheias de vida, com casais bronzeados de São Francisco que saem de seus hotéis, vestidos de preto, procurando por panquecas ou jangadas ou maconha.

Ela balança a cabeça enquanto se alegra. Deixei-a confusa. Uma coisa difícil de fazer. Sei que ela gostaria muito de vociferar: "Raposas voadoras, no que estava pensando, Lennie?", mas ela não faz isso.

— Tudo bem, a questão a ser resolvida é como trazer de volta aquele garoto Fontaine — diz calmamente.

— Exatamente.

— É óbvio que fazer ciúme para ele está fora de cogitação.

— Obviamente — digo, enquanto seguro o queixo com as mãos, e olho para a sequoia de mil anos do outro lado da rua, fitando-me diante da minha preocupação. Ela quer chutar o meu traseiro-de-principiante-pesaroso.

— Já sei — Sarah exclama. — Vai seduzi-lo — diz, fecha os olhos, faz beicinho com seu cigarro, traga-o profundamente e exala um perfeito anel de fumaça. — A sedução sempre funciona. Não consigo pensar em nenhum filme em que não tenha dado certo, você consegue?

— Você não está falando sério. Ele está tão bravo e magoado. Nem está falando comigo. Liguei três vezes para ele hoje de manhã... e sou eu, não você, lembra-se? Não sei como seduzir ninguém. Sinto-me totalmente infeliz, não paro de ver o rosto de Joe, duro e sem vida, do mesmo jeito que estava ontem à noite. Se existe um rosto impermeável à sedução é aquele.

Sarah gira o cachecol com uma das mãos e fuma com a outra. — Não tem de fazer nada, Len, apenas aparecer no ensaio da banda amanhã com uma boa aparência, irresistível — ela diz irresistível como se tivesse dez sílabas. — Seus hormônios e a louca paixão por você farão o resto.

— Isso não é incrivelmente superficial, Srta. Feminista Francesa?

— *Au contraire, ma petite.* Essas feministas só falam de celebrar o corpo, é *langage* — diz, enquanto abana o cachecol no ar. — Como disse, estão todas atrás de *jouissance.* Como um meio, claro, de subverter o paradigma patriarcal dominante e o cânone literário dos homens brancos, mas podemos comentar isso uma outra hora — diz, e joga o cigarro na rua. — De qualquer forma, mal não pode fazer. E vai ser divertido. Para mim, vai... — uma nuvem de tristeza passa pelo semblante dela.

Trocamos olhares que traduzem semanas de palavras não ditas.

— Só achava que você não conseguia mais me entender — digo de uma vez. Sentia-me uma pessoa diferente e Sarah era a mesma de sempre, e tenho certeza de que Bailey ia achar o mesmo de mim, e estava certa. Às vezes, só tem de marchar pela própria bagunça secreta que criou.

— Não conseguia entender — Sarah exclama. — Não mesmo, sentia-me... sinto-me tão inútil, Lennie. E nossa, aqueles livros sobre perda são uma droga, tão formais, 100% lixo.

— Obrigada. Por lê-los.

Olha para os pés e diz: — Também sinto a falta dela — até aquele momento não tinha passado pela minha cabeça que poderia ter lido aqueles livros para si mesma também. Mas é claro. Ela reverenciava Bailey. Deixei-a sofrer sozinha. Não sei o que dizer, então vou até a outra ponta do banco e a abraço. Com força.

Um carro com um bando de idiotas da escola passa buzinando. Eles sabem destruir um momento. Então, separamo-nos, Sarah acenou seu livro feminista para eles como se fosse uma fanática religiosa, o que me faz rir.

Quando passam, pega outro cigarro do maço e gentilmente toca meu joelho com ele. — Essa coisa do Toby. Não consigo entender — diz, acendendo o cigarro e chacoalhando o fósforo mesmo depois de apagado, como um metrônomo. — Você competia com Bailey? Vocês nunca me pareceram como as irmãs do *Rei Lear,* de Shakespeare. Pelo menos, nunca percebi isso.

— Não éramos. Não... mas... não sei, faço-me a mesma pergunta...

Uma coisa que Big me disse ontem à noite não sai da minha cabeça, uma coisa terrivelmente significativa.

— Lembra-se daquela vez em que assistimos a Kentucky Derby[24]? — pergunto a Sarah, sem saber ao certo se faz algum sentido para qualquer outra pessoa que não seja para mim.

— Acho que sim.

— Bem, acho que éramos nós, Bailey e eu.

Para um pouco, exala uma longa nuvem de fumaça, antes de dizer: — Vocês duas eram cavalos de corrida, Len? — dá para ver que não acredita nisso, mas tenta ser gentil.

Balanço a cabeça. — Ah, tá bom, cai na real, eu não era. Meu Deus, de jeito nenhum. Não sou — e não é culpa de ninguém a não ser minha. Bailey ficou tão furiosa quanto a vovó, quando parei as aulas.

— Você quer ser? — Sarah pergunta.

— Talvez — respondo, incapaz de dizer sim.

24 Kentucky Derby é uma competição de corrida de cavalos disputada anualmente no Kentucky, EUA. (N. T.)

Ela sorri, então em silêncio, ficamos vendo os carros passarem pela rua, a maioria deles abarrotados com a parafernália ridícula que levam ao rio: botes em forma de girafas, canoas no formato de elefantes e coisas do gênero. Finalmente diz: — Deve ser uma droga ser um pônei acompanhante. Não metaforicamente, digo, sabe, para um cavalo. Pense bem. Sacrificar-se 24 horas por dia, sete dias por semana, sem glória, sem *glamour*... deviam começar um sindicato, criar a sua própria Corrida de Pôneis Acompanhantes.

— Uma boa causa para você.

— Não. Minha causa é transformar Santa Lennon em uma *femme fatale* — sorri. — Vamos, Lennie, diga sim.

O "Vamos, Lennie" dela faz-me lembrar de Bailey e, em um ímpeto afirmo: — Tá bom, vamos.

— Vai ser sutil, prometo.

— Sutil como você.

Ela ri. — É, você tá ferrada.

É uma ideia desesperançosa, mas não tenho nenhuma outra. Tenho de fazer alguma coisa, e ficar *sexy*, supondo que consiga isso, não vai ferir ninguém, não é? Quer dizer, é verdade que a sedução quase sempre funciona nos filmes, especialmente nos franceses. Então, entrego-me à experiência de Sarah e ao conceito de *jouissance*, e a Operação Sedução está oficialmente em prática.

Não sei o que dizer. Melões. Tetas. Bojo audacioso. Um decote enorme no minúsculo vestido preto que vou usar, em plena luz do dia, para ensaiar na banda. Não consigo deixar de olhar para baixo. Estou com enchimento. A gatinha dos seios enormes. Meu eu esquelético está positivamente recheado. Como um sutiã pode fazer isso? Nota aos cientistas: a matéria pode ser criada de fato. Sem falar no salto plataforma que me faz parecer com 1,80 metro de altura, e meu lábios estão vermelhos como romãs.

Sarah e eu nos escondemos na sala ao lado da de música.

— Tem certeza, Sarah? Não sei como foi que me meti nesse ridículo episódio de *I love Lucy*[25].

— Nunca tive tanta certeza de uma coisa. Nenhum rapaz vai resistir a você. Estou um pouco preocupada se o Sr. James vai sobreviver a isso.

— Tudo bem, vamos.

Atravesso o corredor fingindo ser outra pessoa. Alguém em um filme, um filme francês em branco e preto em que todo mundo fuma e é misterioso e encantador. Sou uma mulher, não uma garota, e vou seduzir um homem. A quem estou enganando? Entro em pânico e volto correndo para a sala de aula. Sarah me acompanha, minha dama de honra.

— Vamos, Lennie — diz, exasperada.

Lá vai, de novo "Vamos, Lennie". Tento mais uma vez. Desta vez penso em Bailey, na forma como deslizava, fazendo o chão trabalhar a seu favor, e passo sem fazer esforço pela porta da sala de música.

Na mesma hora, percebo que Joe não está lá, mas ainda falta um tempo para o ensaio começar, 15 segundos, e ele sempre chega cedo, mas talvez algo o tenha atrasado.

Catorze segundos: Sarah tinha razão, todos os rapazes olham para mim como se tivesse saído de uma revista. Rachel quase derruba o clarinete.

Treze, doze, onze: o Sr. James joga os braços para cima celebrando — Lennie, você está encantadora! — e eu me sento.

Dez, nove: monto meu clarinete, não quero sujar o bocal de batom. Mas sujo.

---

25 *I love Lucy* (em português: Eu amo a Lucy) é uma das sitcoms da televisão estadunidense mais aclamadas e populares, estrelada por Lucille Ball, Desi Arnaz, Vivian Vance e William Frawley nos anos de 1960. (N. T.)

Oito, sete: afinando.

Seis, cinco: ainda afinando.

Quatro, três: viro-me. Sarah balança a cabeça, balbuciando "inacreditável".

Dois, um: o anúncio que esperava: – Vamos começar a aula. Sinto termos perdido nosso único trompetista para o festival. Joe vai se apresentar com seus irmãos. Peguem seus lápis, fiz algumas mudanças.

Seguro minha cabeça encantadora com as mãos, ouço Rachel dizer: – Avisei que ele era muita areia para o seu caminhão, Lennie.

28

Era uma vez uma garota que percebeu que estava morta.
Espiou pela fresta do céu
e viu que lá na Terra
sua irmã sentia muito a sua falta.
Então, percorreu caminhos
por onde não devia ter andado,
pegou alguns momentos com a mão,
chacoalhou-os
e os jogou como se fossem dados
por cima do mundo dos vivos.
Funcionou.
O garoto do violão colidiu
com sua irmã.

*“**Pronto, Len**”, sussurrou.*
“O resto é com você.”

(Encontrado em um folheto dobrado, na calçada da rua Principal.)

Que a força esteja com você – diz Sarah, enviando-me para o meu caminho, que é no alto da montanha da casa da família Fontaine com o já mencionado vestido preto, salto plataforma e o bojo audacioso. Repito o mesmo mantra durante o trajeto todo: Sou a autora da minha história e posso contá-la da forma que quiser. Sou uma artista solo. Sou um cavalo de corrida. Sim, isso me coloca na categoria humana mais estranha que existe, mas funciona e consigo subir a montanha, pois 15 minutos depois estou de frente para a *maison* Fontaine, a grama seca de verão estalando por onde piso, com insetos escondidos zunindo, o que me faz lembrar: como é que a Rachel sabe o que aconteceu com Joe?

Quando chego à via de entrada, vejo um homem vestido de preto, com uma mecha de cabelos grisalhos, balança os braços como louco, gritando em francês, uma mulher elegante de vestido preto (que combina com ela), parece tão brava quanto ele. Vocifera em inglês. Definitivamente não quero passar por essas panteras, então me escondo do outro lado da propriedade, abaixo-me ao lado de um enorme salgueiro, que reina soberano no meio do quintal, as folhas espessas caem como um vestido de baile verde e brilhante ao redor do velho tronco e dos galhos, criando o esconderijo perfeito.

Preciso de um momento para controlar meu nervosismo, então ando de um lado para o outro pelo meu novo apartamento verde e brilhante, tentando descobrir o que vou realmente dizer a Joe, um ponto que tanto Sarah quanto eu esquecemos de considerar.

É então que ouço o som do clarinete saindo da casa, a melodia que Joe escreveu para mim. Meu coração sente uma ponta de esperança. Ando pelo lado da *maison* Fontaine em que está a árvore, ainda escondida por uma cortina de folhas, levanto-me e caminho nas pontas dos pés e vejo, pela janela aberta, Joe tocando um clarinete baixo na sala.

E assim começa a minha vida de espiã.

Digo a mim mesma que, depois desta canção, vou tocar a campanhia e literalmente encarar a música. Mas toca repetidas vezes e permaneço deitada no chão, ouvindo a música maravilhosa; procuro uma caneta na bolsa de Sarah, acho-a, junto com um pedaço de papel. Escrevo um poema, prendo-o ao chão com um graveto. A música me deixa encantada; volto àquele beijo, mais uma vez bebendo a doce chuva nos lábios dele...

Para ser interrompida de forma rude pela voz exasperada de DougFred. — Cara, você me deixa louco. A mesma melodia o tempo inteiro, há dois dias. Não aguento mais. Vamos todos pular da ponte logo atrás de você. Por que não fala com ela? — levanto-me e me escondo mais perto da janela: Harriet, a espiã em ação. — Por favor, diga que vai falar com ela — digo em minha mente para Joe.

— De jeito nenhum — diz Joe.

— Joe, é tão patético... qual é!

A voz dele é apertada, dura. — Sou mesmo tão patético. Ela mentia para mim o tempo todo... do mesmo jeito que a Genevieve, do mesmo jeito que o papai com a mamãe, se quer saber...

Argh. Argh. Argh. Cara, estraguei tudo mesmo.

— Mesmo assim, mesmo com tudo isso, as coisas são complicadas, às vezes, cara. — Aleluia, DougFred.

— Não para mim.

— Pegue o seu trompete, precisamos ensaiar.

Ainda escondida debaixo da árvore, ouço Joe, Marcus e DougFred treinarem: funciona assim, três notas, então o celular de alguém toca: Marcus: *Ei, Ami,* cinco minutos depois, outro telefonema: Marcus: *Salut, Sophie,* depois DougFred: *Ei, Chloe,* e 15 minutos depois: *Oi, Nicole*. Esses caras são os queridinhos de Clover. Lembro-me do telefone tocando continuamente na noite que passei lá. Finalmente, Joe diz: Desliguem os telefones ou não vamos conseguir tocar nada – mas, assim que termina de falar, seu próprio celular toca e seus irmãos riem. Ouço-o dizer: *Ei, Rachel*. E esse é o meu fim. *Ei, Rachel* em um tom de voz que parece feliz ao ouvi-la, como se esperasse a chamada.

Penso em Santa Wilgeforte, que foi dormir bela e acordou com barba e bigode, e desejo o mesmo destino para Rachel. Hoje à noite.

Então ouço: Você tem razão. Os Throat Singers de Tuva são demais.

Ligue para 190.

Tudo bem, acalme-se, Lennie. Pare de andar. Nem pense em piscar aqueles cílios para Rachel Brazile! Sorrir para ela, beijá-la, fazer com que se sinta parte do céu... O que foi que fiz? Deito-me na grama debaixo do guarda-chuva de folhas trêmulas iluminadas pelo sol. Um telefonema me faz cair na real. Como ele deve ter se sentido de verdade ao me ver beijando Toby?

Sou uma idiota, não tem outra forma de dizer.

Também não há outra forma de pronunciar isto: estou louca de amor é o que ressoa por todo o meu corpo o tempo todo, como uma ópera insana.

Mas de volta à mocreia!?

Seja racional, digo a mim mesma, sistemática, pense em todas as razões inócuas e nada românticas pelas quais ela poderia ligar para ele. Não consigo imaginar nenhuma, apesar de estar tão concentrada que nem escuto a caminhonete estacionar, só ouço uma porta bater. Levanto-me, olho pela cortina espessa de folhas e quase desmaio ao ver Toby caminhando para a porta da frente. Que diabo é isso? Ele hesita antes de tocar a campainha, respira fundo, então aperta o botão, espera, e o aperta novamente. Dá um passo para trás, olha para a sala, onde a música está tocando, e bate com mais força. A música para e escuto passos, depois vejo a porta ser aberta e Toby diz: — Joe está?

Engulo seco.

Em seguida, ouço Joe ainda na sala: — Qual o problema dele? Não conversei com ele ontem e não vou falar hoje.

Marcus volta para a sala: — Vai atender o cara.

— Não.

Mas Joe deve ter ido até a porta, pois ouço palavras abafadas e vejo a boca de Toby se movendo, mas não consigo decifrar o que diz, pois fica muito quieto.

Não planejo o que acontece em seguida. Apenas acontece. Só repito aquele mantra estúpido que diz essa-é-a-minha-história-sou-um-cavalo-de-corrida na minha cabeça e, de alguma forma, decido que independentemente do que quer que aconteça, de bom ou de ruim, não quero continuar escondida atrás de uma árvore quando acontecer. Reúno toda a minha coragem e saio da cortina de folhas.

A primeira coisa que percebo é o sol, tão cheio de azul e de um tipo de nuvem branca brilhante que deixa qualquer um empolgado por ter olhos. Nada pode dar errado debaixo deste céu, penso, vou em direção ao gramado, tento não tropeçar no salto. Os pais-panteras não estão mais por perto: provavelmente levaram a sua briga para o galpão. Toby deve ter ouvido os passos, vira-se.

— Lennie?

A porta se abre e os três irmãos Fontaine aparecem de uma vez, espremidos como se estivessem em um carro pequeno.

Marcus fala primeiro: — Va-va-vum.

Joe está de queixo caído.

Toby também.

— Caramba — é o que sai do rosto perpetuamente radiante de DougFred. Os quatro parecem uma fileira de patos atordoados. Tenho consciência precisa do tamanho do meu vestido, de como é justo em meu peito, de como o meu cabelo está selvagem, de como meus lábios estão vermelhos. Acho que vou morrer. Quero esconder meu corpo com as mãos. Pelo resto da minha vida, vou deixar essa coisa de *femme-fatale* para outras mulheres. Tudo o que desejo é sair correndo, mas não quero que olhem para o meu traseiro enquanto corro pela mata neste pequeno pedaço de tecido disfarçado de vestido. Espera um pouco. Um a um, assimilo suas caras de pateta. Será que a Sarah estava certa? Será que vai funcionar? Será que a mente masculina é tão simples assim?

Marcus está entusiasmado: — Que molho picante, John Lennon!

Joe olha para ele: — Cale a boca, Marcus! — já está de volta à sua compostura de fúria. Não, Joe definitivamente não tem a mente simples. Na mesma hora sei que fiz mal.

— Qual o problema de vocês dois? — diz para Toby e eu, movimentando os braços da mesma forma insana que seu pai.

Passa na frente de seus irmãos e de Toby, pula o degrau e se aproxima de mim, tão perto que sinto o cheiro da sua raiva. — Você não entende? Acabou, Lennie. Nós terminamos — os lindos lábios de Joe que um dia me beijaram e sussurraram em meus ouvidos agora se retraem e se contorcem com palavras que detesto. O chão abaixo de nós começa a se inclinar. As pessoas não desmaiam de verdade, desmaiam? — Entenda, porque falo sério. Está acabado. Tudo está acabado.

Sinto-me humilhada. Vou matar Sarah. E, da minha parte, sou totalmente um pônei acompanhante.

Sabia que isso não ia funcionar. Não tinha como ele deixar para lá essa traição animalesca porque eu me enfiei nesse minúsculo vestido ridículo. Como posso ser tão estúpida?

E acabei de perceber que posso ser a autora da minha própria história, mas todo mundo também é dono da sua própria história e, às vezes, como agora, as histórias não se sobrepõem.

Ele se afasta de mim. Nem me importa que haja seis pares de olhos e ouvidos voltados para nós. Ele não pode ir sem que eu tenha a chance de dizer alguma coisa, sem que o faça entender o que aconteceu ou de como me sinto a respeito dele. Seguro a barra da sua camiseta. Ele tira a minha mão e olha nos meus olhos. Não sei o que vê, mas parece se soltar um pouco. Percebo um pouco da raiva sair de seu corpo quando me olha. Sem ela, parece vulnerável e covarde, como um garotinho desamparado. Isso me faz sentir uma ternura que dói. Quero tocar seu belo rosto. Olho para as mãos dele, estão tremendo. Assim como meu corpo todo está.

Ele espera que eu fale. Mas percebo que a frase perfeita está na boca de outra garota, pois não está na minha. Na minha não há nada.

— Sinto muito — consigo dizer.

— Não me importo — diz, com a voz um tanto trêmula. Olha para o chão, sigo seu olhar, está descalço, seus pés são compridos, magros e com dedos de macaco. Nunca os tinha visto. Parecem totalmente símios, com dedos tão longos que dava para tocar piano com eles.

— Seus pés — digo sem perceber. — Nunca os vi antes.

Minhas palavras estúpidas ressoam pelo ar entre nós e, por uma fração de segundo, sei que quer rir, quer se aproximar de mim, quer me provocar por ter dito algo tão ridículo na hora em que está com vontade de me matar. Percebo isso em seu rosto como se seus pensamentos estivessem legendados. Mas, com a mesma rapidez que tudo isso veio, logo vai embora, sobrando apenas uma mágoa intensa em seus olhos que não piscam, sua boca que não sorri. Nunca vai me perdoar.

Tirei a alegria da pessoa mais feliz do planeta.

— Sinto tanto. Eu...

— Meu Deus, pare de falar isso — suas mãos se agitam como se fossem morcegos lunáticos. Estimulei a raiva dele. — Não me importo se sente muito. Você não entende — vira-se e volta para a casa, antes que eu consiga dizer qualquer outra coisa.

Marcus balança a cabeça e suspira, então segue seu irmão para dentro e DougFred vai logo atrás.

Fico lá com as palavras de Joe ainda queimando em minha pele, penso na ideia terrível que foi vir até aqui, com este minúsculo vestido, estes saltos imensos. Arranco o som de sirene dos meus lábios. Estou com nojo de mim mesma. Não lhe pedi que me perdoasse, não expliquei nada, não disse que ele é a coisa mais impressionante que aconteceu comigo, que o amo, que é único para mim. Em vez disso, falo dos pés dele. Dos pés dele.

Isso é que é engasgar diante da pressão. E então me lembro do *Ei, Rachel* que explode como um coquetel Molotov de ciúme, em minha tristeza, o que completa o quadro funesto.

Quero chutar o cartão-postal perfeito que o céu formou.

Estou tão absorta em minha autoflagelação que me esqueço de Toby, até ele dizer: — Garoto emotivo!

Olho para cima. Está sentado no degrau, apoia-se nos braços, com pernas esticadas. Deve ter vindo direto do trabalho; não está usando sua roupa rasgada de skatista, em vez disso usa *jeans* sujos de lama e botas, camisa desabotoada e só falta o chapéu para completar o quadro de Garoto Marlboro. Está vestido como no dia em que ganhou o coração da minha irmã: o Revolucionário de Bailey.

— Quase me atacou com o violão ontem. Estamos progredindo.

— Toby, o que está fazendo aqui?

— O que faz escondida atrás de uma árvore? — devolve a pergunta, apontando para o salgueiro atrás de mim.

— Tentando consertar um erro — digo.

— Eu também — diz rapidamente, e fica de pé. — Mas para você. Tento explicar as coisas para ele — suas palavras me surpreendem. — Vou te levar para casa — diz.

Entramos na caminhonete dele. Não consigo controlar a náusea que me domina resultante da pior tentativa de sedução da história romântica. Argh. E, ainda por cima, tenho certeza de que Joe olha para nós da janela e toda a sua suspeita ferve em sua cabeça quente, ao me ver partindo com Toby.

— Então, o que disse a ele? — pergunto quando saímos do território da família Fontaine.

— Bem, as três palavras que consegui dizer ontem e as dez que consegui acrescentar hoje resumem-se em dizer-lhe que deveria dar uma segunda chance a você, que não há nada entre nós, que só estávamos perdidos...

— Uau, isso é legal. Por mais intrometido que seja da sua parte, é legal.

Olha para mim por um momento antes de voltar os olhos para a estrada. — Vi vocês dois na chuva... percebi como se sente.

A voz dele está cheia de uma emoção que não consigo nem quero decifrar. — Obrigada — digo baixinho, emocionada pelo que fez, apesar de tudo, por causa de tudo.

Ele não responde, apenas olha direto para o sol, que apaga tudo em nosso caminho com seu esplendor incontrolável. A caminhonete passa no meio das árvores e coloco a mão para fora da janela, tento pegar o vento com a palma, como Bailey costumava fazer, sinto a falta dela, experimento a falta da garota que costumava ser ao lado dela, a falta de quem eu era. Jamais seremos aquelas pessoas novamente. Bailey levou tudo com ela.

Percebo que Toby bate os dedos no volante com certo nervosismo. Não para de fazer isso. Bate. Bate. Bate.

— O que é isso? — pergunto.

Segura o volante bem forte, com as duas mãos.

— Eu a amo de verdade — diz, trêmulo. — Mais do que tudo.

— Ah, Toby, eu sei disso — é a única coisa que entendo mesmo nesta confusão toda: que, de alguma forma, o que ocorreu conosco, ocorreu porque há amor demais por Bailey entre nós, não de menos. — Eu sei — repito.

Concorda com a cabeça.

Uma coisa me passa pela cabeça: Bailey amava a mim e Toby demais. Eu e ele quase tomávamos seu coração todo, e talvez fosse isso o que tentamos fazer quando ficamos juntos; talvez tentando fazer o coração dela voltar a funcionar.

Ele para a caminhonete na frente de casa. O sol corre pela carroceria, e nos banha com sua luz. Olho pela janela, posso ver Bails correndo pela casa, voando pela varanda, pulando para dentro deste mesmo caminhão em que estou sentada. Passei a vida inteira ressentida por Toby ter tirado minha irmã de mim, e agora conto com ele para trazê-la de volta.

Abro a porta, piso o chão com meu salto plataforma.

— Len?

Viro-me.

— Vai convencê-lo — seu sorriso é acolhedor e genuíno. Apoia a cabeça no volante. — Vou deixá-la sozinha por um tempo, mas se precisar de mim... para qualquer coisa, está bem?

— O mesmo — digo, e sinto um nó na garganta.

Nosso amor por Bailey tremula entre nós; é como uma coisa viva, um pássaro pequeno e delicado, e estonteante em seu desejo de voar. Meu coração dói por nós dois.

— Não vá fazer nenhuma besteira naquele *skate* — falo.

— Não.

— Então, tá — digo, saindo do carro, fecho a porta e vou para casa.

29

Às vezes, via Sarah e sua mãe
trocando olhares pela sala
e desejava
levantar a minha vida como se fosse uma mesa
Dizia a mim mesma para não me sentir assim.
eu tinha sorte:
eu tinha Bailey.
Tinha a vovó e o Big.
Tinha meu clarinete, livros, um rio, o céu.
Dizia a mim mesma que também tinha uma mãe.
só que não era uma que todos podiam ver:
somente Bailey e eu.

(Encontrado escrito na seção de classificados do jornal The Clover Gazette, *debaixo de um banco, na área externa do restaurante da Maria.)*

Sarah está fora, pois o simpósio será hoje à tarde, então não tenho ninguém para culpar pelo fiasco da sedução do *Ei, Rachel* a não ser a mim mesma. Mando-lhe uma mensagem dizendo estar totalmente flagelada como uma boa santa em sua *jouissance* e agora espero um último recurso milagroso.

A casa está em silêncio. A vovó deve ter saído, o que é ruim, pois, pela primeira vez em séculos, não há nada mais que queira fazer do que sentar à mesa da cozinha com ela, para tomar chá.

Vou até o Refúgio para pensar em Joe, mas, quando chego lá, meus olhos fixam-se nas caixas que arrumei na noite anterior. Não aguento olhar para elas. Então, depois de trocar as minhas roupas ridículas, levo-as para o sótão.

Há anos não venho aqui. Não gosto do ambiente claustrofóbico, do cheiro de queimado e do calor abafado, da falta de ar. Também sempre me pareceu triste, cheio de coisas abandonadas e esquecidas. Olho para o lugar sem vida, não tenho mais vontade de deixar as coisas de Bailey aqui. É por isso que há meses evito fazer isto. Respiro fundo, olho ao redor. Só há uma janela, então decido, apesar do fato de que o cômodo todo está cheio de caixas e montanhas de bijuterias, que as coisas de Bailey devem ficar onde o sol, pelo menos, penetra uma vez por dia.

Vou até lá passando por várias peças de mobília quebrada, caixas, velhas telas. Tiro algumas caixas do caminho imediatamente para abrir a janela e ouvir o rio. Rosas e jasmins emanam da brisa da tarde. Abro mais a janela, subo em uma mesa velha, para me inclinar para fora. O céu ainda está espetacular e espero que Joe o contemple, neste instante. Não importa para onde olhe dentro de mim, sempre encontro mais amor por ele, por tudo nele, pela sua raiva e sua ternura.

Está tão vivo e me faz sentir que posso arrancar um pedaço da Terra inteira. Ah, se as palavras não me trapaceassem hoje, se tivesse gritado para ele: "Eu entendo, sim! Entendo que, enquanto viver, ninguém mais vai amá-lo do jeito que amo. Tenho um coração para entregar inteiro a você!" É exatamente assim que me sinto mas, infelizmente, as pessoas só falam assim nos romances vitorianos.

Tiro minha cabeça do céu e volto ao sótão abafado. Espero até meus olhos se readaptarem e, quando isso acontece, ainda estou convencida de que este é o único lugar possível para guardar as coisas de Bailey. Começo a colocar toda a tralha nas prateleiras da parede do fundo. Depois de ir pra lá e pra cá várias vezes, finalmente pego a última de todas, uma caixa de sapatos, e a tampa se abre. Está cheia de cartas, todas endereçadas ao Big, provavelmente cartas de amor. Pego um cartão-postal de uma tal de Edie. Decido não bisbilhotar mais; meu carma já está bem ruim neste momento. Fecho a tampa da caixa e a coloco em uma das prateleiras de baixo em que ainda há algum espaço. Bem atrás dela, vejo uma velha caixa de correio, de madeira polida e brilhante. Pergunto-me como uma raridade daquelas veio parar aqui em vez de estar entre os tesouros da vovó. Também parece uma peça de mostruário. Pego-a; é feita de mogno e há um anel de cavalos galopantes entalhado na tampa. Por que não está cheia de poeira como tudo o mais que está nas prateleiras? Levanto a tampa, vejo que está cheia de bilhetes dobrados com os papéis de carta cor de menta da vovó; há tantos deles, e também muitas cartas. Estou prestes a guardá-la quando vejo escrito do lado de fora de um envelope, com a cuidadosa caligrafia da vovó, o nome Paige. Remexo nos outros envelopes.

Cada um deles contém o nome Paige e o ano ao lado do nome. A vovó escreve cartas para a mamãe? Todo ano? Todos os envelopes estão lacrados. Sei que devia guardar a caixa, que aquilo é particular, mas não consigo. Que se dane o carma. Abro um dos bilhetes dobrados. Ele diz:

> *Querida, no segundo em que os lilases todos floresceram, tenho que escrever para você. Sei que todo ano digo a mesma coisa, mas não florescem mais da mesma forma desde que foi embora. São mais mesquinhos agora. Talvez porque ninguém os ame tanto quanto você. Como alguém poderia? Toda primavera imagino se vou encontrar as meninas que dormem no jardim, como encontrava você, manhã após manhã. Sabe quanto eu adorava isto, sair de casa e dar de cara com você adormecida com meus lilases e rosas ao seu redor. Nunca tentei pintar a imagem. Nunca tentarei. Não quero arruiná-la em minha mente.*
>
> *Mamãe*

Uau! Minha mãe adora lilases. Realmente adora! Sim, sim, é verdade, a maioria das pessoas gosta de lilases, mas a minha mãe é tão louca por eles que costumava dormir no jardim da vovó, noite após noite, toda a primavera, tão louca que não suportava ficar dentro de casa sabendo que todas as flores cresciam do lado de fora da janela. Será que ela levava uma coberta? Um saco de dormir? Nada? Saía de fininho quando todo mundo dormia? Será que fazia isso quando tinha a minha idade? Será que gostava de olhar para o céu tanto quanto eu? Quero saber mais. Estou nervosa e atordoada, como se me encontrasse com ela pela primeira vez. Sento-me em uma caixa, tento me acalmar. Não consigo. Pego outro bilhete que diz:

Lembra-se daquele pesto que fez com nozes em vez de pinhão? Bem, usei pecãs, e sabe de uma coisa?Ficou até melhor. A receita é:

2 xícaras de folhas de manjericão seco
2/3 de xícara de azeite
½ xícara de pecãs assadas
1/3 de parmesão fresco gratinado
2 dentes de alho grandes amassados
½ colher de chá de sal

Minha mãe faz pesto com nozes! Isso é ainda melhor do que dormir com lilases. Tão normal. "Então, vou fazer massa com molho pesto para o jantar". Minha mãe se movimenta pela cozinha. Coloca nozes e manjericão no processador, e aperta o botão. Ferve água para a massa! Preciso contar para Bails. Quero gritar pela janela para ela: "Nossa mãe ferve água para fazer pasta!" Vou fazer isso mesmo. Vou contar para Bailey. Vou até a janela, subo na escrivaninha, coloco a cabeça para fora, grito para o céu, e conto tudo o que descobri para minha irmã. Sinto-me tonta, e sim, meio maluca, quando volto para o sótão, desejo agora que ninguém tenha ouvido esta garota gritando sobre massa e lilases, a ponto de colocar os pulmões para fora. Respiro profundamente. Abro mais um.

Paige,

Uso o seu perfume há anos. Aquele que acha que tem a fragrância do brilho do sol. Descobri que saiu de linha. Sinto que perdi você completamente agora. Não posso suportar.

Mamãe

Ah.

Mas por que a vovó não nos contou que mamãe usava um perfume que tinha o cheiro do brilho do sol? Que dormia no jardim durante a primavera? Que fazia pesto com nozes? Por que manteve essa mãe de verdade longe de nós? Mas, assim que pergunto, já sei a resposta, pois subitamente o sangue que pulsa em minhas veias, que percorre meu corpo todo, sente a falta dessa mãe que ama lilases. Uma saudade que nunca senti pela Paige Walker, que passeia pelo mundo. Aquela Paige Walker nunca me fez sentir sua filha, mas uma mãe que faz massa faz com que eu me sinta. Exceto que, para ser uma filha, a mãe não tem de querer você? Não tem de ser amada por ela?

E agora há algo pior do que a saudade que se espalha dentro de mim, pois como uma mãe, que ferve água para fazer massa, deixa duas filhas para trás?

Como ela pôde fazer isso?

Fecho a tampa, coloco a caixa de volta na prateleira, ponho as caixas de Bailey rapidamente perto da janela, e desço a escada para encontrar a casa vazia.

30

A arquitetura
do pensamento da minha irmã
agora me assombra.
Caio
das escadas
feitas de nada
além de ar.
Decaf
Shots
Syrup
Milk
Custom
Drink

(Encontrado em um copo descartável, perto de um bosque de velhas sequoias.)

Os dias que se seguem aumentam a tristeza. Falto ao ensaio da banda e me isolo no Refúgio. Joe Fontaine não me visita, não telefona, não manda mensagens de texto nem *e-mail*, ou mensagens de fumaça, ou código Morse, nem se comunica comigo telepaticamente. Nada. Tenho certeza de que ele e *Ei, Rachel* se mudaram para Paris, e lá vivem de chocolate, música e vinho tinto, enquanto fico sentada ao lado da janela, olhando para a estrada em que ninguém passa, com violão na mão como costumava fazer.

Conforme os dias passam, o amor pelos lilases e a habilidade de boiar na água de Paige Walker têm o efeito singular de apagar o mito de dezesseis anos. E, sem isso, tudo o que me resta é o seguinte: nossa mãe nos abandonou. Não há outra forma de pensar. E que tipo de pessoa faz isso? Rip van Lennie está certa. Vivo em um mundo de sonhos, totalmente afetada pela lavagem cerebral da vovó. Minha mãe é uma louca, e também sou, pois que tipo de ignorante cai em uma história tão absurda como esta? As famílias hipotéticas que Big mencionou uma noite dessas teriam toda a razão de não serem boas. Minha mãe é negligente e irresponsável e provavelmente doente mental também. Não tem nada de heroína. É apenas uma mulher egoísta que não conseguiu controlar os impulsos e deixou suas duas filhas bebês na varanda da sua mãe e nunca mais voltou. É isso que ela é. E é isso que somos também, duas crianças descartadas, abandonadas. Fico feliz por Bailey nunca precisar enxergar a situação dessa forma.

Não volto ao sótão.

Está tudo bem. Estou acostumada a uma mãe que voa por aí em um tapete mágico. Posso me habituar com essa mãe também, não? Mas não consigo me adaptar ao fato de que não penso mais que Joe, apesar de todo o meu amor por ele, algum dia vai me perdoar. Como me aclimatar com o fato de que mais ninguém vai me chamar de John Lennon? Ou me fazer acreditar que o céu começa aos meus pés? Como me acostumar a viver sem uma pessoa que me transforma em brilho?

Não consigo.

E o pior é que, a cada dia que passa, o Refúgio fica mais silencioso, mesmo quando o aparelho de som está no máximo, ou quando falo com Sarah, que ainda se desculpa pelo fiasco da sedução, mesmo quando pratico Stravinsky, fica cada vez mais quieto, até ficar tão quieto que o que ouço, repetidas vezes, é o ranger do caixão sendo abaixado ao nível do chão.

A cada dia que passa, não ouço mais os passos de Bailey no corredor nem a vejo deitada na cama lendo, nem a enxergo de canto de olho recitando em meu espelho. Começo a me habituar ao Refúgio sem ela e tenho ódio disso. Detesto quando entro no armário para mexer em todas as roupas, pressionando meu rosto contra os tecidos e não consigo achar nenhuma camisa ou vestido que ainda tenha o cheiro dela, e é culpa minha. Tudo tem o meu cheiro agora.

Abomino o fato de seu telefone ter sido finalmente desligado.

A cada dia que passa, mais rastros da minha irmã se apagam, não apenas do mundo, mas também da minha própria mente, e não há nada que possa fazer, além de me sentar em um refúgio sem fragrâncias e sem som e chorar.

No sexto dia em que estou assim, Sarah declara meu estado de emergência e me faz prometer ir com ela ao cinema à noite.

Pega-me com seu Ennui, vestindo uma minissaia preta, uma minúscula regata que exibe boa parte da barriga bronzeada, sapatos escuros com salto de trinta centímetros e, para completar, uma boina preta, que suponho ser uma tentativa de ser prática, pois sinto um vento gelado e está frio como no Ártico. Trajo um casaco marrom de veludo, cacharrel, e *jeans*. Sinto que fomos reunidas subitamente em sistemas de temperatura diversas.

— Oi — diz, tira o cigarro da boca para me dar um beijo quando chego. — Esse filme deve ser bom. Não como o último a que fiz você assistir, em que a mulher sentou na primeira fila com um gato no começo do filme. Admito que aquele lá era problemático — Sarah e eu temos filosofias contrárias em relação a filmes. Tudo o que quero é sentar-me no escuro com um enorme balde de pipoca. Posso assistir a perseguições em carros, romances, triunfos de pobres coitados; só me deixe desmaiar e gritar e chorar. Sarah, por outro lado, não tolera algo tão ordinário e reclama o tempo todo pelo fato de apodrecermos nossas mentes e por achar que nosso cérebro logo será engolido pelo paradigma dominante. A preferência de Sarah é o The Guild, onde mostram filmes estrangeiros sombrios em que nada acontece, ninguém fala, todo mundo ama alguém que jamais vai lhe retribuir esse amor, e aí o filme acaba. Na programação de hoje há um filme norueguês em branco e preto absurdamente chato.

Seu olhar me examina de alto a baixo. — Você está horrível.

— Semana terrível em todos os aspectos.

— Hoje vai ser divertido, prometo — tira uma das mãos do volante e pega uma sacola marrom da bolsa. — Para o filme — e dá para mim: — Vodca.

— Hmm, então com certeza vou dormir neste filme mudo da Noruega em branco e preto, emocionante a cada minuto e cheio de ação.

Ela revira os olhos. — Não é mudo, Lennie.

Enquanto esperamos na fila, Sarah pula de um lado para o outro para se aquecer. Diz-me como Luke se comportou maravilhosamente bem no simpósio, apesar de ser o único garoto por lá, até fez com que elaborasse uma pergunta sobre música, mas então, no meio da frase, no meio de um pulo, os olhos dela se arregalam. Percebo-a, mesmo embora ela já tenha voltado a falar como se nada tivesse acontecido. Viro-me e lá está Joe do outro lado da rua com Rachel.

Estão tão entretidos na conversa que nem notam que a luz mudou.

Atravesse a rua, quero gritar. Atravesse a rua antes que se apaixone. Pois é isso que parece acontecer. Observo Joe tocar no braço dela de leve enquanto diz uma coisa ou outra, certamente sobre Paris. Vejo o sorriso, toda aquela irradiação caindo sobre Rachel e acho que vou tombar como uma árvore.

— Vamos.

— Sim — Sarah caminha em direção ao jipe, enquanto remexe a bolsa à procura das chaves. Sigo-a, mas olho para trás mais uma vez e encontro os olhos de Joe. Em seguida os de Rachel. E depois os de todas as pessoas da fila. Depois os carros, as árvores, os prédios, o chão, o céu, até existir somente Joe e eu encarando o espaço vazio entre nós. Ele não sorri. Faz o contrário disso. Mas não consigo desviar o olhar e, aparentemente, nem ele. O tempo começou a passar tão devagar que me pergunto se, quando pararmos de nos encarar, estaremos velhos e nossas vidas acabadas com apenas uns míseros beijos entre nós. Estou tonta de saudades dele, zonza por estar tão perto dele. Quero correr para o outro lado da rua, mas então simplesmente balança a cabeça, quase que para si mesmo, e desvia o olhar e volta a falar com Rachel, que agora é meu foco de visão. De forma muito deliberada, coloca o braço ao redor dela e atravessam a rua para entrar na fila do filme. Uma dor arrebatadora toma conta de mim. Ele não olha para trás, mas Rachel olha.

Cumprimenta-me, com um sorriso triunfante no rosto, depois joga os cabelos insultantes para mim enquanto passa o braço ao redor da cintura dele e vira-se de costas.

Meu coração parece ter sido chutado para um canto escuro do meu corpo. Tudo bem, entendi. Quero gritar para o céu. É esse o sentimento. Aprendi a lição. Aceito que mereci isso. Observo-os quando entram no cinema de braços dados, e desejo ter uma borracha para me apagar da cena. Ou um vácuo. Um vácuo seria melhor, sugar-me-ia rápido, tchau. Longe dos braços dele. Longe do meu assento na fila. Para sempre.

– Vamos, Len, vamos sair daqui – diz uma voz familiar. Acho que Sarah ainda existe e fala comigo, então também devo existir, vejo minhas pernas, percebo que estou em pé. Coloco um pé na frente do outro e vou em direção ao Ennui.

Não há lua, apenas uma cavidade cinza sem luz nem brilho acima de nossa cabeça ao irmos para casa.

– Vou desafiá-la pela primeira fila – digo.

– Finalmente.

– Não por causa disso...

– Eu sei. Porque é um cavalo de corrida, não um pônei estúpido – não há ironia em sua voz.

Abaixo o vidro e deixo o vento gelado bater em meu rosto.

31

Lembra-se
de como foi
quando
nos
beijamos?
Quantidades
e
quantidades
de
luz
lançadas
diretamente
sobre
nós.
Uma
corda
pendendo
do
céu.
Como
a
palavra
amor
e a
palavra
vida
conseguem
caber
na
boca?

(Encontrado em uma folha de papel, debaixo do enorme salgueiro.)

Sarah e eu estamos metade para dentro, metade para fora da janela do meu quarto, passando a garrafa de vodca de uma para a outra.

— Podíamos tirá-la de cena? — Sarah sugere, e tropeça nas palavras.

— Como? — pergunto, enquanto dou um enorme gole na vodca.

— Veneno. É sempre a melhor escolha. Difícil de rastrear.

— Vamos intoxicá-lo também, e todos os seus estúpidos e belos irmãos — posso sentir as palavras que grudam no interior da minha boca. — Ele não esperou nem uma semana, Sarah.

— Isso não significa nada. Está magoado.

— Meu Deus, como pode gostar dela?

Sarah balança a cabeça. — Vi como olhou para você na rua, como um louco, totalmente fora de si, mais demente que demente, absolutamente insano. Sabe o que penso? Acho que a abraçou para o seu próprio bem.

— E se transar com ela para o meu próprio bem? — o ciúme toma conta de mim. Mas, mesmo assim, essa não é a pior parte, nem o remorso; a pior parte é que não paro de pensar naquela tarde na cama da floresta, em como me senti vulnerável, no quanto gostei, em quanto me abri, quanto fui eu mesma com ele. Será que alguma vez me senti assim tão próxima de alguém?

— Me empresta um cigarro? — pergunto, e pego um antes de ouvir a resposta.

Ela fecha a mão na frente do seu cigarro e com a outra acende o outro, então dá para mim, e acende mais um para ela. Eu trago, tusso, nem ligo, trago de novo, tento não engasgar e assopro uma trilha de fumaça cinza pelo ar.

— Bails saberia o que fazer.

— Ela saberia — Sarah concorda comigo.

Fumamos juntas silenciosamente à luz da lua e percebo algo que jamais poderei contar a Sarah. Pode ter havido um outro motivo, um mais profundo, por eu não ter desejado ficar com ela. É que ela não é Bailey, e isso é um tanto insuportável para mim, mas preciso superar. Concentro-me na música do rio, deixo-me levar com ela enquanto percorre seu caminho.

Depois de um tempo, digo: — Pode revogar meu passe livre.

Inclina a cabeça, sorri para mim de uma forma que me inunda com seu calor. — Combinado.

Apaga o cigarro no parapeito da janela e se deita na cama. Também apago o meu, mas fico lá fora, olhando para o lindo jardim da vovó, sinto sua fragrância e praticamente desmaio pelo buquê que sopra em minha direção trazido pela brisa gélida.

E é então que tenho uma ideia. Brilhante. Preciso falar com Joe, pelo menos tentar fazer com que entenda. Mas uma ajudinha pode vir a calhar.

— Sarah — digo ao me deitar na cama. — As rosas, elas são afrodisíacas, lembra?

Entende na hora. — Sim, Lennie! É um último recurso milagroso! Santos figos, sim!

— Figos?

— Não consegui pensar em nenhum animal. Estou bêbada demais.

Tenho uma missão. Deixo Sarah dormindo na cama de Bailey e vou, escada abaixo, na ponta dos pés, tonta porque a cabeça está cheia de vodca e saio para a luz do dia que se anuncia. A névoa é espessa e triste, o mundo todo como um raio X de si mesmo. Estou com a arma nas mãos e prestes a cumprir minha tarefa. A vovó vai me matar, mas esse é o preço que devo pagar.

Começo com meu arbusto favorito, o Lanterna Mágica, rosas com uma sinfonia de cores presas em uma pétala. Arranco as mais extraordinárias que encontro. Então vou para o Noites de Estreia e corto, corto, corto, e vou feliz e faceira para o Noites Perfeitas, o Doce Entrega, o Magia Negra. Meu coração salta para fora do peito, tanto por medo quanto por excitação. Passo de arbusto em arbusto, do vermelho aveludado do Amores Duradouros ao cor-de-rosa do Nuvens Perfumadas ao laranja-amarelado do Marilyn Monroe, e termino na rosa laranja-avermelhada mais linda que existe no planeta, adequadamente chamada de O Trompetista. Lá, vou com tudo, até ter aos meus pés um buquê de rosas tão arrebatador que, se Deus se casasse, não haveria outra possibilidade de escolha de arranjo floral. Cortei tantas que mal consigo segurá-las com uma das mãos e tenho de carregá-las com as duas conforme desço a estrada à procura de um lugar para escondê-las para mais tarde. Coloco-as ao lado de um dos meus carvalhos favoritos, totalmente escondidas. Então, fico preocupada se vão murchar e corro até a casa, preparo uma cesta com toalhas molhadas no fundo e volto para a estrada, para embalar todas as rosas.

Mais tarde naquela manhã, depois que Sarah sai, Big vai para suas árvores e a vovó para a sala de pintura com as suas mulheres verdes. Saio de fininho pela porta da frente. Convenci a mim mesma, apesar de todas as razões contrárias, de que isso vai funcionar. Não paro de pensar em como Bailey ficaria orgulhosa da sua irmã impulsiva. Extraordinário, diria. Na verdade, talvez fosse gostar do fato de ter me apaixonado por Joe logo após a sua morte. Quiçá seja exatamente a forma inapropriada do luto que minha irmã desejasse para mim.

As flores ainda estão atrás do carvalho, onde as deixei. Quando as vejo, surpreendo-me novamente com sua beleza extraordinária. Nunca vi um buquê feito desta forma, nunca percebi a cor explosiva de um botão atrás do outro.

Subo a montanha até a casa da família Fontaine acompanhada de uma fragrância ímpar. Quem sabe se não é o poder da sugestão, ou se as rosas são verdadeiramente encantadas, mas, assim que chego a casa, sinto-me tão apaixonada por Joe que mal consigo tocar a campanhia. Tenho sérias dúvidas se vou ser capaz de dizer uma frase coerente. Se atender, talvez só o derrube no chão até ele ceder e acabar logo com isso.

Mas não tenho tanta sorte.

A mesma mulher elegante que estava no quintal discutindo dias atrás, abre a porta. — Não diga nada, você deve ser a Lennie — imediatamente fica aparente que a prole Fontaine em termos de expressão facial não chega nem aos pés do sorriso da Mamãe Fontaine. Tenho de contar para o Big. O sorriso dela tem mais chance de ressuscitar insetos do que as pirâmides dele.

— Sou, sim. Prazer em conhecê-la, Sra. Fontaine — é tão amistosa que imagino que não saiba o que houve entre mim e seu filho. Provavelmente, ele conversa tanto com ela quanto eu com a vovó.

— E olha só essas rosas! Nunca vida nada igual em minha vida. Onde as escolheu? No Jardim do Éden? — tal mãe, tal filho. Lembro-me de Joe ter dito o mesmo no primeiro dia.

— Algo parecido. Minha avó é ótima com flores. Elas são para o Joe. Ele está em casa? — de súbito, fico nervosa. Muito nervosa. Meu estômago parece sediar um simpósio de abelhas.

— E o perfume! Meu Deus, que perfume! — grita. Acho que as flores a deixaram hipnotizada. Uau. Talvez funcione. — Que sorte do Joe! Que presente! Mas desculpe querida, ele não está em casa. Mas disse que voltaria logo. Posso colocá-las na água e deixá-las em seu quarto, se você quiser.

Estou desapontada demais para responder. Apenas concordo e entrego as flores para ela. Aposto que está na casa da Rachel, enchendo a família dela de *croissants* de chocolate. Tenho um pensamento horrível: e se as rosas realmente induzirem ao amor e Joe voltar para casa com a Rachel e os dois ficarem enfeitiçados? Mais uma ideia desastrosa, mas agora não posso pegá-las de volta. Na verdade, acho que precisaria de uma arma automática para arrancá-las das mãos da Sra. Fontaine, que está cada vez mais apegada ao buquê a cada minuto que passa.

— Obrigada — digo. — Por dá-las a ele — será que vai conseguir se separar dessas flores?

— Muito prazer em conhecê-la, Lennie. Há muito tempo espero por isso. Tenho certeza de que Joe vai gostar muito delas.

— Lennie — uma voz exasperada diz atrás de mim. O simpósio na minha barriga acabou de abrir as portas para moscas e vespas. É isso mesmo. Viro-me para ver Joe que se aproxima. Não há ginga em sua caminhada. É como se a gravidade tivesse colocado as mãos em seus ombros.

— Ah, querido! — exclama a Sra. Fontaine. — Veja o que a Lennie trouxe para você. Já viu rosas assim? Tenho certeza de que não. Palavra que não — a Sra. Fontaine fala diretamente para as rosas agora, sentindo seu perfume profundamente. — Bem, vou levá-las lá para dentro, encontrar um bom lugar para elas. Divirtam-se, crianças...

Observo a cabeça dela desaparecer no buquê enquanto a porta se fecha. Quero me arremessar em direção a ela, agarrar as flores, gritar, preciso das flores mais do que você, senhora, mas tenho uma preocupação maior: o silêncio de Joe fumegando atrás de mim.

Assim que a mãe desaparece, diz: — Ainda não entendeu, não é? — a voz dele é cheia de ameaça, não como se um tubarão pudesse falar, mas bem perto disso. Aponta para a saída em que dúzias de rosas afrodisíacas enchem o ar de promessa. — Você deve estar brincando. Acha que é fácil assim? — o rosto dele fica vermelho, seus olhos se arregalam de forma arrebatadora. — Não quero vestidinhos nem malditas rosas mágicas estúpidas! — dança no ar como se fosse uma marionete. — Já estou apaixonado por você, Lennie, não dá para entender? Mas não posso ficar com você. Cada vez que fecho meus olhos, vejo-a com ele.

Fico chocada. Claro, as coisas ditas foram bem desencorajadoras, mas todas parecem ter gradualmente desaparecido. Só sobram cinco palavras maravilhosas: já estou apaixonado por você. Tempo presente, não passado. Que se dane a Rachel Brazile. Um céu cheio de esperança se abre para mim.

— Deixe-me explicar — digo, tento lembrar o que vou falar desta vez, fazer com que ele entenda.

Faz um barulho que é metade gemido, metade rugido, como um arghhhhhhhhhh, depois diz: — Nada a explicar. Vi vocês dois. Mentiu para mim várias vezes.

— Toby e eu estávamos...

Ele interrompe: — Nem comece. Não quero ouvir. Contei-lhe o que aconteceu comigo na França e fez isso mesmo assim. Não posso perdoá-la. É assim que sou. Você tem de me deixar sozinho. Sinto muito.

Minhas pernas perdem a força enquanto começo a entender que a mágoa e a raiva dele, o nojo que sente por ter sido traído e enganado, já são maiores que o amor.

Mexe a cabeça em direção à montanha em que eu e Toby estávamos naquela noite. — O que esperava? — o que eu esperava? Em um minuto tenta me dizer que me ama e no outro me vê beijar outro garoto. É claro que se sente assim.

Tenho de dizer algo, então sussurro a única coisa que faz sentido em meu coração confuso: — Estou tão apaixonada por você.

As minhas palavras fazem o vento ao redor dele parar.

É como se tudo ao nosso redor parasse para ver o que acontecerá em seguida. As árvores se inclinam, os pássaros flutuam no ar, as flores seguram suas pétalas. Como pode não se render a este louco amor imenso que sentimos um pelo outro? Não é possível, certo?

Estendo a mão para tocá-lo, mas ele tira o braço do meu alcance. Balança a cabeça, contempla o chão. — Não posso ficar com alguém que fez isso comigo — então, olha bem nos meus olhos e diz: — Não posso ficar com alguém que fez isso com a própria irmã.

As palavras têm a força de uma guilhotina. Perco o equilíbrio, estilhaço-me em vários pedaços. A mão dele voa até a boca. Talvez deseje engolir as próprias palavras. Talvez até ele mesmo pense ter ido longe demais, mas não importa. Quer que eu entenda, e agora compreendo tudo.

Faço a única coisa que consigo. Viro-me e corro para longe dele, esperando que minhas pernas trêmulas me segurem até que esteja longe o suficiente. Como Heathcliff e Cathy. Tive o amor explosivo-do-tipo-que-acontece-uma-vez-na-vida e destruí tudo.

Tudo o que quero é subir ao Refúgio para poder jogar as cobertas na minha cabeça e desaparecer por várias centenas de anos. Sem fôlego por causa da corrida montanha abaixo, atiro-me à porta da frente de casa. Passo com tudo pela cozinha, mas recuo ao ver vovó. Está sentada à mesa da cozinha, com os braços dobrados na frente do peito, com um olhar duro e carrancudo. À sua frente, sua tesoura de jardim e o meu exemplar de *O morro dos ventos uivantes* .

Oh-oh.

Ela logo despeja: – Você não faz ideia de como cheguei perto de cortar este seu precioso livro em pedacinhos, mas ainda me restam algum autocontrole e respeito pelas coisas dos outros – diz e se levanta. Quando a vovó está brava, praticamente dobra de tamanho e os 6,60 metros de altura, quando se aproximam de mim na cozinha, fazem-me morrer de medo.

– No que estava pensando, Lennie? Resolve dar uma de Anjo da Morte dizimando o meu jardim, as minhas rosas. Como pôde? Sabe como me sinto com outra pessoa tocando no meu jardim. É a única coisa que peço. A única coisa.

Aproxima-se ainda mais: – E então?

– Elas vão crescer novamente – sei que é a coisa errada a dizer, mas o-dia-de-berrar-com-a-Lennie já causou dor demais.

Ela joga os braços para cima, completamente irritada comigo, e percebo como a sua expressão e seus braços são similares aos de Joe. – Essa não é a questão e sabe disso – aponta para mim. – Tornou-se muito egoísta, Lennie Walker.

Não esperava por isso. Nunca ninguém me chamou de egoísta em minha vida, muito menos a vovó. A eterna fonte de elogios e mimos. Será que ela e Joe são testemunhas do mesmo julgamento?

Este dia vai conseguir ficar ainda pior?

A resposta a essa pergunta não é sempre sim?

As mãos da vovó estão na cintura agora, o rosto enrubescido, os olhos soltando fogo, duplo oh-oh. Recosto-me na parede, seguro-me diante do ataque iminente. Ela se inclina: – Sim, Lennie. Você age como se fosse a única nesta casa que perdeu alguém. Ela era como minha filha, sabe o que é isso? Sabe? Minha filha. Não, não sabe porque nunca perguntou. Nenhuma vez questionou a respeito de como estou. Será que passou pela sua cabeça que talvez eu precisasse conversar? – grita. – Sei que está inconsolável, mas, Lennie, não é a única.

Todo o ar foge da sala, e eu saio correndo de lá.

32

Bailey segura minha mão
e me puxa pela janela
para o céu.
Tira a música do meu bolso:
"É hora de aprender a voar",
ela diz.
E desaparece.

(Encontrado em uma embalagem de pirulito, na trilha do Rain River.)

Arremesso-me pela porta e pulo os quatro degraus da varanda de uma vez. Quero correr pela mata, desviar o caminho, encontrar um lugar em que ninguém me encontre, sentar-me embaixo de um velho carvalho duro e chorar. Quero chorar e chorar e chorar e chorar até toda a terra de toda a floresta se transformar em lama. E é exatamente isso que estou prestes a fazer exceto porque, quando saio de casa, percebo que não posso. Não posso fugir da vovó, especialmente não depois de tudo o que foi dito. Porque sei que tem razão. Ela e Big são como barulho de fundo para mim, desde a morte de Bailey.

Mal pensei pelo que eles estão passando. Fiz de Toby o meu aliado na dor, como se eu e ele tivéssemos direito exclusivo a Bailey, reflito sobre todas as vezes em que a vovó ficou parada à porta do Refúgio tentando fazer com que eu falasse da Bailey, pedindo que eu descesse para tomar uma xícara de chá, e como supus que queria me consolar? Nunca me ocorreu que precisasse falar, que necessitasse de mim.

Como pude ter sido tão descuidada com os sentimentos dela? Com os de Joe? Com os de todo mundo?

Respiro profundamente e volto para a cozinha. Não posso acertar as coisas com Joe, mas pelo menos posso acertar com a vovó. Está na mesma cadeira da cozinha. Fico em pé na frente dela, apoio meus dedos na mesa, espero que olhe para mim. Nenhuma janela está aberta, e a cozinha abafada quase cheira a podre.

– Sinto muito. Mesmo – ela concorda com a cabeça e olha para as mãos. Percebo que desapontei ou magoei ou traí todo mundo que amava nos últimos meses. Vovó, Bailey, Joe, Toby, Sarah, até mesmo Big. Como consegui fazer isso? Antes de Bailey morrer, acho que nunca desapontei ninguém. Será que ela cuidava de tudo e de todos por mim? Ou será que ninguém esperava nada de mim antes? Ou apenas não fazia nem queria nada naquela época, assim nunca teria de lidar com as consequências das minhas ações falhas? Ou será que me tornei mesmo tão egoísta e tão autocentrada? Ou todas as anteriores?

Olho para a planta Lennie doente na bancada e sei que não é mais eu. Não é mais quem eu costumava ser, e é por isso que está morrendo. Sou eu quem foi embora.

— Não sei quem sou — digo ao me sentar. — Não posso ser quem era, não sem ela, e a pessoa em que me transformo é alguém totalmente confuso.

A vovó não nega. Ainda está brava, não com 6,60 metros, mas bem brava.

— Podíamos sair para almoçar na cidade semana que vem, passar o dia todo juntas — digo, e me sinto fraca, tento compensar os meses que passei ignorando-a.

Concorda, mas não é isso que está se passando em sua cabeça. — Para sua informação, também não sou mais quem era.

— Mesmo?

Ela balança a cabeça. — Não. Todos os dias, depois que você e Big saem, tudo o que faço é ficar na frente de uma tela em branco enquanto penso no quanto odeio a cor verde, em como cada sombra dela me deixa enojada ou desapontada ou de coração partido — sinto a tristeza tomar conta de mim. Imagino todas as belas mulheres saindo de suas telas e elegantemente encontram a porta da frente.

— Entendo — digo baixinho.

A vovó fecha os olhos. Suas mãos estão uma em cima da outra na mesa. Coloco minha mão sobre a dela e, na mesma hora, faz um sanduíche com a minha mão.

— É horrível — sussurra.

— É — concordo.

A luz do começo da tarde começa a escapar pela janela, penetra em várias partes da sala com suas sombras longas e escuras. A vovó parece velha e cansada e isso me deixa desolada. Bailey, tio Big e eu éramos a sua vida, exceto por algumas gerações de flores e várias pinturas verdes.

— Sabe o que mais detesto? Odeio que todo mundo diga que levo Bailey em meu coração. Quero gritar com eles, dizendo: não a quero lá. Quero-a na cozinha com Lennie e eu. Quero-a no rio com Toby e o bebê deles. Desejo que ela seja Julieta e Lady McBeth, seu imbecil. Bailey não quer ficar presa no meu coração ou no de mais ninguém — a vovó diz, batendo o punho na mesa. Aperto suas mãos entre as minhas e faço sim com a cabeça, um sim gigantesco, nervoso e palpitante que passa dela para mim. Olho para nossas mãos e vejo *O morro dos ventos uivantes* em cima da mesa, silencioso e inofensivo e teimoso como sempre. Penso em todas as vidas desperdiçadas, e todos os amores desperdiçados presos dentro dele.

— Vovó, faça.

— Faça o quê?

Pego o livro e a tesoura e os passo a ela. — Corte-o em pedaços. Vamos — meus dedos deslizam pela haste da tesoura, da mesma forma que fiz hoje de manhã, mas desta vez não estou com medo, sinto-me consumida por aquele sim insano, pulsante, com raiva que se move dentro de mim enquanto faço um corte em um livro que sublinhei e onde escrevi minhas anotações, um livro enrugado e manchado com anos de mim, anos de água do rio, e do sol de verão, e da areia da praia, e do suor das palmas das minhas mãos, moldado pelas curvas do meu corpo desperto e dormente. Corto mais um pouco, fragmento várias partes do papel de uma vez, no meio de todas as palavrinhas, cortando a história apaixonante e sem esperança, ferindo suas vidas, seu amor impossível, toda a confusão e a tragédia que residem ali. Agora ataco, aprecio o som das lâminas, o metal arranhando cada deliciosa fissura no papel. Corto Heathcliff, o pobre, apaixonado, amargurado Heathcliff e a estúpida Cathy por suas escolhas ruins e acordos indesculpáveis. E, ao fazer isso, retalho o ciúme, a raiva, o julgamento de Joe, e a sua desprezível inabilidade de perdoar. Rasgo a sua baboseira ridícula de tudo ou nada para tocar trompete, e então passo para a minha própria duplicidade e aparência enganosa e confusão e mágoa e julgamento ruim, e impressionante e interminável tristeza. Corto, corto, corto tudo o que imagino que nos afasta de vivermos esse enorme amor maravilhoso enquanto podemos.

A vovó está com os olhos arregalados, boquiaberta. Mas então vejo o esboço de um sorriso em seus lábios e diz: — Tá, deixa-me fazer um pouco — pega a tesoura e começa a retalhar as folhas, insegura no começo, mas depois se deixa levar assim como eu e começa a amputar páginas e mais páginas, até que as palavras voam sobre nós como confetes.

A vovó ri. — Nossa, por isso eu não esperava — estamos as duas sem fôlego, exaustas e sorrindo vertiginosamente.

— Somos parentes, não somos? — pergunto.

— Ah, Lennie, senti a sua falta — puxa-me para o seu colo como se eu tivesse 5 anos de idade. Acho que estou perdoada.

— Desculpe ter gritado, docinho — diz, abraçando-me de forma aconchegante.

Retribuo o abraço apertado. — Devo fazer um chá para nós? — pergunto.

— Claro que sim, temos muita conversa para pôr em dia. Mas uma coisa de cada vez, você destruiu o meu jardim inteiro, preciso saber se funcionou.

Ouço novamente: não posso ficar com alguém que fez isso com a própria irmã, e meu coração aperta-se ainda mais em meu peito, mal consigo respirar.

— Não mesmo. Acabou.

A vovó diz baixinho: — Vi o que aconteceu naquela noite — fico ainda mais tensa, saio do colo dela para encher a chaleira. Suspeito que vovó tenha visto Toby e eu nos beijando, e a realidade do seu testemunho me enche de vergonha. Não consigo olhar para ela. — Lennie — seu tom não é acusador. Relaxo um pouco: — Ouça-me.

Balança a mão em cima da cabeça como se espantasse moscas. — Não vou dizer que não fiquei sem palavras por um minuto ou dois — sorri. — Mas coisas malucas assim acontecem quando as pessoas sentem-se abaladas e deprimidas como nós. Estou surpresa por todos ainda estarmos em pé.

Não acredito como a vovó prontamente põe isso tudo de lado, absolvendo-me. Quero cair aos seus pés de gratidão. Ela definitivamente não muda o que Joe disse, mas faz com que suas palavras doam menos, e me dá coragem para perguntar: — Você acha que ela algum dia vai me perdoar?

— Ah, docinho, pode acreditar em mim, já perdoou — vovó balança o dedo em riste para mim. — Agora, Joe é uma outra história. Precisará de um tempo...

— Uns 30 anos — concluo.

— Oh, oh. Pobre rapaz, bela visão de futuro, Lennie Walker — a vovó olha de forma travessa para mim. Está de volta ao seu eu maroto. — Sim, Len, quando você e Joe Fontaine tiverem 47 anos — ri. — Vamos planejar um casamento lindo, lindo...

Para no meio da frase, pois deve ter percebido a minha cara. Não quero matar sua alegria, então uso todo músculo que tenho para esconder meu coração partido, mas perco a batalha.

— Lennie — diz, aproximando-se de mim.

— Ele me odeia.

— Não — fala de forma consoladora. — Se existe um rapaz apaixonado, docinho, esse é Joe Fontaine.

33

Vovó me fez ir ao médico
para ver se havia algo errado
com meu coração.
Depois de vários testes, o médico disse:
— Lennie, você tem sorte.
Desejo dar um soco na cara dele,
mas, em vez disso, começo a chorar,
afogando-me em lágrimas.
Não posso acreditar
que meu coração tem sorte
quando o que queria
era o mesmo tipo de coração
de Bailey.
Não ouço a vovó entrar,
ou vir por trás de mim,
só sinto seus braços envolverem meu corpo trêmulo,
depois a pressão de suas duas mãos
apertadas fortemente contra meu peito, segurando
tudo, mantendo-me inteira.
— Graças a Deus — ela sussurrou,
antes que o médico ou eu tivéssemos dito uma palavra
sequer.
Como podia saber
que as notícias eram boas?

(Encontrado no verso de um envelope, no caminho para o quarto da floresta.)

Quando o chá é servido, a janela está aberta, vovó e eu relaxamos com a diminuição da luz. Digo baixinho: – Quero te contar uma coisa.

– Qualquer coisa, docinho.

– Quero falar sobre a mamãe

Ela suspira, recosta-se na cadeira. – Eu sei – cruza os braços, segura os dois cotovelos como se procurasse apoio. – Fui ao sótão. Você guardou a caixa em uma prateleira diferente...

– Não li muito... desculpe.

– Não, eu é que me desculpo. Nos últimos meses, quero lhe contar sobre a Paige, mas...

– Não deixava você falar comigo sobre nada.

Mexe a cabeça de leve em sinal de concordância. Sua expressão é a mais séria que já vi. – Bailey não podia ter morrido sabendo tão pouco sobre a mãe.

Abaixo o olhar. É verdade, estava errada ao achar que Bailey não ia querer saber tudo o que sei, magoando-a ou não. Passo os dedos nos restos mortais de *O morro dos ventos uivantes*, enquanto espero o que vovó tem a dizer.

Quando fala, seu tom é tenso, firme. – Achei que estivesse protegendo vocês, mas agora tenho certeza de que era a mim mesma – ergo os olhos para vê-la. – Para mim, é tão difícil falar dela. Dizia a mim mesma que, quanto mais soubessem, mais doloroso seria. Concentrava-me no desassossego para que não se sentissem abandonadas, não a culpassem, ou, pior ainda, não culpassem a si mesmas. Queria que vocês a admirassem. Só isso.

Só isso? O calor incendeia meu corpo. Vovó segura minha mão. Afasto a mão da dela.

Digo: – Você inventou uma história para que não nos sentíssemos abandonadas... – olho bem para ela, continuo, apesar da dor em seu rosto – Mas fomos abandonadas, vovó, e não sabíamos o porquê, não sei nada dela além de uma história maluca – sinto vontade de pegar os papéis picados de *O morro do ventos uivantes* para jogá-los na cara dela. – Por que não nos contar que ela é louca, se é isso que é? Por que não contar a verdade, qualquer que seja? Isso não teria sido melhor?

Segura meu pulso, com mais força do que imaginava, acho. – Mas não existe apenas uma verdade, Lennie. Nunca existiu. O que lhes disse não foi simplesmente uma história que inventei – tenta ser calma, mas percebo que está a um segundo de dobrar de tamanho. – Sim, é verdade que Paige não era uma garota estável. Quer dizer, que pessoa normal deixa duas crianças e não volta? – solta o meu pulso agora que tem minha atenção total. Olha loucamente pela cozinha como se procurasse as palavras necessárias nas paredes. Logo em seguida, diz: – Sua mãe era um tornado irresponsável quando garota e tenho certeza de que continua da mesma forma na vida adulta. Mas também é verdade que não é o primeiro tornado que sopra em nossa família, tampouco a primeira a desaparecer dessa maneira. Sílvia voltou à cidade naquele Cadillac amarelo surrado. Vinte anos depois! – bate o punho na mesa, forte, os destroços de *O morro dos ventos uivantes* pulam com o impacto. – Sim, talvez um médico pudesse nomear o que ela tem, dar um diagnóstico, mas, que diferença faz a forma como nomeamos, sempre vai ser o que é, chamamos de gene impaciente, e daí? É tão verdadeiro quanto todo o resto.

Dá um gole no chá, queima a língua. – Ai! – exclama de forma nada característica, abanando a boca.

– Big acha que você também tem o "gene impaciente" – digo, enquanto transformo as palavras em cima da mesa em uma nova frase. Olho-a, com medo que o silêncio dessa admissão não tenha lhe caído tão bem.

Franze o cenho: — Ele disse o quê? — a vovó também está juntando as palavras na mesa. Vejo que colocou "debaixo daquele céu afável", ao lado de "eternamente isolada".

— Ele acha que simplesmente o controlou.

Para de mexer com as palavras. Há algo muito atípico em seu rosto, volúvel e atirado: — Eu mesma tenho andado bem familiarizada com ele ultimamente, que vergonha.

— O quê?

Ela aperta os lábios com tanta força que eles ficam brancos; é como se tentasse selá-los para ter certeza de que não emitiriam palavra alguma.

— O quê?

Levanta-se, caminha até a bancada, aninha-se nela, olha pela janela para o conglomerado de nuvens que passa. Olho novamente para ela. — Tenho me ocultado dentro desta história, Lennie, e fiz vocês, e Big, se esconderem comigo também.

— Mas acabou de dizer...

— Sei — não que isso não seja verdade, mas também é certo que culpar o destino e a genética pelas coisas é mil vezes mais fácil do que incriminar a mim mesma.

— A si mesma?

Ela concorda, não diz mais nada, apenas continua a olhar pela janela.

Sinto um calafrio percorrer meu corpo. — Vovó.

Ela se virou de costas para que não visse a expressão em seu rosto. Não sei por que, mas estou com medo dela, como se tivesse entrado na pele de outra pessoa. Até seu corpo parece pairar de uma forma diferente, meio enrugado. Quando finalmente fala, seu tom é calmo e profundo demais: — Lembro-me de tudo daquela noite... — diz e para, e penso em sair correndo dali, para longe daquela vovó enrugada que fala como se estivesse em transe. – Lembro-me de como estava frio, totalmente fora de época, de como a cozinha estava repleta de lilases, tinha arrumado todos os vasos um pouco antes naquele dia porque ela viria aqui – dá para perceber pelo sorriso da vovó que relaxou um pouco. – Ela usava um vestido verde comprido, que mais parecia um cachecol gigante, totalmente inadequado, bem ao estilo da Paige. É como se o tempo ao seu redor fosse somente dela – nunca escutara nada disso sobre a minha mãe, nunca escutara nada tão real quanto um vestido verde, uma cozinha cheia de flores. Mas então o tom da vovó muda novamente: – Ela estava tão chateada naquela noite, andando de um lado para o outro na cozinha; não, não andava, ondulava de um lado para o outro com aquele cachecol. Lembro-me de ter pensado que era um vento encapsulado, uma tempestade em fúria aprisionada nesta cozinha comigo, e, se eu abrisse uma janela, iria embora.

Vovó se vira para mim como se finalmente tivesse se lembrado de que estou na cozinha. – Sua mãe estava na extremidade da corda, e nunca foi uma pessoa com uma corda muito grande. Ia passar o fim de semana aqui para que pudesse vê-las. Pelo menos eu pensava que ela tinha vindo para isso, até começar a me perguntar o que eu faria se fosse embora. "Ir embora?" – perguntei-lhe – "Para onde? Por quanto tempo?" Foi aí que descobri que tinha uma passagem de avião para Deus sabe onde, não dizia, e planejava utilizá-la. Era uma passagem só de ida. Disse-me que não era capaz, que em seu íntimo sentia que não sabia ser mãe; afirmei que seu íntimo estava bem certo, mas que não podia ir embora, que vocês eram responsabilidade dela. Exclamei que todas vocês podiam morar aqui, que eu iria ajudá-la, mas não podia decidir ir assim como os outros desta família maluca, eu não faria isso. "Mas e se eu fosse", insistia em dizer, "o que faria"? Perguntou-me inúmeras vezes. Lembro-me de tentar segurá-la em meus braços para arrancar a ideia dela, como fazia quando ela era jovem e começava a se agitar, mas ela fugia do meu alcance, como se fosse feita de ar – vovó respirou fundo. – Naquela altura, estava muito chateada comigo mesma, e você sabe como fico quando isso acontece. Comecei a gritar. Tenho o meu próprio tornado interior, com certeza, especialmente quando era mais jovem. Big está certo – suspira. – Perdi o controle, perdi totalmente o controle. Disse: "O que acha que eu faria se você fosse embora?", gritava. "Elas são minhas netas, mas, Paige, se partir, você jamais poderá voltar. Jamais. Estará morta para elas, no coração delas e para mim. Para todos nós". Minhas palavras exatas e desprezíveis. Tranquei-me na sala de arte pelo resto da noite. Na manhã seguinte, ela tinha ido.

Sento-me na cadeira novamente, sem forças. A vovó está do outro lado da cozinha em meio a uma prisão de sombras. – Disse a sua mãe para nunca mais voltar.

Ela vai voltar, meninas.

Uma prece, nunca uma promessa.

Seu tom é um pouco mais alto que um sussurro. – Sinto muito.

Suas palavras movem-se dentro de mim como uma forte tempestade, que transforma a paisagem. Olho ao redor para as damas verdes nas telas, só na cozinha há três delas, mulheres presas no meio do caminho, entre aqui e ali. Todas são Paige, todas são Paige em um vestido verde cheio de ondas, agora tenho certeza disso. Penso nas maneiras empregadas por vovó para que nossa mãe nunca morresse em nosso coração, para que Paige Walker nunca tivesse culpa alguma por ter abandonado suas filhas. Penso em como, sem saber, guardou toda a culpa para si.

Lembro-me do pensamento feio que tive naquela noite em que a ouvi do alto da escada desculpar-se com a Mãe pela Metade. Eu também a culpei. Por coisas que nem mesmo a toda-poderosa vovó pode controlar.

— Não é culpa sua — digo, com uma certeza em minha voz que nunca tinha ouvido antes. — Nunca foi, vovó. Ela foi embora. Não voltou, escolha dela, não importa o que tenha lhe falado.

A vovó solta o ar como se segurasse o fôlego por dezesseis anos.

— Ah, Lennie. Acho que acabou de abrir a janela — diz, tocando o peito. — E a deixou sair.

Levanto-me da cadeira e vou até ela, percebo pela primeira vez que perdeu duas filhas. Noto mais uma coisa também. Não compartilho dessa dupla dor. Tenho uma mãe e estou de pé bem ao lado dela, vejo os anos pesando sobre sua pele, consigo sentir seu hálito de chá. Pergunto-me se a procura de Bailey pela mamãe a teria levado à mesma conclusão, bem aqui, ao lado da vovó. Espero que sim. Gentilmente, coloco a mão em seu braço, pergunto-me como um imenso amor por alguém pode caber dentro do meu corpo franzino. — Bailey e eu temos tanta sorte por termos você — digo. — Tiramos a sorte grande.

Fecha os olhos por um momento e, em seguida, estou em seus braços, e me aperta tanto que vai quebrar todos os ossos. — Fui eu quem tive sorte — diz. — E agora acho que temos de tomar nosso chá. Chega desta conversa.

Ao voltar para a mesa, uma coisa fica clara: a vida é uma confusão assustadora. Na verdade, vou dizer a Sarah que precisamos começar um novo movimento filosófico: confusionalismo em vez de existencialismo, para os que se alegram com a confusão essencial que é a vida. Porque a vovó está certa, nunca há apenas uma verdade, só um punhado de histórias, todas acontecendo de uma vez, em nossa cabeça, em nosso coração, uma passando por cima da outra. É tudo uma bela confusão desastrosa. É como o dia em que o Sr. James nos levou à mata e gritou triunfantemente: "Isso mesmo! Isso mesmo!", para a cacofonia estonteante do solo dos instrumentos que tentava unir a música. É isso mesmo.

Olho para a pilha de palavras que era o meu livro favorito. Quero montar a história novamente para que Heathcliff e Cathy possam fazer escolhas diferentes, possam parar de impedir o caminho um do outro em cada curva, possam seguir seus furiosos corações vulcânicos na direção um do outro. Mas não consigo. Vou até a pia, pego o cesto de lixo e jogo Cathy e Heathcliff e o restante do seu destino infeliz no lixo.

Mais tarde naquela noite, toco a melodia de Joe inúmeras vezes na varanda, penso em livros em que o amor realmente triunfa no final. Há Lizzie Bennet e Darcy, e Jane Eyre e o Sr. Rochester[26], isso é bom, mas ele tinha aquela esposa presa no quarto por um tempo, o que me assusta. Tem Florentino Aziza, de *Amor nos tempos do cólera*, mas ele teve de esperar por mais de cinquenta anos por Fermina, e terminaram em um navio em direção ao nada. Argh. Preciso dizer que há poucas escolhas literárias nesse sentido, o que me deixa deprimida; como o verdadeiro amor pode pouco prevalecer nos clássicos? E o mais importante de tudo: como posso fazê-lo prevalecer entre mim e Joe? Ah,

26 Casal protagonista dos romances *Orgulho e preconceito* e *Jane Eyre*, respectivamente. (N. T.)

se pudesse convertê-lo ao confusionalismo... se tivesse rodas no traseiro, seria um carrinho de passeio. Depois de tudo o que ele disse hoje, acho que minhas chances são nulas.

Toco a música dele, provavelmente pela quinquagésima vez, quando percebo que vovó está parada na porta e me ouve. Pensei que estivesse trancada na sala de arte, recuperando-se do tumulto emocional de hoje à tarde. Paro no meio da nota, fico tímida subitamente. Abre a porta e vem para fora com a caixa de mogno do sótão em suas mãos. — Que melodia adorável! Aposto que eu mesma conseguiria tocá-la a esta altura — diz, revirando os olhos enquanto coloca a caixa na mesa e se senta no sofá. — Mas acho que seria muito bom ouvi-la tocar novamente.

Decido contar a ela. — Vou tentar a primeira fila novamente no próximo outono.

— Ah, docinho — ela canta. Literalmente. — Música para meus ouvidos de lata.

Sorrio, mas, por dentro, meu estômago está embrulhado. Planejo contar a Rachel no próximo ensaio. Seria bem mais fácil se pudesse simplesmente jogar um balde de água em cima dela como A Bruxa Malvada do Oeste[27].

— Venha se sentar — diz vovó, enquanto bate na almofada ao seu lado. Vou até ela, apoio meu clarinete no meio dos joelhos. Ela coloca a mão sobre a caixa. — Tudo o que está aqui é para você ler. Abra todos os envelopes. Leia meus bilhetes, minhas cartas. Apenas esteja preparada, nem tudo são flores, especialmente as primeiras cartas.

Concordo com a cabeça e digo: — Obrigada.

— Então, tá — tira a mão da caixa. — Vou caminhar até a cidade, encontrar Big no The Saloon. Preciso de uma bebida forte — bagunça meu cabelo, e em seguida, deixa-me sozinha com a caixa.

27 Apologia ao filme *O mágico de Oz*. (N. T.)

Depois de colocar meu clarinete de lado, sento--me com a caixa em meu colo, fazendo círculos ao redor dos anéis dos cavalos galopantes com os dedos. Girando e girando. Quero abri-la, mas também não quero. Provavelmente é o mais próximo que cheguei de conhecer a minha mãe, quem quer que seja ela, aventureira ou maluca, heroína ou vilã, provavelmente apenas uma mulher problemática e complicada.

Olho para a gangue de carvalhos do outro lado da estrada, para o cipreste pendurado acima de nossos ombros curvados como mantas decrépitas, várias mantas cinzas e cheias de nós, como um bando de mafiosos dando seu veredicto...

A porta range. Viro-me para ver que a vovó vestiu um brilhante rosa floral irreconhecível: É um casaco? Capa? Uma cortina de banheiro? Por cima do vestido floral roxo ainda mais brilhante. O cabelo dela está bem selvagem; parece conduzir eletricidade. Passou maquiagem, um batom berinjela, bota de vaqueira para acolher seus enormes pés. Parece linda e louca. É a primeira vez que sai desde que Bailey morreu. Acena para mim, pisca, e então desce as escadas. Vejo-a caminhar pelo jardim. Quando chega à estrada, segura o cabelo para que o vento não o sopre para a frente de seus olhos.

– Ei, dou um mês para o Big, e você?

– Tá brincando, no máximo duas semanas.

– É a sua vez de ser a madrinha.

– Tudo bem – respondo, e sorrio.

Ela também sorri, o bom humor toma conta de suas feições de rainha. Mesmo fingindo o contrário, nada como pensar em outro casamento para o tio Big para elevar o espírito da família Walker.

– Fique bem, docinho. Você sabe onde estamos...

— Ficarei bem — digo, sentindo o peso da caixa nas minhas pernas.

Assim que sai, abro a tampa. Todos os bilhetes, todas as cartas valem por dezesseis anos. Imagino vovó anotando uma receita, um pensamento, algo tolo ou não-tão-bonito que tenha desejado dividir com sua filha, ou apenas penso nela mesma, talvez com aquilo enfiado o dia inteiro no bolso, e então escondendo no sótão antes de ir para a cama, sem saber se algum dia sua filha leria, sem saber se alguém leria...

Perco o fôlego, pois não é exatamente isso que também tenho feito? Escrevo poemas e os espalho ao vento com a mesma esperança da vovó de que alguém, algum dia, em algum lugar, possa entender quem sou, quem foi a minha irmã, e o que aconteceu conosco.

Pego os envelopes, conto-os. Quinze, todos com o nome Paige e o ano. Encontro o primeiro de todos, escrito há dezesseis anos pela vovó para sua filha. Deslizo meu dedo pelo selo, imagino Bailey sentada ao meu lado. Tudo bem, digo-lhe, pegando a carta, vamos conhecer a mamãe.

Tudo bem para tudo. Sou confusionalista, tudo bem para absolutamente tudo.

34

O Rancho Shaw abrange a maior parte de Clover. Sua área é uma extensão do verde e do dourado majestosos das montanhas por todo o caminho até a cidade. Ando pelo portão de ferro em direção aos estábulos e encontro Toby lá dentro conversando com uma linda égua preta enquanto a tira da baia.

— Não quis interromper — digo, enquanto me aproximo dele.

Vira-se. — Uau, Lennie.

Rimos um para o outro feito idiotas. Achei que fosse estranho vê-lo, mas agimos de forma bem animada. Isso me deixa envergonhada, então abaixo o olhar para a égua que está entre nós e afago seu pelo úmido aconchegante. O calor irradia de seu corpo.

Toby passa a ponta das rédeas com carinho pela minha mão.

— Senti a sua falta.

— Eu também de você — mas percebo, com alívio, que meu estômago não está revirado, mesmo com nossos olhares vidrados como agora. Nem mesmo uma inquietação. Será que o feitiço foi quebrado? O cavalo relincha. Perfeito: obrigada, Beleza Negra.

— Quer dar uma volta? — pergunta. — Podíamos subir a montanha. Acabei de vir de lá. Há um enorme bando de alces naquela região.

— Na verdade, Toby... achei que pudéssemos visitar Bailey.

— Tudo bem — diz, sem pensar, como se o tivesse convidado para tomar sorvete. Estranho.

Falo a mim mesma que jamais voltaria ao cemitério. Ninguém comenta sobre a carne em decomposição e vermes e esqueletos, mas como não pensar nessas coisas? Fiz tudo o que estava ao meu alcance para manter esses pensamentos longe de mim, e ficar distante do túmulo de Bailey tem sido crucial para esse propósito. Mas, na noite passada, mexi em todas as coisas dela na cômoda, como sempre faço antes de dormir, e percebi que não ia querer me ver presa ao seu cabelo preto, apegada à escova de cabelo ou ao cesto de roupa suja que ainda me recuso a lavar. Ela acharia extremamente nojento: Lady-Havisham-em--seu-vestido-de-noiva nojento e decadente.[28] Imaginei-a sentada na montanha do cemitério de Clover e os velhos carvalhos, sequoias e abetos, como uma rainha diante de sua corte, e sabia que havia chegado a hora.

Apesar de o cemitério ser perto o suficiente para irmos a pé, quando Toby termina, entramos em sua caminhonete. Põe a chave na ignição, mas não liga o motor. Olha diretamente para as campinas douradas pelo para-brisa, bate no volante com dois dedos em um ritmo *staccato*. Percebo que se prepara para dizer alguma coisa. Recosto a cabeça na janela do passageiro e olho para os campos, imagino a vida dele ali, como deve ser solitária. Um pouco depois, ele começa a falar em seu ritmo baixo e calmo: – Sempre odiei ser filho único. Costumava invejar vocês duas. Eram tão próximas.

Segura firme o volante, olha bem para a frente. – Estava tão preparado para me casar com a Bailey, ter o bebê... estava tão preparado para ser parte da sua família. Vai parecer tão imbecil agora, mas achava que podia ajudá-la a passar por isso. Eu queria. Sei que Bailey desejaria que eu fizesse isso – balança a cabeça. – É claro que estraguei tudo. Sei lá. Você entendeu... É como se fosse a única que tivesse entendido. Comecei a me sentir tão próximo de você, próximo demais. Confundi tudo na minha cabeça...

– Mas me ajudou mesmo – digo, interrompendo-o. – Foi o único que conseguiu me encontrar. Senti

28 Lady Havisham é a protagonista velha e excêntrica do livro *Grandes expectativas*, que nunca tirava seu vestido de noiva. Tudo sobre ela era velho e decadente. (N. T.)

a mesma proximidade, embora sem entendê-la. Não sei o que teria feito sem você.

Vira-se para mim: – Sério?

– Sério, Toby.

Abre seu sorriso mais torto e doce. – Bem, tenho certeza de que consigo manter minhas mãos longe de você agora. Não sei quanto ao seu eu traquinas, entretanto... – ergue a sobrancelha, lança-me um olhar e em seguida descarrega uma gargalhada livre. Bato no braço dele. Ele continua: – Então, talvez possamos passear um pouco – não acho que consigo continuar dizendo não, para os convites para jantar da vovó, sem que ela mande a Guarda Nacional para me escoltar.

– Não acredito que fez duas piadas em uma só frase. Surpreendente.

– Não sou totalmente idiota, sabia?

– Acho que não é mesmo. Devia haver algum motivo para a minha irmã querer passar o resto da vida dela com você! – e é assim que as coisas ficam bem entre nós, finalmente.

– Bem – diz, ligando o carro. – Vamos nos alegrar para o nosso passeio ao cemitério?

– Três piadas, inacreditável.

Contudo, aquelas provavelmente serão todas as palavras de Toby durante um ano, penso enquanto seguimos pelo caminho, em silêncio agora, cheio de nervosismo. De minha parte. Estou ansiosa. Não sei bem do que tenho medo. Não paro de dizer a mim mesma que é só uma lápide, é só um pedaço de pedra com lindas árvores majestosas, com vista para as cachoeiras. É apenas um lugar em que o belo corpo da minha irmã está em uma caixa, decompondo-se dentro de seu vestido preto *sexy* e suas sandálias. Argh. Não consigo evitar. Tudo o que não me permiti imaginar, passa pela minha mente: penso nos pulmões vazios sem ar. No batom em sua boca imóvel. No seu umbigo. Na pulseira de prata que Toby deu a ela, em seu pulso sem vida. Seu corpo vazio de pensamentos. Sem o passar do tempo. Sem amor. Dois metros de terra por cima dela. Penso no telefone que tocou na cozinha, no barulho da vovó desfalecendo e, depois, no som desumano que ecoou de dentro dela, percorrendo o chão, subindo até o nosso quarto.

Olho para Toby. Não parece nada nervoso. Uma coisa me ocorre.

— Já veio aqui? — pergunto.

— Claro — responde. — Quase todo dia.

— Sério?

Olha para mim, manifestando percepção do fato. — Quer dizer que desde então nunca mais veio?

— Não — olho pela janela. Sou uma péssima irmã. Boas irmãs visitam os túmulos, apesar dos pensamentos desprezíveis.

— A vovó vem — diz. — Plantou umas rosas e umas outras flores também. O pessoal disse que ela tinha de arrancá-las, mas, toda vez que eles as destruíam, ela simplesmente replantava mais. Finalmente desistiram.

Não acredito que todo mundo vem ao túmulo de Bailey, menos eu. Não acredito o quanto isso faz com que me sinta excluída.

— E o Big? — pergunto.

— Encontro várias bitucas dos bagulhos dele também. Ficamos juntos por aqui algumas vezes — diz, enquanto olha para mim, examinando meu rosto em um momento que parece durar para sempre. — Vai dar tudo certo, Len. Mais fácil do que imagina. Fiquei bem assustado na primeira vez que vim.

Então, uma coisa passa pela minha cabeça: — Toby — digo, hesitante, tentando ser corajosa.— Deve estar bem acostumado a ser filho único... – minha voz estremece. – Talvez nós... – sinto-me muito tímida subitamente, para concluir meu pensamento, mas ele sabe o que eu quero dizer.

– Sempre quis ter uma irmã – diz ao desviar para a vaga no pequeno estacionamento.

– Que bom! – cada centímetro do meu corpo enche-se de alívio. Inclino e dou-lhe o beijo mais assexuado do mundo na bochecha. – Vamos – digo. – Vamos dizer a ela que sentimos muito.

35

Havia uma garota que um dia morreu.
Ela passava seus dias espiando
pela fresta do céu,
segurava o queixo com a palma da mão.
Sentia-se tão entediada quanto uma pedra,
ainda não havia se adaptado
ao ritmo lento da vida celestial.
Sua irmã olhava para cima
e acenava,
e a garota morta acenava também,
mas estava longe demais
para a irmã conseguir vê-la.
A garota morta achava que sua irmã
talvez lhe escrevesse recados
mas a viagem era longa demais
por algumas mensagens rascunhadas aqui e ali,
então ela as deixou pra lá.
Aí, um dia, sua irmã terrestre finalmente percebeu
que do céu ela podia ouvir música.
Então, depois disso, tudo o que precisava lhe contar,
fazia por meio do seu clarinete,
e, cada vez que tocava, a garota morta
se levantava subitamente (não importava o que estivesse fazendo)
e dançava.

(Encontrado em um pedaço de papel nas estantes, letra B, da biblioteca pública do Clover High.)

Tenho um plano. Vou escrever um poema para Joe, mas calma, uma coisa de cada vez.

Ao entrar na sala de música, vejo que Rachel já está lá pegando seu instrumento. É isso. Minha mão está tão úmida que tenho medo de manusear o estojo e deixá-lo cair, ao atravessar a sala e ficar de frente para ela.

— Ora se não é John Lennon — diz sem olhar para cima. Como consegue ser tão horrorosa ao jogar o apelido de Joe na minha cara? É óbvio que consegue. Bem, tudo bem, porque a raiva parece acalmar os meus nervos. Vamos competir.

— Vou desafiá-la pela primeira fila — digo, e aplausos insanos irrompem em uma ovação espontânea em minha mente. Nunca antes as palavras que saíram da minha boca me deixaram com uma sensação tão boa! Hmmm. Mesmo achando que Rachel nem ouviu o que disse. Ela ainda mexe no bocal e na ligadura como se a ficha não tivesse caído, como se não tivesse percebido que a porta estava totalmente aberta.

Estou prestes a repetir o que falei quando ela exclama: — Não há nada lá, Lennie — cospe meu nome no chão como se sentisse nojo dele. — Ele está totalmente na sua. Vai saber por quê...

Será que podia ser pior? Não! Tento ficar calma. — Isso não tem nada a ver com ele — digo, e é a pura verdade. Não tem nada a ver com ela também, não mesmo, mas não falo isso. Tem relação comigo e meu clarinete.

— Tá bom — diz. — Só está fazendo isso porque me viu com ele.

— Não — minha voz me surpreende novamente com tamanha certeza. — Quero os solos, Rachel — ao ouvir isso, para de mexer no clarinete, coloca-o na estante e olha para mim: — E vou voltar para Marguerite — decidi isso no caminho para o ensaio. E agora presta total atenção em mim. — Vou tentar participar do estadual também — digo. Mas isso é novo para mim.

Olhamos uma para a outra pela primeira vez e imagino se o ano todo já sabia que eu joguei a toalha no teste. Pergunto-me se é por isso que tem sido tão horrorosa. Talvez tenha achado que pudesse me intimidar a não desafiá-la. Talvez fantasiasse que essa seria a única forma de manter sua posição.

Morde o lábio. — E se eu dividir os solos com você? E você pode...

Balanço a cabeça negativamente. Quase sinto pena dela. Quase.

— Venha em setembro — digo. — Que vença a melhor clarinetista.

Não só a minha bunda, mas cada centímetro do meu corpo está ao vento conforme saio enfurecida da sala de música, indo para longe da escola, no meio da mata, para chegar logo em casa e escrever um poema para Joe. Ao meu lado, a cada passo, a cada suspiro, está o fato insuportável de que tenho um futuro pela frente, e Bailey não.

É aí que me dou conta.

Minha irmã vai morrer todos os dias, pelo resto da minha vida. A dor dura para sempre. Não desaparece nunca; torna-se parte de nós, a cada passo, a cada suspiro. Nunca vai parar de doer, Bailey, porque nunca vou deixar de gostar muito de você. É assim que é. A dor e o amor caminham juntos, um não existe sem o outro. Tudo o que posso fazer é adorá-la e amar o mundo, imitar seus passos ao viver com ousadia e força e alegria.

Sem pensar, desvio para o caminho do quarto da floresta. Ao meu redor, há o som da beleza. A luz do sol cai como cascata pelas árvores, fazendo o chão coberto de samambaias parecer cravado de joias incandescentes. Os rododentros passam à minha esquerda e à minha direita parecem mulheres em fabulosos vestidos. Quero envolver meus braços ao redor deles.

Ao chegar ao quarto da floresta, pulo na cama e procuro ficar à vontade. Vou com calma neste poema, não vou fazer como todos os outros que rascunhei e espalhei por aí. Tiro a caneta do bolso, um pedaço de papel do caderno de música da mochila, e começo a escrever.

Digo tudo a ele, tudo o que significa para mim, tudo o que senti com ele que nunca havia experimentado antes, tudo o que ouço em sua música. Quero que confie em mim, então falo tudo. Digo que pertenço a ele, que meu coração é dele, e que mesmo que nunca me perdoe será sempre de sua propriedade.

Afinal de contas, é a minha história, e é assim que decido contá-la.

Quando termino, saio da cama e, ao fazer isso, há um violão azul em cima da colcha. Devia estar lá a tarde toda. Inclino-me para pegá-lo e logo de cara reconheço que é do Joe. Deve ter vindo aqui para tocar, bom sinal. Decido deixar o poema ali para ele, em vez de escondê-lo dentro da caixa de correio da família Fontaine, como havia planejado. Dobro o papel, escrevo o nome dele e o coloco na cama debaixo de uma pedra para protegê-lo do vento. Escondo a palheta de Joe embaixo da cama também.

Ao caminhar para casa, percebo que é a primeira vez, desde que Bailey morreu, que escrevo para que outra pessoa leia.

36

Sinto-me muito humilhada para dormir. No que é que pensava? Não paro de imaginar Joe lendo o meu poema ridículo para seus irmãos e, pior ainda, para Rachel, todos rindo da pobre Lennie apaixonada, que não sabe nada de romance, a não ser o que aprendeu com Emily Brontë. Lá eu declaro que pertenço a ele. Lá eu afirmo que meu coração é dele. Lá eu declaro que ouço a alma dele em sua música. Vou pular de um prédio. Quem fala coisas desse tipo no século 21? Ninguém! Como é possível que algo pareça uma ideia tão brilhante em um dia e tão estúpida no outro?

Assim que há luz suficiente, enfio um agasalho por cima do pijama, coloco os tênis, corro em meio ao amanhecer até o quarto da floresta para pegar o bilhete de volta, mas, quando chego lá, já havia desaparecido. Digo a mim mesma que foi o vento que o levou, como fez com todos os poemas. Quer dizer, qual a probabilidade de Joe ter aparecido, depois que saí? Nenhuma.

Sarah faz-me companhia, dá seu apoio ao meu momento de humilhação enquanto faço lasanhas.

Não para de berrar: — Você vai ser o primeiro clarinete, Lennie. Tenho certeza.

— Vamos ver.

— Isso vai te ajudar a entrar em um conservatório. Até mesmo em Juilliard.

Respiro fundo. Sinto-me uma impostora como me sentia toda vez que Marguerite tocava nesse assunto, uma traidora que conspira para roubar o sonho da minha irmã, que acabou de ser arrancado dela. Por que nunca passou pela minha cabeça na época que eu podia sonhar junto com ela? Por que não fui corajosa o suficiente para ter o meu próprio sonho?

— Adoraria ir para Juilliard — digo a Sarah. Pronto. Finalmente —, mas qualquer bom conservatório seria ótimo também — só quero estudar música: ou qualquer coisa que se pareça com o próprio viver.

— Podíamos ir juntas — diz Sarah ao mesmo tempo em que enfia na boca todo pedaço de mozarela que corto. Bato na mão dela. Continua: — Moraremos juntas em Nova York — acho que Sarah viaja com essa ideia, mas eu também, pois, pateticamente, não paro de pensar: E o Joe? — Ou Berklee[29], em Boston — diz, arregalando seus grandes olhos azuis — Não se esqueça de Berklee. Qualquer que seja a escolha, podíamos ir para lá dirigindo o Ennui lentamente, ziguezagueando pelo caminho. Passear pelo Grande Canyon, ir para Nova Orleans, talvez...

— Arghhhhhhhhhhhhhhhhhhhhhhhhh — grito.

— Não venha com o poema novamente. Não há melhor distração do que divindades como Juilliard e Berklee. Caramba. Não dá para acreditar...

— Não tem ideia de como ficou idiota.

— Palavra legal, Len — disse, enquanto folheava uma revista na bancada.

— Ridículo não o suficiente para esse poema — resmungo. — Sarah, eu disse ao cara que pertenço a ele.

— É isso que acontece quando se lê *O morro dos ventos uivantes* dezoito vezes.

— Vinte e três vezes.

Volto a montar a lasanha: molho, macarrão, pertenço a você, queijo, molho, meu coração é seu, macarrão, queijo, ouço a alma em sua música, queijo, queijo, queijo...

Sorri para mim — Sabe, acho que vai ficar tudo bem, ele parece bem igual.

— Igual como?

— Sabe, igual a você.

---

29 Faculdade de Música de Berklee, localizada em Boston.

37

— Bails?
— Oi.
— Você acredita que a Cathy se casou com Edgar Linton?
— Não.
— Sabe, o que ela tinha com Heathcliff,
como pode jogar aquilo tudo fora?
— Não sei, o que é, Len?
— O que é o quê?
— O que é que você tem com esse livro?
— Sei lá.
— Sim, você sabe. Me conta.
— É romântico.
— Ah, qual é, Len.
— Acho que é isso que eu quero.
— Como assim?
— Sentir esse tipo de amor.
— Você vai.
— Como sabe?
— Intuindo.
— Um passarinho te contou?
— Um passarinho me contou.
— Mas, se eu encontrar, não quero estragar tudo como fizeram.
— Você não vai, um passarinho me contou isso também.
— Boa noite, Bails.
— Len, estava pensando uma coisa...
— O quê?
— No final, Cathy e Heathcliff ficam juntos,
o amor é mais forte que tudo, até mesmo a morte.
— Hummm...
— Boa noite, Len.

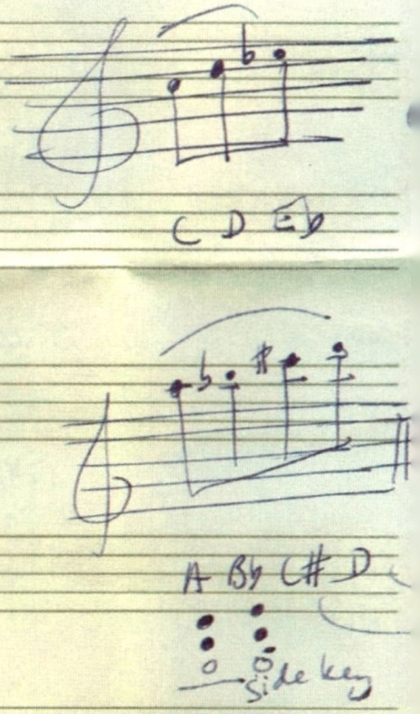

(Encontrado em uma folha do caderno de música, toda dobrada, no estacionamento do Clover High.)

Digo a mim mesma que é ridículo fazer todo o caminho de volta até o quarto da floresta, que não há como ele estar lá, que nenhum poema da Nova Era digno da Era Vitoriana vai fazer com que confie em mim, que, com certeza, ainda me odeia e, além do mais, agora pensa que sou idiota.

Mas aqui estou e, claro, ele não. Jogo-me em cima da cama. Olho para as manchas azuis no céu em meio às árvores e, aderindo à programação de costume, penso ainda mais em Joe. Há tanto sobre ele que não sei. Não sei se acredita em Deus, ou se gosta de macarrão com queijo, ou qual é o signo dele, ou se sonha em inglês ou francês, ou como seria se... oh-oh. Saio da classificação livre e rumo para o horário proibido porque, ah, meu Deus, quero muito que Joe não me odeie tanto. Desejo fazer tudo com ele. Estou cansada da minha virgindade. É como se o mundo todo tivesse esse segredo arrebatador, menos eu...

Então, ouço algo: um som estranho, triste, decididamente não pertencente à floresta. Levanto a cabeça e apoio os cotovelos para ouvir melhor, tento separá-lo do zumbido das folhas e do sussurro distante do rio e do canto dos pássaros. Vem do meio das árvores e fica mais forte, a cada minuto, mais próximo. Continuo ouvindo, e então reconheço o que é, as notas, agora claras e perfeitas, sopram em minha direção. A melodia do dueto de Joe. Fecho os olhos com a esperança de perceber um clarinete, e não somente ter uma alucinação auditiva do meu coração apaixonado. Não é loucura, pois agora ouço passos que se misturam aos galhos e, logo em seguida, a música para, e ele entra.

Tenho medo de abrir os olhos, mas abro, e está em pé na beira da cama, olhando para mim. Um exército de cupidos ninjas, que provavelmente se escondia na mata, prepara seus arcos e os lança. Flechas voam para mim de todos os lados.

— Achei que estaria aqui — não consigo interpretar a expressão dele. Nervoso? Bravo? Seu rosto parece agitado como se não soubesse o que dizer. — Recebi seu poema...

Ouço o sangue jorrar do meu corpo, martelando meus ouvidos. O que vai dizer? Recebi seu poema e, sinto muito, jamais vou conseguir perdoá-la. Recebi seu poema e sinto o mesmo, meu coração é seu, John Lennon. Recebi seu poema e já acionei a psiquiatria, nesta mochila tem uma camisa de força para você. Estranho. Nunca vi Joe usar mochila.

— Lennie, tenho todos os seus poemas — do que é que fala? O que quer dizer com todos os meus poemas? Coloca o clarinete no meio das pernas para segurá-lo e abre a mochila. Então, respira fundo, pega uma caixa e a entrega a mim. — Bem, provavelmente não todos eles, mas estes aqui.

Abro a tampa da caixa. Dentro dela pedaços de papel, guardanapos, copos descartáveis, todos contendo as minhas palavras. Pedaços e remendos de Bailey que espalhei e enterrei e escondi. Não é possível.

— Como? — pergunto, espantada, e fico desconfortável ao pensar que Joe leu tudo que está na caixa. Todos os momentos de desespero particular. Isso é pior do que alguém ler o seu diário. É como se tivesse lido o diário que achou que tivesse queimado. E como pegou todos eles? Estava me seguindo? Isso seria perfeito. Finalmente me apaixono por alguém que é totalmente maluco.

Olho para ele, que esboça um sorriso e vejo uma sombra de: pisca. Pisca. Pisca. — Sei no que está pensando — diz. — Que sou o maluco que a segue.

Na mosca.

Ele ri. — Não sou, Len. Aconteceu. No começo vivia encontrando e, depois, comecei a procurá-la. Não consegui evitar. Virou uma caça ao tesouro maluca. Lembra-se daquele primeiro dia na árvore?

Faço que sim com a cabeça. Mas algo ainda mais impressionante do que o fato de Joe ser um perseguidor maluco que encontra meus poemas passa pela minha cabeça: ele não está mais bravo. Será que foi o poema idiota? O que quer que tenha sido, provocou uma tremenda alegria que nem consigo mais ouvi-lo enquanto tenta explicar como é que os poemas foram parar na caixa de sapatos e não em uma pilha de lixo ou vagando pelo vale da Morte, em uma rajada de vento.

Tento me concentrar no que ele diz: — Lembra-se de que na árvore eu disse que a tinha visto na Grande Campina? Vi você escrever um bilhete, jogá-lo fora e ir embora. Mas não contei que, depois que saiu, fui até lá e encontrei o pedaço de papel preso em uma cerca. Era um poema sobre Bailey. Acho que não devia ter guardado. Ia devolvê-lo naquele dia na árvore, estava no meu bolso, mas então pensei que poderia achar estranho eu tê-lo pego e fiquei com ele — diz, mordendo os lábios. Lembro-me do dia em que falou que me viu jogar fora algo que tinha escrito, mas nunca pensei que fosse procurar e ler. Ele continua: — E então, enquanto estava na árvore, vi palavras rabiscadas nos galhos, achei que talvez tivesse escrito algo mais, mas era estranho perguntar, então voltei mais uma vez e escrevi tudo em um caderno.

Não consigo acreditar. Sento-me, vasculho a caixa, olho com mais atenção desta vez. Há alguns rascunhos com a caligrafia estranha de Unabomber dele, provavelmente transcritos das paredes ou dos celeiros ou de alguma outra superfície prática em que escrevi por aí. Não sei bem o que sentir. Ele sabe tudo, estou do avesso.

A expressão dele se divide entre preocupação e excitação, mas a excitação parece vencer. Despeja tudo de uma vez. — Naquela primeira vez que fui à sua casa, vi um debaixo de uma pedra no jardim da vovó, e depois outro na sola do seu sapato, e daí naquele dia em que mudamos as coisas de lugar... foi como se suas palavras estivessem por toda a parte. Fiquei meio louco, procurei por eles o tempo todo — diz, balançando a cabeça. — E continuei fazendo isso mesmo quando estava muito bravo com você. Mas o mais estranho é que encontrei alguns antes mesmo de te conhecer, o primeiro só tinha algumas palavras em um papel de bala, encontrei-o no caminho do rio, mas não tinha ideia de quem o escrevera. Bem, até que mais tarde...

Olha para mim, batendo no clarinete com a perna. Parece nervoso novamente. — Então tá, fale alguma coisa. Não ache estranho. Eles só fizeram com que me apaixonasse ainda mais por você — e então sorri, e em todos os lugares ao redor do mundo em que é noite, o dia nasce. — Não vai nem ao menos dizer *quel* bobão?

Eu diria muitas coisas neste momento se aquele sorriso não tivesse dominado meu rosto. E de novo ele declara "estou apaixonado por você", o que faz com que eu me esqueça de qualquer coisa que fosse enunciar.

Aponta para a caixa. — Eles me ajudaram. Sou um idiota rancoroso, caso não tenha percebido. Eu os li. Li inúmeras vezes depois daquele dia em que veio com as rosas. Tentei entender o que aconteceu, porque ficou com ele, e acho que talvez agora compreenda. Sei lá, ao ler todos os poemas juntos comecei a de fato entender pelo que passa, como deve ser horrível... — engole seco, olha para baixo, mexe nas pinhas com os pés. — Horrível para ele também, acho que agora entendo como aconteceu.

Como foi que escrevi para Joe todos esses meses sem saber? Quando olha para cima, está sorrindo. — E então ontem... — joga o clarinete em cima da cama — descobri que me pertence — aponta para mim. — Seu bumbum é meu!

Sorrio. — Está zombando de mim?

— Sim, mas não importa, pois o meu bumbum é seu também — balança a cabeça e deixa o cabelo cair nos olhos para que eu morra. — Totalmente.

Um bando de pássaros histericamente felizes voam do meu peito em direção ao mundo. Estou feliz por ele ter lido os poemas. Quero que saiba tudo o que sinto. Quero que conheça minha irmã, e agora, de alguma forma, conhece. Agora sabe o antes e também o depois.

Senta-se na beira da cama, pega um graveto e desenha no chão, depois o joga de lado, olha para as árvores e diz: — Sinto muito.

— Não sinta. Estou feliz...

Vira-se para olhar para mim. — Não, não por causa dos poemas. Sinto muito em relação ao que disse naquele dia, sobre Bailey. Por ter lido tudo isso, sei o quanto isso te magoaria...

Coloco meus dedos sobre os lábios dele. — Está tudo bem.

Pega em minha mão, segura contra sua boca e a beija. Fecho meus olhos, arrepios percorrem meu corpo, faz tanto tempo que nos tocamos. Solta a minha mão. Abro meus olhos. Encontro os dele, me questionando. Sorri, mas a vulnerabilidade e a mágoa ainda em seu rosto me dilaceram. — Você não vai fazer aquilo comigo de novo, vai? — pergunta.

— Nunca — digo de uma vez. — Quero ficar com você para sempre! — tudo bem, lição aprendida duas vezes em vários dias: pode picotar o romance vitoriano com a tesoura de jardinagem, mas não pode arrancá-lo da garota.

— Você é mais louca que eu — diz, radiante.

Ficamos nos entreolhando por um bom tempo e, neste instante, sinto que nos beijamos com mais paixão do que nunca, apesar de nem nos tocarmos.

Estendo a mão e corro os dedos por seu braço. — Não consigo evitar. Estou apaixonada.

— É a primeira vez — diz. — Para mim.

— Pensei que na França...

Balança a cabeça. — Nem pensar, nada assim — toca meu rosto daquele jeito carinhoso de sempre que me faz acreditar em Deus e em Buda e em Maomé e em Ganesha e em Maria *et al.* — Ninguém é como você para mim — sussurra.

— Igualmente — digo na mesma hora em que nossos lábios se encontram. Ele me deita na cama, alinha-se em cima de mim e ficamos perna contra perna, quadril contra quadril, estômago contra estômago. Sinto o peso do corpo dele em cada centímetro meu. Enrosco meus dedos em seus cachos escuros e sedosos.

— Senti sua falta — murmura em meus ouvidos, meu pescoço e meu cabelo e, cada vez que diz, respondo:

— Eu também — e nos beijamos novamente, e não posso acreditar que haja algo mais certo e real e verdadeiro do que isso, neste mundo de incertezas.

Mais tarde, quando paramos para respirar, pego a caixa e reviro os papéis. Há muitos deles, mas nem chegam perto de todos os que escrevi. Fico feliz de saber que estão por aí, enfiados no meio das pedras, nas latas de lixo, nas paredes, nas margens dos livros, levados pela chuva, apagados pelo sol, transportados pelo vento, alguns que nunca serão encontrados, outros que serão encontrados daqui a alguns anos.

— Ei, onde está o de ontem? — pergunto, e deixo o restinho de vergonha tirar o melhor proveito de mim, penso em ainda poder ser capaz de acidentalmente rasgá-lo, agora que a missão já foi cumprida.

— Não está aí. Aquele lá é meu — ah, tá. Desliza preguiçosamente a mão pelo meu pescoço e pelas minhas costas. Sinto-me como um diapasão, meu corpo todo geme.

— Não vai acreditar — diz. — Mas acho que as rosas funcionaram. Com os meus pais, juro, eles não conseguem ficar longe um do outro. É nojento. Marcus e Fred fogem de casa todas as noites com uma rosa roubada para dar a garotas e levá-las para a cama — a vovó vai adorar saber disso. É bom ela admirar tanto os garotos da família Fontaine.

Deixo a caixa de lado e me viro para ficar de frente para ele. — Acho que nenhum de vocês precisa das rosas da vovó para isso.

— John Lennon?

Pisca. Pisca. Pisca

Deslizo meus dedos pelos lábios dele. — Também quero fazer tudo com você.

— Minha nossa! — diz, puxando-me para mais perto dele e em seguida nos beijamos indo tão longe no céu que acho que nunca mais vamos voltar.

Se alguém perguntar onde estamos, mande olhar para cima.

38

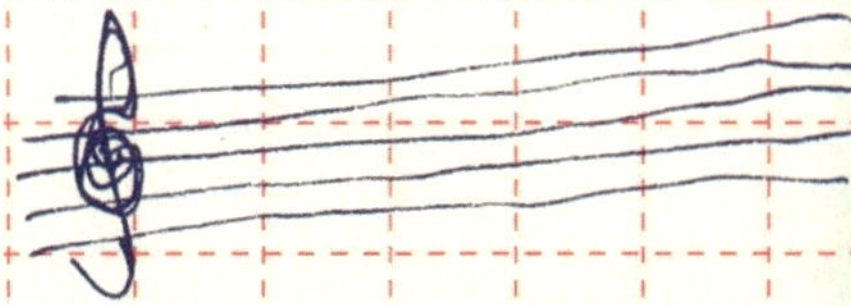

— Bails?

— Sim?

— É muito cretino estar morto.

— Era, não é mais.

— O que mudou?

— Parei de espiar pela fresta...

— O que faz agora?

— É difícil explicar, é como nadar, mas não na água, na luz.

— Com quem nada?

— A maior parte do tempo com você, Toby, vovó, Big, também com a mamãe, às vezes.

— Por que não percebo?

— Percebe sim, não é?

— Acho que sim, como todos aqueles dias que passamos no Flying Man?

— Exatamente, só que com mais brilho.

(Escrito no diário de Lennie.)

Vovó e eu trabalhamos na cozinha, preparando tudo para o casamento de Big. Todas as portas e janelas estão abertas e podemos ouvir o rio e sentir o aroma das rosas e o calor contínuo do sol. Saltitamos como pardais.

É isso que fazemos em todos os casamentos, só que esta é a primeira vez que fazemos sem a Bailey por perto. Mesmo assim, estranhamente, sinto mais a sua presença na cozinha com a vovó do que senti desde que morreu. Enquanto preparo a massa, aproxima-se de mim, põe a mão na farinha e bate no meu rosto de leve. Quando eu e a vovó nos inclinamos na bancada para tomar chá, ela vem com tudo e se serve de uma xícara. Senta-se em todas as cadeiras, bate todas as portas ao entrar e sair, passa pela vovó e por mim murmurando baixinho e enfiando o dedo nas massas. Está em todos os meus pensamentos, em todas as minhas palavras, e permito. Deixo-a me encantar enquanto sovo a massa e tenho meus devaneios e digo minhas palavras enquanto assamos sem parar. Nós duas finalmente convencemos Joe da necessidade de um bolo de casamento explosivo, e conversamos sobre tolices como o que a vovó vai vestir para a grande ocasião. Está bem preocupada com seu traje.

— Talvez use calça, para variar — a Terra acabou de sair do eixo. A vovó usa um vestido florido para cada ocasião, nunca a vi com outro traje. — E pode ser que eu alise o cabelo — então, tá, a Terra saiu do eixo e agora vai em direção a outra galáxia. Imagine a cabeça da Medusa com um secador de cabelo. Cabelo liso é uma impossibilidade para a vovó ou qualquer outro membro da família Walker, mesmo faltando 30 horas para a festa.

— O que deu em você? — pergunto.

— Só quero exibir uma boa aparência. Isso não é um crime, é? Sabe, docinho, ainda não perdi meu *sex appeal* — não acredito que a vovó pronunciou a expressão *sex appeal*. — Só passei por um período de seca — resmunga baixinho. Viro-me para olhar para ela. Está açucarando as framboesas e os morangos e fica tão vermelha quanto as frutas.

— Ah, meu Deus! Está apaixonada!

— Por Deus, não!

— Está mentindo! Eu sei!

Então dá uma risadinha marota e diz: — Estou mentindo! Bem, o que esperava? Com você toda confusa o tempo todo por causa do Joe, e agora Big e Dorothy... talvez eu tenha me contagiado um pouco. O amor é contagioso, todo mundo sabe disso, Lennie.

Ela sorri.

— Então, quem é? Encontrou-o no baile na outra noite? — foi a única vez que saiu em meses. Vovó não é do tipo da internet. Pelo menos, não acho que seja.

Coloco as mãos na cintura e digo: — Se não me contar, amanhã pergunto a Maria. Ela sabe de tudo o que se passa em Clover.

A vovó dá um berro dizendo: — Mãe do céu, docinho!

Por mais horas que passássemos na preparação de tortas, bolos e até mesmo de um pudim de frutas, sua boca permanecia fechada. Depois que acabamos, pego a minha mochila, que já havia deixado cheia de coisas, e vou para o cemitério. Assim que entro na trilha, começo a correr. O sol bate nas copas das árvores em quarteirões isolados, então pareço voar em meio à luz e à escuridão, e escuridão e luz, da flamejante e nada compassiva luz do sol para a sombra solitária e espectral, pra lá e pra cá, mais uma vez, de um para o outro, e por lugares em que os dois se misturam, transformando-se em um sonho de esmeraldas coberto de folhas brilhantes. Corro cada vez mais e, conforme faço isso, o pano da morte que me cobre há tantos meses, começa a afrouxar e a escorregar. Corro mais rápido e mais livremente, suspensa por um momento de uma felicidade turbulenta bem particular, meus pés mal tocam o chão enquanto voo em direção ao próximo segundo, minuto, hora, semana, ano da minha vida.

Saio da floresta para pegar a estrada rumo ao cemitério. A forte luz do sol da tarde espalha-se por toda parte, espreguiçando-se pelas árvores, enquanto forma longas sombras. É aconchegante e o aroma de eucalipto e pinho é forte, predominante. Caminho pelo rastro do vento, entre as lápides, ouço o sussurro das cachoeiras, lembro-me de como foi importante para mim, apesar de muita discussão, que o túmulo de Bailey estivesse em um lugar em que pudesse ver e ouvir e até sentir o aroma do rio.

Sou a única pessoa no cemitério do alto da montanha e estou feliz. Coloco a mochila no chão e sento-me ao lado da lápide, descanso a cabeça nela, com meus braços ao seu redor como se tocasse violoncelo. O calor da pedra contra o meu corpo é intenso. Nós a escolhemos por ter um pequeno armário dentro, uma espécie de relicário, com uma porta de metal com o desenho de um pássaro que fica embaixo da gravação das palavras. Corro os dedos pelo nome da minha irmã, por seus 19 anos, e depois pelas palavras que escrevi em um pedaço de papel meses atrás e entreguei à vovó no funeral: a cor do extraordinário.

Pego a mochila, tiro um pequeno caderno de dentro dela. Transcrevi todas as cartas que a vovó escreveu para nossa mãe, nos últimos dezesseis anos. Quero que Bailey tenha essas palavras. Quero que saiba que sempre fará parte de todas as histórias, pois, assim como o céu, ela também está em todo lugar. Abro a porta e ponho o caderninho no pequeno armário e, ao fazê-lo, ouço algo arranhando. Estendo a mão e pego um anel. Meu estômago revira. É lindo, um topázio laranja, do tamanho de uma noz. Perfeito para Bailey. Toby deve ter mandado fazer especialmente para ela. Seguro-o na palma da minha mão e a certeza de que jamais vai vê-lo me dilacera. Aposto que o anel é o que estavam esperando para finalmente nos contarem sobre o casamento, sobre o bebê. Como Bailey teria se exibido se tivessem feito o grande anúncio. Deixo-o na beira da pedra para que pegue um raio de sol e reflita o prisma âmbar em todas as palavras gravadas.

Tento me esquivar da imensa melancolia, mas não consigo. É um esforço tão colossal não me deixar assombrar pelo que perdi, e, sim, permitir-me encantar pelo que foi.

Sinto a sua falta, digo a ela, não suporto o fato de que você vai deixar de fazer tantas coisas.

Não sei como o coração suporta isto.

Beijo o anel, coloco-o de volta no armário, ao lado do caderno, e fecho a porta com desenho de pássaro. Depois, pego minha mochila e tiro a planta. Está tão decrépita, só sobraram algumas folhas pretas. Ando até a ponta da montanha, assim fico bem na frente da cachoeira. Tiro a planta do vaso, chacoalho a sujeira das raízes, me seguro bem, estendo o braço, respiro fundo, estico o braço para a frente e a solto.

Epílogo

Eu pertenço a você.

Meu coração é seu.

Ouço sua alma em sua música.

(Encontrado em cima da cama, no quarto da floresta.)

(Encontrado novamente no quarto-bomba, no cesto de lixo, rasgado em pedacinhos por Lennie.)

(Encontrado novamente na escrivaninha de Joe, reconstruído com fita adesiva, com a palavra "imbecil" em cima.)

(Encontrado debaixo do vidro da escrivaninha de Joe, onde está até hoje.)

Agradecimentos

À saudosa memória de Barbie Stein, que está em toda parte no céu...

Gostaria de agradecer:

Em primeiro lugar, a meus pais, os quatro, pelo amor sem limites e pelo apoio: meu fantástico pai e Carol, minha mãe de coração enorme, e Ken. A minha família por seu humor travesso e pela estabilidade: a meus irmãos Bruce, Bobby e Andy, a minhas irmãs Patrícia e Mônica, minha sobrinha e meus sobrinhos, em especial o inigualável Cele.

A Mark Routhier por tanta alegria, fé e amor.

A meus amigos maravilhosos, minha outra família, todos os dias, de todas as formas: Ami Hooker, Anne Rosenthal, Becky MacDonald, Emily Rubin, Jeremy Quittner, Larry Dwyer, Maggie Jones, Sarah Michelson, Julie Regan, Stacy Doris, Martiza Perez, David Booth, Alexander Stadler, Rick Heredia, Patricia Irvine, James Faerron, Lisa Steindler e James Assatly, de quem sinto tanta falta, e também a minha família estendida: os clãs Routhier, Green e Block... e muitos outros, são muitos a mencionar.

A Patrícia Nelson pelas risadas diárias e pelo aconselhamento legal, a Paul Feuerwerker pela gloriosa excentricidade, pelas festas e sacadas inestimáveis na sala de música, a Mark H. pela musicalidade sublime do primeiro amor.

Ao corpo docente, aos funcionários e alunos da Faculdade de Arte de Vermont, especialmente seus mentores que operam milagres: Deborah Wiles, Brent

Hartinger, Julie Larios, Tim Wynne-Jones, Margaret Bechard e a professora convidada Jane Yolen. E a meus colegas de classe: mestres do suspense, especialmente Jill Santopolo, Carol Lynch Williams, Erik Talkin e Mary Jorgensen. Ainda, à equipe da San Francisco VCFA. E a Marianna Baer — o anjo, na outra ponta do meu teclado.

A meus outros professores incríveis: Regina Wiegand, Bruce Boston, Will Erikson, Archie Ammons, Ken McClane, Phyllis Janowits, C. D. Wright, entre outros.

A todos os mencionados anteriormente — cujo espírito entra e sai deste livro — um agradecimento especial.

A mais profunda gratidão e apreço a:

A meus clientes da Agência Literária Manus & Associates, bem como meus colegas extraordinários: Stephanie Lee, Dena Fisher, Penny Nelson, Theresa van Eeghen, Janet e Justin Manus e, especialmente, Jillian Manus, que não anda, mas dança na água.

A Alisha Niehaus, minha editora notável, por seu entusiasmo, profundidade, percepção, bondade, senso de humor e por transformar cada parte do processo em uma celebração. A todos da Dial e da Penguin Books for Young Readers, por me surpreenderem a cada passo triunfante dado pelo caminho.

A Emily van Beek, da Pippin Properties, por ser a melhor agente literária do planeta! Ficarei para sempre impressionada com sua alegria, brilho, ferocidade e graça. A Holy McGhee, por seu entusiasmo, humor, sabedoria e emoção. Elena Mechlin, por sua magia e alegria nos bastidores. As garotas da Pippin são inigualáveis. E Jason Dravis, da Agência Rose Dravis, por seu fascinante *know-how*.

Gostaria também de agradecer de coração a:

Walter U.K., meu editor maravilhoso, Helen Thomas, por sua paixão, astúcia, humor e tudo o mais de bom que possui, por ter feito 9 mil quilômetros parecerem tão perto, e a editora Jane Winterbotham, por seu entusiasmo e sua visão de futuro. Jane e Helen, que tomaram todo o cuidado com a história. Sou grata por isso. E, também, a incrível Katie Everson, por sua genialidade e criatividade em fazer o livro ter uma aparência tão linda, jamais imaginada mesmo em meus sonhos mais extravagantes. E, claro, Vera, a planta.

Muita gratidão à impressionante Alex Webb, da Rights People.

E, finalmente, um agradecimento extra profundamente-duplamente-gigantemente-totalmente insano ao meu irmão Bobby: por ter verdadeiramente acreditado em mim.

RR DONNELLEY

IMPRESSÃO E ACABAMENTO
Av Tucunaré 299 - Tamboré
Cep. 06460.020 - Barueri - SP - Brasil
Tel.: (55-11) 2148 3500 (55-21) 3906 2300
Fax: (55-11) 2148 3701 (55-21) 3906 2324

IMPRESSO EM SISTEMA CTP